AF294957

Seit 2011 veröffentlicht **Kajsa Arnold** erfolgreich unter verschiedenen Pseudonymen Romane mit Herz. Ihre Liebesromane, Krimis und historischen Romane erfreuen sich einer großen Leserschaft. Schreiben ist wie atmen – so lautet ihr Motto. Und wenn Leser:innen das Buch schließen und denken: „Schade, dass es zu Ende ist", dann hat sie einen guten Job gemacht. Zum Ausgleich gehören Kochen und Fotografie zu ihren Hobbys.

KAJSA ARNOLD

EIN DUKE FÜR LADY SIENNA

Erstausgabe Juni 2023

Copyright © 2023 dp Verlag, ein Imprint der
dp DIGITAL PUBLISHERS GmbH
Made in Stuttgart with ♥
Alle Rechte vorbehalten

Ein Duke für Lady Sienna

ISBN 978-3-98778-405-7
E-Book-ISBN 978-3-98778-111-7

Covergestaltung: Anne Gebhardt
Umschlaggestaltung: ARTC.ore Design

Unter Verwendung von Abbildungen von
stock.adobe.com: © chris
www.shutterstock.com: © Marc Venema
elements.envato.com: © digiselector, © PixelSquid360
periodimages.com: © Maria Chronis, VJ Dunraven Productions, Pe-
riodImages.com

Lektorat: Sandra Florean
Satz: dp DIGITAL PUBLISHERS GmbH
Druck und Bindung: Books on Demand GmbH, Norderstedt

Prolog

„Du musst fester pressen, Trudy, das Kind liegt falsch herum. Wir müssen ihm helfen, damit es das Licht der Welt erblickt."

Trudy Blackwell lag in den Wehen ihres ersten Kindes und das schon mehr als zwölf Stunden. Die junge Frau war eine Schönheit. Elegant, zierlich und voller Tatendrang, doch davon war jetzt nicht mehr viel zu sehen. Das Gesicht vor Schmerzen verzerrt, lag sie in ihrem Ehebett, mehr tot als lebendig, krümmte den Leib und schrie bei jeder Wehe laut auf. So war es zumindest noch vor wenigen Minuten gewesen, jetzt gab sie nur noch ein Wimmern von sich. Für mehr fehlte ihr die Kraft. Sie schnaufte, rollte mit den Augen. Jeder Atemzug erforderte eine Anstrengung, eine Kraft, die sie offensichtlich nicht mehr besaß. Die Zeit hatte sie aufgefressen, bis nichts mehr von ihrem Elan übrig war. Sie hatte sich sehr auf dieses erste Kind gefreut, das sich so schwertat, um auf die Welt zu kommen.

Hetty sah Trudy besorgt an, strich ihr eine Haarsträhne aus dem verschwitzten Gesicht. Sie war einige Jahre jünger als die Gebärende und nicht sicher, ob sie der Aufgabe wirklich gewachsen war, die man ihr hier zugeteilt hatte. Ihre Mutter war Hebamme gewesen, Hetty hatte ihr oft geholfen, aber nun war sie auf sich gestellt und unsicher, ob sie alles richtig machte, ob ihr Wissen ausreichte für solch eine schwierige Entbindung.

Die Lage war ernst. Schon viel zu lange lag John Blackwells junge Frau in den Wehen und es war, als würde das Kind in ihrem Bauch nicht auf die Welt kommen wollen, weil es schon wusste, welches Leben es in einem Bordell zu erwarten hatte. Im Raum war es heiß wie in der Hölle und Hetty überlegte, ob sie ein Fenster öffnen sollte, doch mit Blick auf Trudy, die schwitzend dalag, unterließ sie es und verwarf den Gedanken. Sie selbst war mit den Kräften genauso am Ende wie die Gebärende und ließ sich auf einen gepolsterten Stuhl neben dem Bett nieder. Er war alt und knarrte laut, obwohl Hetty ein Leichtgewicht war. Sie streckte die Hand aus, um das zerknüllte Laken glatt zu ziehen, aber es war vom vielen Waschen so dünn, dass es vielleicht reißen würde. Ratlos sah sie sich um. Ob sie in der Kommode an der Wand ein frisches finden würde? Doch wie sollte sie das Bett allein beziehen, mit Trudy darin? Die Kommode war alt, aus dunklem Holz und die Scharniere schienen sie hämisch anzulächeln. Hetty schloss müde die Augen. Langsam verlor sie schon den Verstand in ihrer Hilflosigkeit. Was sollte sie tun? Wie konnte sie der Frau nur helfen?

„Ich kann nicht mehr", stöhnte Trudy. Ihr Gesicht war leichenblass.

„Du musst, Trudy, du musst." Hetty drückte die Hand, die Trudy ihr hinstreckte. Was hätte ihre Mutter getan? Mut ... du musst den Frauen Mut zusprechen, hörte sie die Stimme ihrer verstorbenen Mutter in ihrem Kopf. Die Karten! Sie würden ihr sagen, was zu tun war.

Schnell holte sie die Karten aus der Schürze, die sie immer umgebunden trug, und mischte sie. „Hier, Trudy, tipp auf eine Karte", forderte sie.

Mit großer Mühe hob Trudy die Hand, tippte auf eine Karte und Hetty drehte sie um.

Fünf Kelche!

O Gott. Diese Karte stand für Verlust und Trauer! Nein, das durfte nicht sein.

„Was sagen die Karten?", flüsterte Trudy.

„Die Sonne. Glück, Zufriedenheit und Zuversicht. Es wird ein Mädchen, da bin ich mir sicher." Gott möge ihr diese Lüge verzeihen.

Trudy versuchte zu nicken, doch selbst dafür fehlte ihr die Kraft. Die nächste Wehe erschütterte ihren Körper.

Hetty sprang auf, stützte ihr den Rücken. „Ja, so ist es gut. Feste pressen. Nimm deine ganze Kraft zusammen. Wir schaffen das gemeinsam, Trudy. Ich lasse dich nicht im Stich ..." Und du mich bitte auch nicht.

Leise begann Hetty zu beten, aber kaum ein Ton kam über ihre Lippen. Es war eher ein Wispern, mit dem sie den Allmächtigen um Hilfe anflehte. Das Kind durfte auf keinen Fall sterben. Blackwell würde sie dafür verantwortlich machen und seinen Kummer an ihr auslassen. Ihr Leben hing davon ab, dass dieses Kind lebend auf die Welt kam.

Mit der nächsten Wehe krümmte sich Trudy und ihr schönes Gesicht war von der Anstrengung gezeichnet. Ihre dunkelroten Locken, die ihr fast bis zur Taille reichten, lagen um ihren Kopf wie ein flammender Heiligenschein.

Hetty schloss kurz die Augen, dann blickte sie Trudy aufmunternd an. „So ist es gut, du machst das vorbildlich. Es wird gleich vorbei sein und dann ist dein Schmerz auch vergessen, das kannst du mir glauben", erklärte sie mit fester Stimme und betete weiter.

Mit einem Krachen flog die Tür gegen die Wand. „Hier ist es heiß, als wäre der Teufel persönlich anwesend!", rief John Blackwell. Mit schweren Schritten betrat er den Raum, in der Hand schwang er einen Rumkrug. Sein weißes Hemd stand bis zum Bauch offen und offenbarte seinen breiten Oberkörper und krauses dunkles Haar. Seine Beine steckten in schwarzen Kniebundhosen und er trug hohe Stiefel wie ein Kapitän auf See, dabei konnte er nicht einmal schwimmen.

Das hatte Trudy ihr erzählt, als er letztens betrunken ins Hafenbecken gefallen war und die Arbeiter ihn schreiend wieder herausfischen mussten. Wie hatten sie über diese Anekdote gelacht. Das war gerade mal drei Wochen her. Nun lag diese Frau hier, mehr tot als lebendig.

„Frau, wie lange willst du mich noch auf meinen Sohn warten lassen?" Er schwankte und musste sich an der Wand festhalten. Sein Atem verbreitete einen üblen Geruch von Knoblauch und abgestandenem Bier.

„Wir müssen einen Arzt rufen, Blackwell, Trudy schafft es nicht allein, das Kind hat sich nicht gedreht", erklärte Hetty aufgeregt.

„Du hast mehr Kinder auf die Welt gebracht, als ich zählen kann, du schaffst das schon." John Blackwell blickte Hetty erheitert an. Er schien den Ernst der Lage nicht zu begreifen und sie mit ihrer Mutter zu verwechseln. Hetty hatte ihrer Mutter oft genug geholfen, ein

Kind auf die Welt zu bringen, aber diesmal war sie allein.

„Blackwell! Sie wird sterben, wenn wir keinen Arzt holen!", rief sie aufgebracht und zeigte auf die Tür. Ihr stand der Schweiß auf der Stirn.

Blackwell winkte ab und blieb, wo er war. „Trudy ist jung und sie wird das schon schaffen und mir eine Menge weiterer Kinder gebären", erklärte er, als hätte er eine Ahnung, wovon er sprach.

In diesem Moment bäumte sich seine junge Frau auf und begann erneut, fest zu pressen.

Niemals würde ein Mann diese Art von Schmerzen ertragen und der großspurige John Blackwell schon gar nicht, da war Hetty ganz sicher. Gott hatte sich dafür entschieden, dass Frauen die Kinder auf die Welt brachten, weil er das den Männern nicht zutraute. So sah Hetty das und deswegen wollte sie wie ihre Mutter Hebamme sein. Um den Frauen zu helfen.

Trudy schrie noch einmal auf, es klang erbärmlich.

„Das Kind kommt, Trudy! Mach weiter!", rief Hetty und griff nach sauberen Tüchern. Sie sah kurz auf. „Blackwell, sofort raus hier! Und hol verdammt noch mal den Arzt. Jetzt sofort!"

Der Mann rührte sich nicht von der Stelle, sondern starrte stumm auf die Szene, die sich vor ihm abspielte. Trudy, die sich vor Schmerzen wand, die Beine weit gespreizt, und die mit letzter Kraftanstrengung versuchte, dem Kind auf die Welt zu helfen, auch wenn es ihr unsägliche Schmerzen verursachte. Ihr flehender Blick traf auf seinen.

Da endlich setzte er sich in Bewegung, verließ aber nicht den Raum, sondern trat an das Bett zu seiner Frau und nahm ihre Hand in seine. Er ließ sich auf dem Bettrand nieder und sah ihr ins Gesicht.

„Du bist eine starke Frau, Trudy. Du wirst es überleben, ich befehle es dir", knurrte er, aber von seiner üblichen Härte war nichts zu spüren, sie wurde ersetzt durch sanfte Töne, die Hetty so von ihm nur selten hörte. Mit dem Handrücken strich er ihr über die Stirn. „Sie ist ganz heiß!", rief er Hetty zu, die ihm einen kühlen Lappen reichte, aber im Augenblick ganz andere Probleme hatte.

„Du musst bei der nächsten Wehe noch einmal fest pressen, Trudy, die Beine des Babys kann ich schon sehen. Du hast es bald geschafft. Blackwell, tupf ihr die Stirn ab und hilf ihr auf, stütze ihren Rücken, so hat sie mehr Kraft."

Trudy nahm noch einmal alle Stärke zusammen, presste die Lippen fest aufeinander.

Blackwell küsste ihre Schläfe, murmelte beruhigende Worte, die Hetty zwar nicht verstand, aber das war egal. Sie gaben Trudy Kraft und nur drauf kam es an.

Die nächste Wehe rollte heran und sie presste. Mit letzter Kraft zwang sie den kleinen Menschen aus ihrem Leib und schrie so entsetzlich, dass man ihre Laute selbst unten im Schankraum hören musste. Der Laut ging Hetty durch und durch, auch Blackwell schien das Leid seiner Frau durch Mark und Bein zu gehen, denn er wurde weiß wie die Wand, seine Augen weiteten sich vor Schreck. Als die Schreie des Babys zu hören waren, sackte Trudy in die Kissen des Bettes zurück und wimmerte leise vor Schmerzen. Das Laken tränkte sich mit Blut und Hetty fragte sich, ob alles in Ordnung war. Sie wischte Trudy schnell mit einem Handtuch sauber.

„Ein Arzt für Ihre Frau, Blackwell, schnell“, sagte sie leise und diesmal nickte er. Rannte zur Tür und beauftragte einen der Rausschmeißer, sofort einen Arzt heranzuschaffen.

Hetty spürte unendliche Erleichterung, als das kleine Wesen mit seinen Beinen strampelte und anfing zu schreien. Es war am Leben! Sie war so immens dankbar dafür, als wäre es ihr eigenes Kind, das hier gerade das Licht der Welt erblickte. Ihr Blick sah zu Blackwell, der Trudy über die feuchte Stirn wischte und leise zu summen begann, um sie zu beruhigen.

„Es ist ein Mädchen“, rief Hetty erleichtert. „Endlich! Du hast es überstanden, Trudy, und es ist ein Mädchen, so wie du es dir gewünscht hast.“ Schnell befreite sie den Hals des Säuglings von der Nabelschnur, die sich dort verfangen und der Mutter solche Probleme bereitet hatte. Sie durchschnitt die Nabelschnur, so wie sie es schon etliche Male bei ihrer Mutter gesehen hatte, wusch das Kind und wickelte es in saubere Tücher. Nun war es vollbracht und das Baby lebte, krähte kräftig und aus vollem Hals. „Schau nur, Trudy, du hast ein Kind mit starken Lungen auf die Welt gebracht. Es ist schon ganz rot vor Anstrengung. Wollen wir hoffen, dass es ihrem Vater die Hölle heißmacht!“

Trudy lächelte glücklich. „Ein Mädchen“, wisperte sie und brachte kaum noch die Lippen auseinander.

„Mir wäre ein Junge lieber gewesen“, murmelte John und strich ihr ganz sanft das feuchte Haar aus dem Gesicht. „Aber wie immer bekommst du deinen Willen, meine Liebe. Wie wollen wir sie nennen?“

„Ich möchte sie sehen“, flüsterte Trudy. Ihre Augen hatten einen ganz besonderen unnatürlichen Glanz.

„Mylady, darf ich vorstellen: Eure Tochter." Lächelnd präsentierte sie Trudy das krähende Bündel. An dem Ort, an dem sie sich befanden, würde sich keine echte Lady verirren, aber Hetty fand, dass der jungen Mutter nach dieser Kraftanstrengung dieser Titel zustand. Vorsichtig legte sie Trudy das Kind in den Arm, doch sie war kaum in der Lage, die kleine Last zu halten, also übernahm das John für sie. Hielt das Kind so, dass Trudy ein Blick auf das Gesichtchen werfen konnte. Das Baby hatte rosige Wangen, blickte sie überrascht an und war nun ganz still. Es hatte dunkel gelocktes Haar und fast schwarze Augen. Die Haut sah gesund aus. Es steckte eine kleine Faust in den Mund und nuckelte daran.

„Sie sieht so stark und selbstbewusst aus. Ich möchte, dass wir sie Sienna nennen. Nach meiner spanischen Urgroßmutter", erklärte Trudy. Immer wieder fielen ihr die Augen zu.

„Gut, wenn das dein Wunsch ist, Darling, dann werden wir sie Sienna nennen. Sienna Blackwell, das hört sich nach einer wunderschönen Frau an, so wie du eine bist."

Trudy lächelte. „Pass gut auf unsere Sienna auf", wisperte sie und dann verzog sich ihr Mund, als hätte sie Schmerzen. Sie röchelte, bäumte sich auf.

„Hetty!", rief John unsicher und reichte ihr das Baby. „Was ist mit Trudy? Da stimmt doch was nicht! Wo bleibt denn der verfluchte Arzt." Er sprang auf.

Hetty legte das Baby schnell in ein kleines Körbchen, das schon seit Wochen in Trudys Zimmer bereitgestanden hatte, und trat ans Bett. Sie griff nach ihrem Handgelenk und fühlte den Puls, der kaum noch spürbar war. Ihr setzte für eine Sekunde der eigene Herzschlag aus. Das hier hatte sie schon oft gesehen und man hatte niemals etwas tun können. Tränen sammelten sich in ihren Augen und sie fuhr sich mit einer Hand über das Gesicht. Sie wollte es nicht glauben, dennoch hatte sie Gewissheit und ihr Herz wurde schwer wie Blei, sie schniefte auf. Vorsichtig strich sie Trudy über die Wange, dann schüttelte sie den Kopf.

„Nein, Blackwell, schickt nach dem Priester. Schnell, wir haben nicht mehr viel Zeit.“

„Bist du verrückt, Weib? Sie wird nicht sterben.“ Mit drei großen Schritten war er an der Tür und riss sie auf. „August!“, rief er nach einem seiner Angestellten. „Wo bleibt der Arzt? Schnell, beeilt euch.“ Er warf einen Blick zurück in das Zimmer. „Und bring den verfluchten Pfaffen gleich mit.“

Hetty sah zu ihm auf. „Den Arzt brauchen wir nicht mehr, Blackwell. Trudy braucht nur noch einen Geistlichen. Lieber Gott, lass ihre gute Seele in Frieden ruhen.“ Sie schlug ein Kreuz und Tränen glänzten in ihren Augen.

„Nein, das kann nicht sein.“ Blackwells Stimme war nur noch ein Flüstern. „Trudy, was machst du nur?“ Der sonst so großmäulige John Blackwell ließ sich auf den Knien nieder, nahm die Hand seiner Frau und legte seine Lippen darauf. „Du kannst mich doch nicht allein lassen. Was soll ich denn machen ohne dich? Nicht mit einem kleinen Kind. So haben wir uns das nicht ausgedacht.“

Endlich betrat ein Mann mit einer Arzttasche den Raum, erfasste die Situation, legte schnell die Jacke ab und drängte Blackwell zur Seite. „Ich brauche Platz,

Sir." Sofort verschaffte er sich eine Übersicht über die Lage.

Er tat alles, was er konnte, doch musste nach wenigen Minuten zugeben, dass hier nichts mehr zu machen war. Alle Versuche, von Trudy eine Reaktion zu erhalten, schlugen fehl. Nachdem er ihr die Augen geschlossen hatte, schüttelte er den Kopf. „Es tut mir leid. Es ist zu spät. Sie hätten mich früher rufen müssen, aber selbst dann bin ich nicht sicher, ob ich Ihre Frau hätte retten können. Wir haben alles getan. Die Natur ist manchmal grausam. Es gibt ein Leben und nimmt es zur gleichen Zeit."

Die beiden Männer maßen sich mit Blicken und Hetty hatte Angst, dass Blackwell etwas Unüberlegtes tun würde. Seine Hände ballten sich zu Fäusten, doch dann sackte er in sich zusammen. Sein Körper verlor alle Spannung.

Blackwell wollte etwas sagen, sein Gesicht war vor Wut verzerrt, doch dann gewann sein Verstand die Oberhand. Er schien in Sekunden nüchtern geworden zu sein, nickte nur und kniete sich zu seiner toten Frau an das Bett. „Ich verspreche dir, dass ich auf Sienna achten werde. Ich werde sie hüten wie meinen Augapfel. Ihr darf niemand ein Leid antun, sie wird immer meine Erinnerung an dich sein", flüsterte er, doch es war so leise im Raum, dass sich seine Worte unnatürlich laut anhörten. Er schüttelte erneut den Kopf und Tränen rannen seine Wangen hinunter. Er begann hemmungslos zu weinen und schämte sich seiner Tränen nicht.

Hetty wandte sich diskret ab. Leise nahm sie das kleine Bündel mit dem Kind an sich und verließ zusammen mit dem Arzt den Raum. Sie ließ Blackwell den Raum und die Zeit, um seine Frau zu trauern, die er so sehr liebte. Er mochte ein rauer Kerl sein, doch Trudy hatte er auf Händen getragen, sie war diejenige, die ihn zu einem besseren Menschen gemacht hatte. Nun war Trudy tot. So ein unnötiger Verlust und viel zu früh. Hetty hoffte, dass Sienna das Gleiche bei ihrem Vater bewirken konnte wie ihre Mutter. Beruhigend auf ihren Vater einzuwirken. Auf diesem kleinen Mädchen lag eine große Bürde.

Kapitel 1

London, April 1816
23 Jahre später

Captain Oliver Harvard stand an der Balustrade und blickte auf die Menge hinunter, die sich in dem überfüllten Ballsaal unter ihm ausbreitete. Er wandte sich um und schritt langsam die Treppe hinab. Mit jedem Schritt fühlte er sich unwohler und, als er am untersten Absatz ankam, hätte er gern kehrtgemacht. Das hier war einfach nichts für ihn. Menschen drehten sich zur Musik im Kreis, lachten und riefen laut durcheinander. Wie konnte man sich nur dem Vergnügen hingeben, während an anderen Orten die Menschen ihr Leben verloren? Das war nicht gerecht. Die Welt drehte sich einfach weiter, während Männer auf dem Schlachtfeld gestorben waren. Gute Männer, seine Männer. Abrupt drehte er sich um und wäre fast gegen die breite Männerbrust seines guten Freundes Joseph Moore, Earl of Wiltshire, geprallt.

„Du willst doch wohl nicht schon wieder gehen, Harvard", fragte Moore. „Oder soll ich dich lieber mit Captain ansprechen?" Er drückte Oliver eines von zwei Gläsern Champagner in die Hand, die er von dem Tablett eines vorbeieilenden Lakaien gefischt hatte.

„Du sollst mich doch nicht mehr so nennen, der Krieg ist vorbei."

Joseph nickte. „Ja, natürlich. Alte Gewohnheiten legt man aber nicht so schnell wieder ab. Komm, ich stelle dich meiner Mutter vor, der wir das Spektakel hier zu verdanken haben." Er führte Oliver weiter in den großen Raum hinein, an Gästen vorbei, die ihn neugierig musterten, besonders die weiblichen schienen sehr interessiert an ihm zu sein. Einige warfen ihm verführerische Blicke zu oder schürzten die Lippen, andere klimperten aufgeregt mit den Wimpern. Keine von ihnen zog sein Interesse auf sich. Eine ähnelte der anderen, sie alle verschwammen zu seiner Masse gut behüteter junger, hübscher Frauen, die nur ein Ziel hatten: reich zu heiraten.

„Mutter, darf ich Ihnen meinen guten Freund, Baron Oliver Harvard vorstellen? Oliver, das ist die Dowager of Wiltshire, Lady Eliza Moore, meine Mutter und die Gastgeberin dieser überfüllten Veranstaltung." Joseph verzog das Gesicht zu einem nicht ganz ernst gemeinten Lächeln.

Lady Moore blickte ihren Sohn strafend an, dann glitt ihr Lächeln zu Oliver herüber. Sie trug ein elegantes dunkelblaues Ballkleid, war hochgewachsen und musterte Oliver mit wachen blauen Augen, die gut zu ihrem Kleid passten. Das weiße Haar war kunstvoll hochgesteckt und ein Diadem zierte ihren Kopf. Die Ähnlichkeit mit Joseph war unverkennbar. Sie war von einigen prächtig gekleideten Damen umgeben, die Oliver so freundlich musterten, als hätten sie ein appetitliches Kanapee vor sich.

„Captain Harvard? Oh, was für eine Freude, dass Sie meiner Einladung gefolgt sind, mein Lieber. Mein Sohn hat so viel von Ihnen erzählt, dass ich meine, Sie bereits zu kennen! Oder soll ich lieber Baron sagen?" Sie hielt ihm ihre schmale Hand entgegen.

Mit einer galanten Verbeugung ergriff er sie und deutete einen Handkuss an. „Vielen Dank für die Einladung, Lady Moore. Oliver reicht vollkommen."

„Wie freundlich von Ihnen. Bitte nennen Sie mich doch Lady Eliza, so wie alle anderen auch."

„Mit Vergnügen, Mylady."

„Oliver, darf ich Ihnen meine beste Freundin, Lady Joyce Norton, Countess of Leeds, mit ihren reizenden Töchtern vorstellen?"

„Meine Damen. Wie bezaubernd, Sie kennenzulernen." Oliver nickte den Damen der Reihe nach zu, aber Lady Eliza ließ ihm keine Zeit, sie genauer anzusehen.

„Kommen Sie, Oliver, wir wollen uns ein wenig die Beine vertreten. Joyce, du entschuldigst uns." Ohne eine Antwort abzuwarten, hakte sie sich bei Oliver unter und führte ihn davon. „Die arme Frau hat vier Töchter, die sie unter die Haube bringen muss, und keine von ihnen ist hübsch oder hat auch nur einen Fünkchen Verstand. Halten Sie sich bloß von ihnen fern, mein lieber Harvard. Sonst sind Sie schneller verheiratet, als Sie Nein sagen können." Sie lachte auf, als hätte sie einen Witz gemacht.

Langsam wanderten sie an der Tanzfläche entlang. Joseph folgte ihnen mit Abstand und trank von seinem Champagner, wie Oliver mit einem Blick über die Schulter feststellte, und schien äußerst zufrieden, dass sich seine Mutter ihm angenommen hatte.

Alles, was Rang und Namen hatte, nahm am Frühlingsball der Dowager of Wiltshire teil, den sie jedes Jahr im April gab. Ihr Stadthaus verfügte über einen großen Ballsaal, dessen Flügeltüren in den Garten hinausführten. Zwar war es zu dieser Jahreszeit am Abend schon empfindlich kühl, doch die Gäste nutzten die frische Luft, um sich vom Tanz und der verrußten Luft, verursacht von einer Vielzahl Kerzen in den Räumen, zu erholen. Von den Türen aus konnte er erkennen, dass der Garten mit Fackeln bestückt war, die die Wege erleuchteten und sich wunderschön vor dem Abendhimmel abhoben. Ein apartes Bild, das einen zweiten Blick wert war.

Oliver blieb stehen und zeigte auf den kleinen Irrgarten, der von hier oben dank der Fackeln gut zu erkennen war und sich zu ihren Füßen ausbreitete. Ein Quadrat von Buxbäumen war so angelegt worden, dass es immer wieder verschlossene Gänge gab. Die Hecken war dicht gewachsen und höher, als ein Mann groß war. „Sie haben wirklich ein bildschönes Anwesen, Lady Eliza. Ein Irrgarten mitten in der Stadt. Das habe ich bisher nur auf dem Land gesehen."

„Es gehört alles Joseph, er ist der Erbe. Dank seiner Gunst darf ich hier leben. Ich rechne es ihm hoch an, dass er seine Mutter nicht einfach so aufs Land abschiebt wie so manche seiner Artgenossen." Sie lachte vergnügt.

Joseph schüttelte den Kopf. „Sie wissen genau, dass ich das niemals tun würde, liebe Mama", sagte er liebevoll.

„Ja natürlich, im Augenblick nicht, aber wenn du erst einmal der richtigen Frau begegnest ..."

Im Saal ging ein Raunen durch die Menge und sie blickte irritiert zum Eingang. „Was ist denn da los?“, fragte sie und reckte den Hals, um besser sehen zu können.

„Liebe Mama, Sie haben doch nicht etwa den Earl of Brentwood eingeladen?“, murmelte Joseph und sah seine Mutter ungläubig an.

„Was ist denn mit Brentwood?“, fragte Oliver und sah ebenfalls zum Eingang, konnte aber kein bekanntes Gesicht entdecken.

„Nichts, der arme Kerl hat mittlerweile das Zeitliche gesegnet“, antwortete Joseph und sah Oliver vielsagend an. „Aber nicht, ohne vorher seinen Titel in einem Spielsalon an John Blackwell zu verlieren. Er ist der neue Earl. Wenn du mich fragst, ist das nicht mit rechten Dingen zugegangen.“ Sein Ton ließ Düsteres ahnen.

„Und wer ist John Blackwell?“ Oliver ließ seine Blicke schweifen. Das Getuschel hinter geöffneten Fächern war weder zu überhören noch zu übersehen.

„Nun, auf jeden Fall kein Ehrenmann“, sagte Joseph.

„Er ist der Besitzer des Black Swan, des stadtbekannten Bordells. Du kannst es ruhig aussprechen, mein Sohn, ohne dass deine Mutter gleich in Ohnmacht fällt.“

„Mir ist unbegreiflich, woher Sie immer Ihre Informationen beziehen, liebe Mutter.“ Joseph machte eine strenge Miene.

„Aus erster Quelle“, erklärte die Countess und lächelte vielsagend.

„Wie bitte? Ich denke nicht, dass Sie in solch einem Etablissement verkehren.“ Joseph wurde blass.

„Wen hat der Earl da bei sich?“, wollte Oliver wissen, der den Blick nicht von den fünf Personen am Eingang abwenden konnte.

„Das sind seine vier Töchter. Bildschöne Mädchen, aber leider nicht von adliger Herkunft, sodass sich wohl kaum jemand finden wird, der sie vor den Traualtar führen wird. Wenn man den Gerüchten Glauben schenken darf, haben sie alle verschiedene Mütter“, erklärte Lady Eliza. „Ihr entschuldigt mich bitte, ich werde meine Gäste begrüßen müssen, nachdem sie tatsächlich den Mut aufbringen, hier zu erscheinen.“

„Soll ich Sie begleiten?“, fragte Joseph unsicher.

Seine Mutter winkte ab. „Das erledige ich besser allein.“ Schwungvoll drehte sie sich um und schenkte den Männern ein Lächeln, das sehr jugendlich wirkte. Sie bahnte sich den Weg quer über die Tanzfläche und die Paare wichen ihr geschickt aus, bis sie am anderen Ende des Raums die neuangekommenen Gäste mit einer ausladenden Geste willkommen hieß.

Der Earl of Bentwood beugte sich über ihre Hand. Er war elegant gekleidet und auf den ersten Blick hätte Oliver ihn nicht für einen Bordellbesitzer gehalten. Wie konnte man sich doch täuschen.

Neugierig trat er einen Schritt vorwärts, um die neuen Gäste besser in Augenschein zu nehmen. Bei genauer Betrachtung sah der Earl so aus, wie man es bei einer Gelegenheit wie dem Frühlingsball im Hause Wiltshire erwarten konnte. Er war mit einem feinen Zwirn bekleidet, der der Mode entsprach; ein schwarzer Frack, mit dunklen Hosen, dazu ein weißes Hemd mit Stehkragen. Dazu trug er allerdings Stiefel, die zwar blank poliert waren, aber so gar nicht zu dem festlichen Outfit passen wollten. Die Kette der goldenen Taschenuhr war der einzige Farbtupfer, machte das Gesamtbild aber nicht besser. Es war ihm anzusehen, dass er sich in diesem Aufzug nicht wohlfühlte. Als er den Kopf wandte, entdeckte Oliver eine Narbe auf seiner Wange, die von der Schläfe bis zum Wangenknochen verlief. Die eng stehenden Augen gaben ihm einen harten Ausdruck. Bei genauem Hinsehen konnte Oliver in ihm eher den Bordellbesitzer sehen als den vornehmen Earl – sicher kein Mann, mit dem man in Streit geraten sollte.

Gerade als Oliver sich abwenden wollte, entdeckte er ein Augenpaar, das ihn ebenso ungeniert musterte wie er den Earl. Die junge Frau, die neben Blackwell stand, war sicher eine seiner Töchter. Es waren nicht nur ihre großen grünen Augen, die ihn faszinierten, und ihr für einen Ball des ton viel zu selbstbewusste Erscheinung, sondern das flammend rote Haar, das kunstvoll hochgesteckt war. Ein wahrer Farbrausch. „Wer ist sie?", wollte Oliver wissen, schaute seinen Freund fragend an.

„Wen meinst du?"

„Die Frau mit dem roten Haar, direkt neben Blackwell, in diesem umwerfenden grünen Kleid."

Joseph folgte seiner Blickrichtung und nickte. „Das ist Lady Sienna Blackwell, seine älteste Tochter. Wie es heißt, ist sie bereits vergeben. Du solltest die Finger von den Damen lassen, Blackwell versteht keinen Spaß, wenn es um seine Töchter geht. Er lässt sie nicht in seinem Etablissement arbeiten, verteidigt ihre Unschuld mit allen Mitteln. Es heißt, er will sie als Jungfrauen an den Meistbietenden verschachern.“

Oliver nahm all diese Informationen auf, ohne Lady Sienna Blackwell aus den Augen zu lassen, die gerade von Lady Eliza begrüßt wurde. Sie schenkte der Gastgeberin ein reizendes Lächeln. So hatte er schon lange nicht mehr auf eine Frau reagiert. Allein schon ihr Name – Sienna. Es klang wie die Sonne, die an einem warmen Sommertag im Meer versank. Sienna ...

„Hörst du mir zu, Harvard?“ Joseph stieß ihm den Ellenbogen in die Rippen.

„Natürlich“, sagte er, ohne zu wissen, wovon sein Freund überhaupt sprach.

Dieser lachte. „Ich glaube, du hast kein Wort von dem mitbekommen, was ich gerade gesagt habe. Sie soll verlobt sein.“

„Aha! Und wer ist der Glückliche?“, fragte Oliver interessiert nach. Er hatte nichts von einer bevorstehenden Hochzeit gehört und auch keine Einladung erhalten.

Joseph hob die Schultern. „Keine Ahnung, aber wenn ich Blackwell richtig einschätze, ist es ein Herzog oder zumindest ein Markgraf. Darunter wird er seine Töchter nicht verheiraten. Doch es ist geheim, niemand weiß etwas.“

***

Wie sehr Sienna diese Zurschaustellung hasste. Sie weigerte sich, diesen Ball zu besuchen, doch ihr Vater hatte darauf bestanden und sie war nur mit Mühe und Not einer Ohrfeige entkommen. Am Ende hatte August, rechte Hand ihres Vaters und Rausschmeißer im Black Swan, sie einfach gepackt und in die Kutsche verfrachtet, als wäre sie eine Holzpuppe. Dieser Mann verfügte über enorme Kräfte, da er früher Preisboxer gewesen war. Ihre Schwestern hatten weitaus weniger Widerstand geleistet, weil es darum ging, sie in die Gesellschaft einzuführen, damit sie so schnell wie möglich reiche Verehrer fanden, um den Geldsack ihres Vaters zu füllen. Er dachte gar nicht daran, seine Töchter mit einer Mitgift auszustatten. Sie waren mit solcher Schönheit gesegnet, dass ihr Vater damit rechnete, sie würden den Männern so sehr den Kopf verdrehen, dass sie sie unter allen Umständen heiraten wollten. Er hatte vor, sie an den Meistbietenden zu verkaufen, und sie, Sienna, war die Älteste und machte den Anfang. Sie hatte bereits einen Verlobten, nun sollten ihre Schwestern folgen. Sie war von der Gastgeberin freundlich begrüßt worden. Lady Eliza hatte auch ihren Vater empfangen, als wäre er ein rechtmäßiges Mitglied der adligen Gesellschaft, obwohl sie sicherlich wusste, dass es nicht so war.

Sienna begab sich ans Buffet und ließ ihren Blick über die Köstlichkeiten wandern. Rasch schob sie sich eine der Pralinen in den Mund und kaute genüsslich und mit geschlossenen Augen.

„Hat Ihnen Ihr Vater Süßigkeiten verboten, dass Sie sie heimlich naschen?", ertönte eine tiefe Stimme hinter ihr. Erschrocken riss Sienna die Augen auf, ihre Wangen wurden heiß, aber sie nahm sich zusammen, anstatt eine ungebührliche Antwort zu geben. Haltung war alles, das hatte sie früh gelernt.

„Wie kommen Sie denn darauf?" Sie wandte sich um und sah sich dem großgewachsenen Mann gegenüber, der sie über den Raum hinweg angestarrt hatte. Sie hatte seine Blicke bemerkt, direkt als sie den Ballsaal betreten hatten. Der Mann war älter als sie, vielleicht Anfang dreißig. Ihr gefielen die kleinen Fältchen an seinen Augen, die davon zeugten, dass er bereits eine Menge erlebt hatte. Sein Blick war nicht frei und ungezwungen, sondern aufmerksam und distanziert. Er war nicht darauf aus, mit ihr zu tändeln, ihr kam es eher so vor, als hätte er erkannt, was sie war, und würde darauf achten, dass sie nicht mit dem Silber durchbrannte. Seine braunen Augen musterten sie von Kopf bis Fuß.

„Gefällt Ihnen, was Sie sehen?", fragte sie und hob die Augenbrauen.

„Sie wissen, dass Sie schön sind. Ich hätte nicht von Ihnen gedacht, dass Sie nach Komplimenten fischen. Das haben Sie doch gar nicht nötig. Was steckt also dahinter? Sie sind eine rätselhafte junge Frau." Er hielt ihrem Blick stand.

Ihr gefiel seine tiefe Stimme. Sie glitt wie ein Kribbeln über ihre Haut. „Wir sollten uns nicht unterhalten, denn wir wurden einander nicht vorgestellt. Wenn Sie mich bitte entschuldigen wollen." Sienna raffte ihre Röcke und wollte an ihm vorbei gehen. Dieser Mann hatte etwas an sich, das sie flüchten ließ, denn Sienna war sich sicher, dass er ihr gefährlich werden konnte, und Komplikationen konnte sie im Augenblick nicht gebrauchen.

„Sie laufen vor mir davon? Das hätte ich nicht von Ihnen gedacht."

„Irrtum“, zischte sie ihm zu. „Wenn mein Vater mitbekäme, wie Sie sich mir nähern, würde er Ihnen die Gurgel aufschneiden. Ich rette also gerade Ihr Leben, Mylord, Sie sollten mir dankbar sein.“ Mit einem kleinen Nicken ließ sie ihn stehen.

„Wer war denn das?“, fragte Poppy, ihre Schwester, als sich Sienna zu ihren Schwestern gesellte. Aufmerksam sah sie Oliver hinterher. „Er sieht gut aus.“

„Ich habe keine Ahnung, wer er ist, er gefällt mir nicht. Halte dich bloß von ihm fern.“ Sienna beobachtete, wie er sich mit dem Earl of Wiltshire, dem Sohn der Countess, unterhielt. Als die beiden Männer zu ihr herübersahen, wandte sie sich ab und traf auf den harten Blick ihres Vaters, der ihr andeutete, dass sie sich unter die Leute mischen sollten. Sie atmete schwer aus. Ihr Vater hatte sich in den Kopf gesetzt, dass seine Töchter in die höheren Kreise einheiraten sollten. Sie selbst hatte er an einen verschachert, der nicht nur alt und vermögend war, sondern vermutlich auch abartige Neigungen hatte. Der Duke of Rockingham war bereits Anfang siebzig. Ein Wunder, dass er überhaupt so ein hohes Alter erreicht hatte. Seine Frau hatte er vor mehr als zehn Jahren verloren. Da er keinen leiblichen Erben besaß, wollte er unbedingt eine junge Frau, damit sie ihm diesen schenkte. Die Verlobung hatte ohne Feier stattgefunden. Es war nur eine schriftliche Vereinbarung zwischen Rockingham und ihrem Vater unterzeichnet worden. Mehr nicht. Sie selbst hatte nichts dazu beitragen dürfen, denn ihrem Vater war klar gewesen, dass sie dieser Vereinigung auf keinen Fall zustimmte. Dem Duke war wichtig, dass seine Braut Jungfrau war, welche Summe dafür den Besitzer gewechselt hatte, war ihr nicht bekannt. Sienna hatte ihre Unschuld zwar noch nicht verloren, aber sie war in einem Bordell aufgewachsen und hatte recht genaue Vorstellungen davon, wozu Männer im Schlafzimmer fähig waren. Es schauderte sie bei dem Gedanken, was ihr bevorstand. Sie musste dringend eine Lösung finden, damit Poppy, Grace und Evie verschont blieben von Männern wie dem Duke. Mochten sie auch noch so reich sein. Die Mädchen träumten davon, aus Liebe zu heiraten, so wie sie auch, und Sienna wollte ihren Schwestern diesen Traum ermöglichen.

Aus dem Augenwinkel sah sie, wie sich ihr Vater in Bewegung setzte. „Los, mischt euch unter die Leute und versucht, die Aufmerksamkeit der Männer auf euch zu ziehen", zischte sie ihren Schwestern zu, die sofort mit einem Lächeln auf den Lippen durch den Ballsaal wanderten und nicht nur bei den Herren der Gesellschaft für Aufmerksamkeit sorgten.

Die weiblichen Gäste verfolgten sie mit neidischen Blicken. Sie trugen nicht nur teure Gewänder, auch sahen die Blackwell-Schwestern reizend aus. Eine wunderschöner als die andere.

„Warum stehst du noch hier herum?", brummte John Blackwell und sah Sienna wütend an.

„Ich sehe niemanden, der herumsteht", entgegnete sie und sah sich suchend um. „Grace tanzt bereits." Sie nickte mit dem Kinn zur Tanzfläche, wo die Zweitälteste mit dem Earl of Wiltshire an einer Quadrille teilnahm. Die dunkelroten Haare ihrer Schwester wirbelten um ihren Kopf. Ihre Augen leuchteten und sie lächelte ihren Tanzpartner glücklich an. Grace war eine gute Tänzerin und zog eine Menge eifersüchtige Blicke von anderen Frauen auf sich. Nicht nur, weil sie mit dem Sohn der Gastgeberin tanzte. Der Earl schien nicht den Blick von ihr nehmen zu können.

„Gut", brummte ihr Vater. „Du hältst dich von den Männern fern. Ich will nicht, dass über dich getratscht wird. Du musst auf deinen guten Ruf achten, schließlich bist du bereits vergeben."

„Sehr wohl, Vater." Sie lächelte gequält, blickte auf den Verlobungsring an ihrem Finger, der alt und hässlich war wie ihr Verlobter. Ihr Ruf war seit ihrer Geburt ruiniert, nur wollte ihr Vater das nicht wahrhaben. Er war ein Bordellbesitzer, der seinen Titel bei einer Partie Hazard gewonnen hatte. Der arme Gegner hatte nicht geahnt, dass die Würfel gezinkt gewesen waren und er keine Chance hatte. Da er kurze Zeit später bei einem Überfall in der Hafengegend ermordet wurde, spielte das nun keine Rolle mehr. Er hatte so oder so verloren, auf ganzer Linie. Nicht nur den Titel des Earl of Bentwood und sein ganzes Vermögen, auch sein Leben.

Sienna trat durch die weit geöffneten Flügeltüren hinaus auf die Terrasse und weiter in den Garten. Das flackernde Licht zog sie magisch an und sie wollte sich der Obhut ihres Vaters entziehen. Hier im Dunkel der Nacht fühlte sie sich sicher. Zumindest sicherer als im hell erleuchteten Ballsaal mit seinen unzähligen Kandelabern und Kerzen. Die Abendluft roch verführerisch nach Frühsommer. Etwas Süßes lag in ihr. War das der Duft von Jasmin? Langsam ging sie einen der abzweigenden Wege hinunter und entdeckte einen Apfelbaum voller Blüten. Die Äste waren prall gefüllt. Im Herbst würde Ernestine, die neue Frau an der Seite ihres Vaters, einen leckeren Apfelkuchen backen, denn in dem Stadthaus ihrer Familie standen ebenfalls solche Bäume, doch diese hier trugen viel mehr Blüten. Oder vielleicht ein Kompott. Ernestine war eine wunderbare Köchin und versorgte die Mädchen, als wären sie ihre eigenen Kinder. Man konnte sich keine bessere Stiefmutter wünschen. Sienna würde sie sehr vermissen, wenn sie erst verheiratet war und das Haus für immer verlassen musste.

Sie streckte eine Hand aus und zog einen kleinen tiefhängenden Ast mit Blüten zu sich heran, roch daran und schloss die Augen. Die Blüten dufteten so gut, wie die Äpfel später schmecken würden. Süß, fleischig und nach einem Hauch von Spätsommer. Sie pflückte eine Blüte und steckte sie sich ins Haar.

„Jetzt habe ich Sie sogar bei einem Diebstahl erwischt. Wusste ich es doch, dass man Ihnen nicht trauen kann."

Sienna schloss die Augen und lächelte, dann drehte sie sich zu der dunklen Stimme um, die ihr wieder ein Kribbeln auf der Haut bescherte.

Kapitel 2

Oliver sah Sienna Blackwell nach, wie sie durch die Flügeltüren in den Garten entschwand, und folgte ihr unauffällig. Wie die Motte zum Licht, dachte er und lächelte. Er behielt John Blackwell im Auge, denn mit ihm wollte er auf keinen Fall aneinandergeraten. Daher nahm Oliver eine andere Tür in den Garten, das war weniger auffällig.

Es war nicht schwer, ihrer Spur zu folgen, als er sich sicher fühlte. Das rote Haar leuchtete in der dunklen Nacht und wies ihm den Weg. Als sie unter einem Baum stehenblieb und die Hand ausstreckte, schimmerten ihre silbernen Handschuhe, die sie bis zu den Ellenbogen trug. Das flaschengrüne Abendkleid schien im Dunkeln mit dem Baumstamm zu verschmelzen. Wie lange war es her, dass er das Kleid oder die Haarfarbe einer schönen Frau bemerkt hatte ... Oliver wusste es nicht. Bevor er in den Krieg gezogen war, soviel war ihm klar.

Im Krieg war alles anders geworden. Sein leichtes, belangloses Vorkriegsleben gab es nicht mehr, es hatte sich in Luft aufgelöst. An dessen Stelle waren Wunden, Schmerz und Tod getreten. Aber der Krieg war vorbei und er war mit heiler Haut davongekommen. So wie seine Freunde. Sie konnten von Glück sagen, dass sie überlebt hatten. Alle. Obwohl so viele ihr Leben gelassen hatten. Jedoch fiel es ihm nicht so leicht, in sein altes Leben zurückzukehren. Vielleicht war dieser Abend ein erster unbeholfener Anfang.

Atemlos beobachtete er, wie Sienna an einer Blüte schnupperte. Diese Geste hatte etwas sehr Sinnliches an sich und ihm stockte für einen kurzen Moment der Atem. Dann räusperte er sich. „Jetzt habe ich Sie sogar bei einem Diebstahl erwischt. Wusste ich es doch, dass man Ihnen nicht trauen kann", sagte er und war selbst überrascht, wie sanft seine Stimme klang.

„Verfolgen Sie mich etwa?" Sienna drehte sich um, trat einen Schritt zurück und fuhr sich mit der Zunge über die Lippen, um sie zu benetzen und Oliver konnte den Blick davon nicht abwenden. Zu gern hätte er ihr die Feuchtigkeit von den Lippen geküsst. Er lachte verlegen über sich selbst. Was für eine Vorstellung. Sie gehörte ganz sicher nicht zu den Frauen, die sich willenlos in den Armen eines Verehrers fallenließ, dafür war sie zu widersprüchlich.

„Sie verfolgen?", fragte er daher schnell. „Ja und nein. Ich möchte gerne Versäumtes nachholen und mich Ihnen vorstellen. Baron Oliver Harvard, zu Ihren Diensten, Mylady." Er verbeugte sich.

„Sienna Blackwell", entgegnete sie und knickste leicht.

„Sie meinen, Lady Sienna Blackwell?" Oliver tat ahnungslos.

Sienna lächelte und schüttelte den Kopf. „Mein Vater ist zwar ein Earl. Wie er seinen Titel erlangt hat, ist Ihnen sicherlich zu Ohren gekommen, Mylord. Ich habe damit nichts zu tun. Ich bin keine Lady. Vermutlich hat man uns nur eingeladen, um sich an dem Pöbel zu freuen. Möchten Sie mal riechen?" Sie hielt ihm die kleine Blüte entgegen.

Er zögerte nicht, griff danach und berührte für einen kurzen Moment ihre Handfläche. Obwohl diese mit Stoff bedeckt war, fühlte er deutlich die Wärme ihrer Haut.

„Sie machen mich also zu Ihrem Komplizen", sagte er, und roch an der Blüte.

Sie beobachtete ihn genau, sah immer wieder auf seinen Mund, während sich die Süße in seiner Nase ausbreitete. Er bemerkte, wie sie die Narbe an seiner Schläfe betrachtete. Sie sah nicht weg, sondern sah ihn eher interessiert als abgestoßen an. Um den Blickkontakt zu unterbrechen, wandte sich Oliver schließlich ab und zupfte eine der Blüten ab. Plötzlich musste er niesen.

„Ich hoffe, Sie reagieren nicht allergisch auf Düfte. Nicht, dass ich Sie noch retten muss", sagte sie und trat zurück auf den Weg.

Oliver folgte ihr. Er wollte sie nicht einfach so gehen lassen. „Warum sind Sie so ungnädig?", fragte er und schloss zu ihr auf.

„Warum sind Sie so beharrlich?", entgegnete sie statt einer Antwort.

„Beantworten Sie immer eine Frage mit einer Gegenfrage? Das ist nicht sehr höflich."

Sie lachte leise. „Mylord, ich bin nicht hier, um höflich zu sein."

Oliver verschränkte die Hände hinter seinem Rücken. „Nicht? Und warum sind Sie dann hier? Wenn ich fragen darf?"

„Das sind aber viele Fragen, die Sie stellen. Nun gut, ich bin hier, weil mein Vater es von mir verlangt. Ich soll dafür sorgen, dass meine Schwestern schnell einen Verehrer finden, möglichst von hohem Rang und mit einem großen Vermögen."

„Und was ist mit Ihnen? Suchen Sie keinen Mann?"

Sie schüttelte den Kopf. „Nein, ich bin bereits vergeben." Ihr Ring blitzte im Mondschein auf.

Oliver blieb stehen. „Ist das so? Aber wo ist dann der Mann, der das Glück hat, den Rest seines Lebens an Ihrer Seite zu verbringen."

Sie hob die Schultern. „Unpässlich."

Er lachte. „Was ist er? Ein Junge, der an einer Kinderkrankheit erkrankt ist? Oder ein Greis?"

„Vermutlich von beidem etwas." Ihr Ton war ernst und Oliver spürte die Wahrheit in ihren Worten.

Er sah sie von der Seite an und passte seinen Schritt ihrem an, um auf gleicher Höhe zu bleiben. „Ich habe bisher nichts von einer Verlobung gehört."

„Das werden Sie auch nicht, denn sie fand nur im familiären Kreis statt. Aber ich werde in der nächsten Woche heiraten."

„Wollen Sie mir verraten, wer der Glückliche ist?"

Sie blieben stehen, dicht standen sie nebeneinander. Zu dicht. Wieder zogen ihre schönen grünen Augen ihn in ihren Bann und er war kaum in der Lage, sich diesem intensiven Blick zu entziehen. Es kam Oliver so vor, als würde sie seine Seele berühren.

„Es tut mir leid, ich muss zurück. Mein Vater wird mich bereits suchen." Sie wandte sich ab.

„Sienna! Lady Blackwell! Bitte warten Sie." Oliver trat näher. Noch einen Schritt und sie würden sich berühren. Wenn sie jemand beobachtete, wäre ihr Ruf für immer ruiniert.

Dennoch rührte sie sich nicht, verharrte auf der Stelle.

Sie blickte zu ihm auf, atmete schwer. „Lassen Sie mich gehen, Oliver", flüsterte sie.

„Ich halte Sie nicht fest, Sie können gehen", sagte er ebenso leise.

Dennoch blieb sie. In diesem Moment waren plötzlich Schritte auf dem Kiesweg zu hören. Noch war niemand zu sehen, aber wenn sie jemand hier allein im dunklen Garten fand, würde das unweigerlich für Gerüchte sorgen. Rasch griff Oliver nach ihrem Arm und zog sie hinter den Stamm des Apfelbaums. Die mit den üppigen Blüten beladenen Äste hingen tief, gewährten zusätzlichen Schutz, aber er gab sie nicht frei, spürte ihren Körper an seinem, fühlte, wie ihre Brust sich hob und senkte. „Sie sollten niemanden heiraten, den Sie nicht wirklich lieben", flüsterte er ihr zu.

„Glauben Sie, darauf käme es an? Als ob jemand darauf Rücksicht nehmen würde, wen ich liebe! Sie haben eine zu romantische Ader für diese Zeit, Mylord."

„Ich bin alles andere als romantisch. Aber werfen Sie Ihr Leben nicht weg." Er schaute sie eindringlich an, als könnte er Kraft seines Blicks ihre Meinung ändern.

Sie versuchte, sich von ihm zu lösen, doch instinktiv verstärkte Oliver den Griff, zog sie an seine Brust.

„Seien Sie vernünftig, Sienna", raunte er ihr zu. Sie duftete süß und fruchtig. Erinnerte ihn an den Sommer, der langsam begann. Er wollte sie ebenso wenig loslassen wie den Frühling, doch die nahenden Schritte holten ihn zurück in die Wirklichkeit. Er beugte sich schnell hinunter und gab ihr einen kleinen Kuss auf die Lippen, dann ließ er von ihr ab.

Sienna holte tief Luft, strich mit der Hand über seinen Arm und drückte seine Hand. Sie trat auf den Weg und ließ ihn hinter dem Baum zurück, wo er still stehenblieb, bis er ihren Duft nicht mehr wahrnahm.

***

„Verdammt, Sienna! Wo bist du denn? Ich suche dich im Ballsaal. Was treibst du hier draußen?" Ihr Vater kam hinter der Biegung zum Vorschein. Mit großen Schritten eilte er auf sie zu. „Ich habe dir gesagt, dass du auf deine Schwestern achten sollst. Was machst du hier im Dunkeln?" John Blackwell war unberechenbar, besonders, wenn es um seine Töchter ging.

Baron Harvard war in großer Gefahr. Vorsichtig blickte Sienna über ihre Schulter, doch der Weg hinter ihr war leer, es war nichts zu hören. Oliver war verschwunden, lautlos. Sie konnte seine Silhouette nirgends ausmachen. Hatte sie sich das alles nur eingebildet? Aber sie spürte noch immer seine Berührung …

„Was geht hier vor?", brummte Blackwell.

„Nichts, Vater. Wie du siehst, bin ich allein. Ich brauchte ein wenig frische Luft, der Ballsaal ist stickig und überfüllt. Schließlich brauche ich keinen Verehrer mehr. Und wenn ich nicht im Raum bin, haben meine Schwester eine Konkurrentin weniger."

Misstrauisch beäugte Blackwell sie. „Wage es nicht, deinen Ruf in Gefahr zu bringen", zischte er ihr zu und packte sie am Arm. „Wenn das dein Plan ist, so sage ich dir, er wird nicht aufgehen."

„Nein, natürlich nicht. Wie kommst du nur auf solche Ideen?", murmelte Sienna, aber sie konnte ihm nicht in die Augen sehen.

„Euch Weibsbildern ist alles zuzutrauen. Ich will nur euer Bestes, doch ihr habt nichts anderes zu tun, als meine Bemühungen zu boykottieren." Er schob sie in Richtung Haus, ließ sie jedoch los.

Mit festem Schritt ging sie voraus. Wollte ihr Vater wirklich das Beste für seine Töchter? Das sah Sienna anders. Wie konnte er nur glauben, dass sie ihre Hochzeit mit dem Duke of Rockingham gefährden würde? Welche junge Frau würde der Hochzeit mit einem fast Siebzigjährigen, der den Ruf besaß, geizig und ein Trinker zu sein, nicht mit Freude entgegensehen? Sie verzog angewidert das Gesicht und wollte etwas erwidern, besann sich jedoch anders. Es hatte ja doch keinen Zweck. Ihr Schicksal war besiegelt.

Kapitel 3

London, April 1816

„Wie hat euch der Ball gefallen?", fragte Ernestine, die am Tresen der Bar des Dark Swans stand und Sienna fragend anblickte. Sie trocknete die gespülten Krüge mit einem Handtuch ab und warf es sich dann über die Schultern, um die Gefäße ins Regal zu räumen.

„Ich habe mit einem Earl getanzt", erzählte Grace und ihre Wangen färbten sich rot, bevor Sienna eine Antwort geben konnte. Sie war ohnehin an diesem Tag nicht sehr gesprächig.

„Nur, weil du mit ihm getanzt hast, heißt es noch lange nicht, dass er dich heiraten wird." Poppy warf ihr lockiges blondes Haar über die Schulter.

Grace streckte ihr die Zunge heraus. „Du bist doch nur neidisch, weil niemand mit dir getanzt hat."

„Ich hatte mir den Knöchel verstaucht und konnte nicht tanzen."

„Mädchen!", rief Ernestine. „Genug jetzt. Ihr lockt mit euren Streitereien noch Blackwell aus dem Hinterzimmer und ihr wisst, dass er das nicht leiden kann." Sie war seit vier Jahren die Frau an John Blackwells Seite, und Sienna liebte sie sehr. Die Frau war einem Zirkus aufgewachsen, hatte aber den Absprung geschafft, der fahrenden Welt zu entfliehen, die für sie keine gute gewesen war, dass hatte Ernestine ihr anvertraut. Ein Leben an John Blackwells Seite war allemal besser, als jeden Abend ihr Leben zu riskieren, um als Assistentin des betrunkenen Messerwerfers zu fungieren, der Ernestines Vater war.

Dieser hatte sie natürlich nicht kampflos ziehen lassen, doch Siennas Vater war mit seiner Pistole schneller gewesen als Ernestines Vater mit dem Messer. Blackwell hatte ihren Vater nicht tödlich verletzt, aber in die Flucht geschlagen und Ernestine war bei Blackwell geblieben. Aus Dankbarkeit und weil sie mehr in diesem hünenhaften Mann sah als nur den raubeinigen Bordellbesitzer, das alles hatte Ernestine ihr in einem vertraulichen Gespräch erklärt. Ihr Vater war nun mal kein einfacher Mann, aber er war auch ein Vater, der sich um seine vier Kinder sorgte. Nicht immer auf die richtige Art und Weise, doch wie alle Väter wollte er das Beste für die Mädchen. Jedenfalls hoffte Sienna das. Seit Ernestine mit ihrem Vater zusammenlebte, fungierte sie als eine Art Puffer zwischen ihm und den Mädchen, aber Sienna konnte nicht immer einordnen, was ihn antrieb, und sie war auch nicht ständig damit einverstanden, wie er mit ihnen umging.

Ernestine blickte Sienna an, die auf einem Hocker vor dem Tresen saß, das Kinn auf eine Hand abgestützt. Seit Wochen ging das schon so. Genaugenommen seit dem Tag, als ihr Vater verkündet hatte, dass sie ab sofort die Braut des Duke of Rockingham war. Sienna schwankte zwischen Aufgabe und Rebellion. Wut, Hass, Angst und Gehorsamkeit wechselten sich regelmäßig ab. Ernestine sah sie sorgenvoll an, vermutlich wusste sie, wie es in ihr aussah. Sie hatte schon mit Engelszungen auf ihn eingeredet, ohne Erfolg. Er hielt an dem Gedanken fest, dass eine Heirat mit einem Edelmann das Beste für seine Kinder war. Egal, wie alt dieser Adelige war.

„Vielleicht solltest du spurlos verschwinden", flüsterte Ernestine und stellte vor Sienna einen Becher Tee ab.

Sie erwachte aus ihren Grübeleien und sah verwundert zu Ernestine auf. „Entschuldige, ich bin nicht ganz bei der Sache. Was hast du gesagt?"

„Wenn du verschwinden willst, werde ich dir behilflich sein", sagte sie leise und schaute zu August hinüber.

Er war der Rausschmeißer des Bordells und saß an einem der Tische, wo er damit beschäftigt war, seine Messer zu schärfen. Immer wieder sah er zu den Mädchen, als hätte er den Auftrag, diese zu bewachen. Um elf Uhr am Morgen gab es noch keine neuen Gäste, die alten hatten sich erst vor einigen Stunden verabschiedet. Sie alle lebten zwar in dem Stadthaus des Earl of Bentwood, doch die meiste Zeit hielten sie sich in dem Bordell am Hafen auf, zu der eine Schankwirtschaft, und ein Spielzimmer gehörte.

„Das kann ich nicht tun. Ich würde niemals meine Schwestern im Stich lassen. Ich muss dafür sorgen, dass Vater mit ihnen nicht das Gleiche macht wie mit mir. Vielleicht kann ich zu Geld kommen, das ich ihm für die Mädchen geben kann."

„Du willst deine Schwestern von deinem Vater freikaufen? Wie willst du das anstellen?"

Sienna hob die Schultern. „Ich werde mir etwas einfallen lassen. Zuerst muss ich den Duke heiraten. Ich
werde dafür sorgen, dass er mir freie Hand lässt und
genug Geld zur Verfügung stellt. Mag der Duke auch alt
und unansehnlich sein, er ist der Schlüssel für unsere
Freiheit. Vielleicht ist er ja gar nicht so schlimm, wie
man sich erzählt.“

August erhob sich, kam zum Tresen und zapfte sich
ein Bier.

„Das grüne Kleid stand dir so gut, du solltest deinen
Vater bitten, dir ein weiteres Kleid in dieser Farbe zu
kaufen“, raunte Ernestine ihr so zu, dass August sie hören konnte.

„Warum flüstert ihr, wenn es um Kleider geht?“,
wollte er wissen.

Ernestine schenkte ihm ein nachsichtiges Lächeln.
„Weil Kleider nun mal unsere Passion sind, mein Lieber. Wir Frauen haben so unsere Geheimnisse, wenn es
um Kleider gibt.“

„Ich liebe Kleider“, stöhnte Sienna auf, stützte ihren
Kopf auf dem Handballen ab und sah verträumt gegen
die Zimmerdecke. „Und Hüte. Ich wünsche mir ein
Meer aus Hüten.“ Die Mädchen lachten laut auf. Grace
wedelte mit dem Rock ihres violetten Kleides. Es stand
ihr gut, passte zu den dunkelroten Haaren. Sie waren
erheblich dunkler als Siennas Haare. Auch war Grace
wesentlich ruhiger als ihre ältere Schwester. Doch
heute konnte Grace es nicht lassen, sich über August
lustig zu machen.

Poppy kicherte hinter vorgehaltener Hand und zwinkerte Sienna zu. Sie fiel mit ihrem blonden Haar aus

der Reihe. Ihre Mutter war eine Schönheit gewesen und Poppy war ihr wie aus dem Gesicht geschnitten.

„Der arme August. Warum müsst ihr euch immer über ihn lustig machen“, fragte Evie kopfschüttelnd. „Er kann doch nichts dafür, dass er nicht so gescheit ist wie andere Männer.“ Die jüngste der Schwestern hatte brünettes Haar und wunderschöne braune Augen, die ihr Sanftheit verliehen.

Ernestine lachte und nahm ihre Arbeit wieder auf.

August schüttelte nur verständnislos den Kopf, ergriff seinen Bierkrug und setzte sich wieder an den Tisch. Hier würde er verharren, bis sein Chef endlich erwachte und ihm neue Aufgaben übertrug.

***

Oliver erwachte am nächsten Morgen mit einem schweren Kopf. Er hatte am Abend viel zu viel getrunken. Er konnte sich daran erinnern, dass er mit einer jungen Frau getanzt hatte. Wie war noch ihr Name gewesen? Jenny, Joyce ... Jade Norton. Genau. Sie war eine der Töchter von Lady Elizas Freundin Lady Joyce Norton. Keine Schönheit, aber auch nicht so unansehnlich, wie Lady Eliza sie beschrieben hatte. Allerdings hatte sie viel zu oft und viel zu laut gelacht. Als wäre sie aufgeregt ...

Er legte den Arm über seine Augen und wollte nicht aufstehen. Das Leben im Krieg war schwer genug gewesen, konnte er nicht einfach liegen bleiben? Mit geschlossenen Augen schlich sich das Bild einer ganz an-

41

deren Frau in sein Gedächtnis. Eine mit wunderschönen grünen Augen und roten Haaren. Sienna Blackwell. Die verlobt war und bald heiraten würde. Er konnte sich noch genau an ihren Duft erinnern. Sie hatte fein nach Lavendel gerochen, gepaart mit einem Hauch von Äpfeln. Ihr Körper hatte sich vollkommen an seinen geschmiegt.

Ein Klopfen an der Tür riss ihn aus seinen Grübeleien. „Herein!", rief er und setzte sich auf. Seine Stimme hörte sich an, als wäre er in ein Brandyfass gefallen und nicht wieder herausgekommen.

„Guten Morgen, Mylord. Ihr Frühstück." Jefferson betrat mit einem silbernen Tablett den Raum, stellte es auf dem Bett ab und zog anschließend die Vorhänge an den beiden Fenstern zur Seite, sodass die Sonne ihr helles Licht in den Raum warf.

Oliver schloss schnell die Augen, zwinkerte und gewöhnte sich nur langsam an das Tageslicht. Die Stiche im Kopf ignorierte er geflissentlich. „Wie spät haben wir es?", wollte er wissen.

„Halb elf. Mylord hatte mich gebeten, um exakt diese Uhrzeit das Frühstück zu servieren." Jefferson verbeugte sich.

„Schon gut. Bereiten Sie bitte ein Bad vor", wies Oliver ihn an und der Butler verließ mit einer weiteren Verbeugung den Raum.

Er hatte Joseph überredet, sich am Abend mit ihm im Club zu treffen. Hier wollte er mehr Informationen über diesen Blackwell und seine Töchter einholen. Einer ganz bestimmten Tochter. Es würde doch mit dem Teufel zugehen, wenn es ihm nicht gelänge herauszubekommen, wer dieser geheimnisvolle Verlobte war, den Sienna beabsichtigte zu ehelichen. Vielleicht war ja noch nicht alles verloren.

Der Herrenclub auf der Brompton Road war gut besucht. Oliver traf direkt am Eingang auf Viscount Bedford, der mit Joseph und ihm zusammen im Krieg gedient hatte.

„Oscar, was für eine Freude, dich hier zu treffen", rief Oliver vergnügt und klopfte seinem Freund auf den Rücken. Seine Laune hatte sich seit dem Vormittag und einem guten Frühstück erheblich gebessert. „Ich habe dich beim Frühlingsball von Lady Eliza vermisst."

Der Viscount Bedford zuckte mit den Schultern. „Ja, ich war leider unabkömmlich", meinte er, aber sein Blick sagte alles. Er hatte den Abend im Bett verbracht und ganz sicher nicht allein. „Was machst du hier? Wir haben dich in der letzten Zeit, selten zu Gesicht bekommen."

Oscar hatte recht. Oliver hatte sich, seit sie aus dem Krieg zurückgekehrt waren, rar gemacht. War kaum ausgegangen. Sie hatten an der entscheidenden Schlacht bei Waterloo teilgenommen und waren nach dem Sieg über Napoleon im Winter endlich heimgekehrt. Doch sie waren andere Männer geworden, nicht mehr die jugendlichen Gecken, die vor sechs Jahren in den Krieg gezogen waren. Lady Elizas Frühlingsball war einer seiner seltenen Auftritte auf dem gesellschaftlichen Parkett gewesen.

„Ich bin hier mit Joseph verabredet." Er ließ seinem Freund den Vortritt in den Saal. Oscar war ein schlanker großer Mann mit braunem Haar und haselnussfarbenen Augen, ein guter Kämpfer mit einer Menge Humor und einem freundlichen Wesen.

Oliver sondierte den Raum. „Wenn es recht ist, schließe ich mich euch an. Schade, dass Charles zurzeit nicht in der Stadt ist.“

„Wo treibt sich der alte Schwerenöter herum?“

Sie ließen sich an einem Tisch mit schweren Klubsesseln nieder. Der Raucherraum war mit Sitzmöbeln ausgestattet, an denen die Männer in kleinen Gruppen saßen, einen Drink genossen oder zwei und sich in Ruhe unterhielten. Auch das eine und andere Geschäft wurde hier geschlossen.

„Er musste aufs Land reisen, weil es seiner Mutter nicht gut geht. Nachdem er vor kurzem seinen Vater verloren hat und den Titel des Marquess of Albans geerbt hat, macht er sich nun Sorgen um seine Mutter.“

Oliver nickte wissend. Er hatte beide Eltern verloren, während er im Krieg gewesen war. Dass er sich nicht um sie hatte kümmern können, nagte immer noch an ihm.

Nachdem sie den ersten Gin intus hatten, gesellte sich Joseph zu ihnen.

„Und? Hast du Blasen an den Füßen? Nachdem du den halben Abend getanzt hast“, fragte Oliver mit einem Grinsen auf den Lippen.

„Seit wann tanzt du denn, Joseph?“, wollte Oscar wissen. „Hast du nicht immer behauptet, dass du zwei linke Füße hast?“

„Seit ich eine ganz besondere Frau kennengelernt habe, sind daraus zwei rechte Füße geworden.“

Seine beiden Freunde sahen ihn neugierig an.

„Aber jetzt brauche ich etwas zu trinken.“ Joseph winkte dem Bediensteten und bestellte die nächste Runde Gin, die auch prompt geliefert wurde.

„Also erzähl, wen hast du kennengelernt? Ich hoffe eine Frau, die deinem Stand entspricht." Oscar nahm sein Glas zur Hand und prostete ihm zu.

„Sie ist eine Lady", sagte Joseph, sah Oliver kurz an, blickte dann jedoch weg.

„Aha und weiter? Wer ist ihr Vater?"

„Ein Earl."

Verdutzt blickte Oscar von einem zum anderen. „Würdest du uns auch verraten, welcher Earl?"

Wie um Zeit zu gewinnen, griff Joseph nach seinem Glas und trank in aller Seelenruhe einen Schluck, stellte es mit einer langsamen Bewegung auf dem Tisch wieder ab. „Ihr Vater ist der Earl of Brentwood", sagte er leise.

„Wie bitte?" Oscar beugte sich vor.

„Der Earl of Brentwood", presste Joseph zwischen den Zähnen hervor.

Oscars Augen wurden groß. „Du sprichst von dem neuen Earl? John Blackwell?"

Es gab wohl niemanden in ganz London, der nicht erfahren hatte, wie Blackwell an seinen Titel gekommen war.

Joseph nickte.

„Bist du verrückt? Vergiss es. Blackwell hütet seine Töchter mehr als seine Augäpfel. Er verlangt ein Vermögen für sie, die Damen bringen keine Mitgift in die Ehe. So wie seine Erstgeborene, wenn man den Gerüchten Glauben schenken darf. Und wenn man bedenkt, wo die Mädchen aufgewachsen sind, bezweifle ich, dass sie überhaupt noch Jungfrauen sind. Mit diesen Frauen können wir tanzen und uns vergnügen, aber wir können sie auf keinen Fall heiraten. Was hast du dir da nur in den Kopf gesetzt?"

Nun wurde Oliver aufmerksam. „Weiß jemand, mit wem Sienna Blackwell verlobt ist?"

Die Männer schüttelten den Kopf.

„Aus deiner Frage entnehme ich, dass du Interesse an der Dame hast?" Oscar zwinkerte ihm zu.

Statt einer Antwort, fragte Oliver: „Wo befindet sich das Black Swan? Warst du schon einmal dort?"

„Ja, ein Mal. Keine sichere Gegend. Ich würde mich da nicht alleine sehenlassen, aber wir sind ja zu dritt. Vielleicht sollten wir einmal zusammen dorthin. Möglicherweise können wir einen Blick auf die schönen Töchter werfen. Allerdings müssen wir uns vor Blackwell in Acht nehmen. Aber die Damen scheinen es zumindest wert zu sein." Oscar grinste breit und erhob sich schwungvoll. „Ich glaube, mir ist nach einer Partie Hazard."

„Dann pass nur auf, dass du deinen Titel nicht an Blackwell verlierst", meinte Oliver vielsagend, leerte sein Ginglas und erhob sich.

Kapitel 4

London, April 1816

Sienna erkannte den gut gekleideten Mann mit den schwarzen Haaren und dunkelbraunen Augen sofort. Es war nicht nur seine stattliche Größe oder seine gute Kleidung, seine Aura schien heller zu scheinen als bei seinen beiden Begleitern.

„August, bring die Mädchen sofort nach oben." John Blackwell tauchte hinter dem Tresen auf und nahm Sienna den Bierkrug aus der Hand, den sie gerade befüllte.

„Aber warum denn?", protestierte Grace, die Siennas Blick gefolgt war und wohl unter den Gästen den Mann erkannte, mit dem sie auf dem Ball getanzt hatte. Sie rückte ihr Kleid zurecht, schob ihr Haar über die Schultern und setzte ein Lächeln auf.

„Weil ich nicht will, dass unsere Gäste glauben, ihr wärt gewöhnliche Huren, die ihre Dienste anbieten. Ihr seid etwas Besseres. Was macht ihr überhaupt hier? Ihr hättet im Haus an der Charles Street bleiben sollen. Ich habe euch verboten, hier im Black Swan zu bedienen. Dafür haben wir schließlich Personal."

„Dort ist es so langweilig", murrte Grace.

„Seit wann sind wir etwas Besseres?", fragte Sienna angriffslustig. Sie konnte nicht nachvollziehen, dass ihr Vater daran glaubte, wenn man sich einen Titel ergaunerte, dass dieser Titel auch gewürdigt wurde. Sie jedenfalls hielt nach wie vor wenig von ihrem Vater, der nur darauf aus war, durch seine Töchter an Geld zu kommen.

„Ihr seid jetzt die Töchter des Earl of Brentwood, also benehmt euch dementsprechend."

Die Gäste näherten sich der Theke, es war zu spät, die Mädchen außer Reichweite zu bringen.

„Lord Brentwood! Wie schön Sie persönlich anzutreffen. Wir wollten uns gern Ihr Etablissement ansehen." Joseph Moore reichte ihm die Hand, die ihr Vater ergriff.

„Hier bin ich nur Blackwell, den Earl können Sie sich schenken. Darf ich Ihnen eine Runde Bier ausgeben?" Blackwell sah die Männer an und breitete seine Arme weit aus. „Das Black Swan heißt Sie als Gäste willkommen. Hier bekommen Sie alles, was das Herz begehrt. Ein gutes Bier, ein spannendes Spiel und auch ein angewärmtes Bett."

Bei diesen Worten schaute Sienna zu Oliver Harvard hinüber, der sie die ganze Zeit musterte. Schnell sah sie weg und Hitze stieg ihr in die Wangen. Sie hoffte, dass er nicht ihre Gedanken erraten konnte, die mit einem zärtlichen Kuss in einem nächtlichen Garten beschäftigt waren.

„Allerdings gehören meine Töchter nicht dazu. Sie arbeiten hier nicht", setzte ihr Vater hinzu.

„Hallo, meine Herren! Was darf's sein?" Ernestine trat an den Tresen und zwinkerte den Männern zu. „Darf ich ein paar Frauen zu Ihnen schicken?" Sie hatte die

Hände in die Hüften gestemmt, sodass ihre Oberweite ins rechte Licht gerückt wurde.

„Nein, danke. Wir sind hier, um etwas zu trinken und vielleicht ein Spielchen zu wagen", erklärte Oliver.

Sienna hob bei diesen Worten den Kopf.

„Der Abend ist ja noch jung, meine Herren", erklärte Sienna und half Ernestine, das Bier auszuschenken. Sie dachte gar nicht daran, den Worten ihres Vaters Folge zu leisten.

„Vielleicht möchten die Herren eine Partie würfeln? Ich könnte einen Tisch vorbereiten." Sienna kam hinter dem Tresen hervor.

Die Männer blickten sich an. „Warum nicht?" Viscount Bedford nickte ihr zu und musterte sie neugierig.

„Wenn ich Sie zum Tisch hinten im Raum bitten darf." Sie deutete in die Richtung des Spieltisches.

Die Männer setzten sich in Bewegung, doch als Sienna ihnen folgen wollte, wurde sie von ihrem Vater aufgehalten, der sie am Arm nahm und festhielt.

„Du sollst doch nicht hier arbeiten", zischte ihr Vater.

„Und du willst doch nicht ungastlich sein. Was glaubst du, warum die Männer hier sind? Um dir einen Besuch abzustatten?" Sienna lachte auf. „Sie sind hier, weil sie deine hübschen Töchter sehen wollen. Also, was ist jetzt? Soll ich wirklich gehen?"

„Nun gut. Du wirst sie gewinnen lassen", raunte er ihr zu.

„Warum?"

„Damit sie bald wiederkommen und ihre Freunde mitbringen, damit wir sie richtig ausnehmen können. Du kennst doch unsere Vorgehensweise. Das muss ich dir nicht extra erklären. Du arbeitest lange genug an den Tischen." Er sah sie wütend an.

Brüsk machte sich Sienna frei. „Ich weiß, wie das hier läuft. Immerhin bin ich hier aufgewachsen." Sie warf ihm einen vernichtenden Blick zu und ging hinüber zu dem Tisch.

***

Oliver sah sich um, ohne Sienna aus dem Blick zu verlieren. Hier in der Spielhölle fielen sie auf wie bunte Papageien unter einer Schar von Spatzen. Ihre edle Kleidung, das gepflegte Aussehen, die Art zu reden, das alles sprach eine deutliche Sprache: Geld. Eine Menge Geld. Oliver fragte sich, ob sie sich vielleicht ein paar Leibwächter hätten besorgen sollen, bevor sie sich in dieser Gegend am Hafen sehenließen. Sie waren zwar zu dritt, dennoch war es gefährlich.

Die Bar war mit Tischen und Stühlen aus einfachem Holz ausgestattet. Auf den Tischen waren Rumflaschen verteilt, in denen Kerzen steckten. An den Wänden hingen Kandelaber, die ebenfalls für Licht sorgten, dennoch war es recht dunkel. Der Dunst von Pfeifentabak hing in der Luft.

Die meisten Gäste waren einfache Leute, die an einem Bier hingen, weil sie sich mehr nicht leisten konnten. Ein paar Hafenarbeiter standen an den Spieltischen, würfelten oder spielten Karten. Alle zeigten auffallend viel Interesse an den drei Edelleuten.

Oliver beteiligte sich nicht am Würfelspiel. Er war vielmehr damit beschäftigt, Sienna zu beobachten. Ihre

Art, die Würfel weiterzureichen oder das Geld einzusammeln und in den Taschen ihres Rocks verschwinden zu lassen, faszinierte ihn. Sie war geübt darin und äußerst fingerfertig. Sobald sie ihn mit ihren Blicken streifte, spürte er wieder ihre Lippen auf seinen. Diesen heimlich gestohlenen Kuss trug er seit dem Ball wie einen kleinen Schatz in seinen Erinnerungen mit sich herum.

Es dauerte nicht lange, da wurde Sienna von einer Frau mittleren Alters abgelöst. „John will, dass du dich um deine Schwestern kümmerst. Du sollst sie nach Hause begleiten und dort sollt ihr bleiben und euch hier nicht mehr sehenlassen."

„In Ordnung, Ernestine. Ich gehe dann mal und sammele die Mädchen ein." Sie nickte den Männern zu und verließ den Spieltisch. Warum ihr Vater nun doch seine Meinung geändert hatte, wusste nur er allein. Aber so kannte sie ihn. In der einen Minute wollte er das, in der nächsten überlegte er es sich anders.

„Sienna! Bitte warten Sie." Oliver lief ihr hinterher. Sie hatte bereits die Tür zum Hinterzimmer erreicht, wo ihre Schwestern auf sie warteten. Hier standen sie geschützt vor den Blicken der Besucher des Black Swans.

Als sie sich zu ihm umwandte, sah er die Angst in ihren Augen.

„Bitte gehen Sie, Lord Harvard. Das hier ist kein Ort für Männer ihres Standes. Sie sind in Gefahr. Kommen Sie nicht wieder her, es ist zu gefährlich", raunte sie ihm zu.

„Wann kann ich Sie wiedersehen, Sienna?", fragte er leise.

Sie sah sich hektisch um. „Gar nicht. Ich bin verlobt und Sie werden nichts daran ändern können. Mein Vater wird niemals zustimmen, dass ich die Verlobung löse. Es tut mir leid. Vergessen Sie mich."

Sie wollte sich abwenden, doch er hielt ihre Hand fest. „Sienna, bitte warten Sie."

„Lassen Sie mich los, Mylord. Sie spielen mit Ihrem Leben. Sie bedeuten mir nichts, ich werde einen anderen heiraten und eine Duchess werden. Leben Sie wohl, Oliver." Damit lief sie davon.

Der Hüne, der einige Tische weiter saß, erhob sich von seinem Stuhl und kam auf ihn zu. Er sah Oliver finster an, als wollte er ihn mit seinen Blicken erdolchen. Er war nicht nur sehr groß, hatte auch einen massigen Körper und Hände so groß wie Bärenpranken. Oliver war sich sicher, dass er ein Leben mit bloßer Hand auslöschen konnte.

„Lassen Sie die Mädchen in Ruhe. Es sind keine Huren. Wenn Sie ein Mädchen wollen, dann suchen Sie sich dort eines aus." Er nickte zu den Tischen im vorderen Bereich des Raums, wo eine Reihe von jungen Frauen saßen, die nur darauf warteten, dass man ihnen einen Drink ausgab und sie auf ein Zimmer begleitete.

Oliver nahm wahr, dass sich keine der Blackwell-Mädchen mehr im Black Swan aufhielten. Er hatte den gesamten Raum im Blick, denn der Spielsalon grenzte direkt an den Schankraum. Dann stimmten die Gerüchte wohl, dass John Blackwell seine Töchter hütete wie einen Goldschatz.

„Nein, danke. Mir ist nicht nach Gesellschaft. Ich bin nur hier, um meine Freunde zu begleiten", erklärte er von oben herab, wandte sich um und ließ den Mann stehen. Dennoch hielt er sich instinktiv bereit, einen Angriff abzuwehren.

„Komm her, Oliver!", rief Oscar. „Ich habe schon wieder gewonnen. Heute scheint mein Glückstag zu sein." Er winkte ihm aufgeregt zu.

„Wir sollten sehen, dass wir nach Hause kommen", knurrte Oliver Joseph leise zu, als er an den Spieltisch trat. „Die Burschen dort drüben an der Theke beobachten uns schon eine ganze Weile."

„Vielleicht möchten die Gentlemen sich die Zimmer unserer Damen ansehen?", fragte Ernestine mit einem Lächeln.

Oliver schüttelte den Kopf.

Sie beugte sich leicht vor. „Dort geht es zum Hinterausgang, den Sie nehmen sollten, Mylords. Männer ihres Standes sind hier nicht sicher. Hier wimmelt es von Männern, die scharf auf ihre Geldbeutel und teuren Taschenuhren sind." Sie zwinkerte Oliver zu.

Zusammen mit Joseph überzeugte er seinen Freund, dass seine Glückssträhne ab sofort beendet war. Oscar steckte seinen Gewinn ein und sie nahmen ihn in die Mitte.

Ernestine schritt voran, gab dem unfreundlichen Kerl ein Zeichen, als er sich erheben wollte. „Lass mal, August. Ich mach das schon", erklärte sie in einem Ton, der keinen Widerspruch zuließ.

Der Angesprochene setzte sich wieder auf den Stuhl, ließ Oliver aber keine Sekunde aus den Augen, bevor sie durch die Tür traten, die zu den Zimmern im ersten Stock führte. Anstatt die Treppe hinaufzunehmen, öffnete Ernestine eine Hintertür. „Hier hinaus und dann links. Nehmen Sie eine Kutsche, schnell, beeilen Sie sich." Sie zwinkerte Oliver erneut zu und schloss die Tür hinter sich.

Oliver hörte noch, wie das Schloss verriegelt wurde, und er hatte das Gefühl, für immer aus dem Leben von Sienna ausgeschlossen zu sein. Was hatte sie gesagt? Sie würde eine Duchess werden? Dann musste sie einen Herzog heiraten. Welcher von ihnen war unverheiratet und wollte in Kürze heiraten? Er hatte keine Meldung in der Zeitung gelesen. Das war wirklich, zum verrückt werden, dass er nicht hinter das Geheimnis kam.

Kapitel 5

London, Mai 1816

Sienna blickte sich im Spiegel an und sah eine Frau, die dem schönsten Tag in ihrem Leben entgegenfiebern sollte. Doch was sie wirklich sah, war eine Braut, die flüchten wollte. Der Blick ihrer Augen verriet sie. Sie konnte das hier nicht tun und doch musste sie es. Ihr Vater würde es nicht dulden, dass sie nun einen Rückzieher machte. Sie zupfte einige Strähnen aus den hochgesteckten Haaren, die sanft ihre Wangen umspielten. Dies ließ sie noch jünger aussehen. Sie sollte einen Mann heiraten, der fast fünfzig Jahre älter war. Das war absurd.

Mit geschlossenen Augen schüttelte sie den Kopf. Entschlossen wandte sie sich um und verließ ihr Zimmer, das sie sich mit Grace teilte, lief die Treppe hinunter und machte vor dem Arbeitszimmer ihres Vaters halt.

Das Haus war groß. Ihre Zimmer lagen in der ersten Etage, während sich ihr Vater die zweite Etage mit Ernestine eingerichtet hatte. Allerdings hielt er sich meist im Hafenviertel auf. Das Haus in der Charles Street gehörte dem Duke of Bentwood und war vor kurzem neu eingerichtet worden. Alles war schön und edel, dennoch kam es ihr wie ein Gefängnis vor, und ihr neues Zuhause wäre keinen Deut besser. Es war genau so ein

Kerker wie der, in dem ihre Schwestern gefangen waren.

Ohne anzuklopfen, stieß sie die Tür auf und betrat das Arbeitszimmer. Ihr Vater saß hinter einem großen Eichenschreibtisch und trug Zahlenkolonnen in ein Buch ein.

„Ich kann das nicht", platzte sie heraus.

In aller Ruhe schrieb John weiter, tunkte die Feder in die Tinte, ließ sich nicht von seinem Tun abbringen. Als er damit fertig war, legte er mit Bedacht den Federkiel zur Seite, schlug das Buch zu und blickte zu ihr auf.

„Was kann ich für dich tun, Tochter?" Er lehnte sich zurück, legte seine Füße, die in schwarzen Stiefeln steckten, auf der Kante des Schreibtisches ab, und verschränkte die Arme vor der Brust. Dabei zeichneten sich beachtliche Oberarme unter dem weißen Hemd ab.

„Ich werde den Duke nicht heiraten", erklärte Sienna voller Überzeugung.

„Und kannst du mir auch sagen, warum nicht?"

„Weil er nicht der Mann ist, den ich liebe."

„Pah!" Blackwell sprang so geschmeidig auf die Füße, als wäre er eine Katze. Eine sehr große Katze. „Als würde es darauf ankommen. Ist dir immer noch nicht klar, dass es in diesem Leben nur um eines geht und das ist Geld! Was hat Liebe mit einer Heirat zu tun? Es gibt Wichtigeres im Leben."

„Das ist mir egal! Ich werde diesen fürchterlichen Kerl nicht heiraten!", schrie sie laut und stemmte die Hände in die Hüften. „Willst du mir etwa sagen, dass du Ernestine nicht liebst? Das werde ich dir auf keinen Fall glauben. Oder, dass du meine Mutter nie geliebt hast?"

Blackwell schnaufte nur ungehalten.

„Ich will nicht heiraten", murmelte sie. Sie war es leid, immer wieder rebellieren zu müssen. Sie war es müde, einen Aufstand zu proben, der am Ende doch keinen Erfolg zeigte, weil ihr Vater so unnachgiebig war.

Blackwell trat auf sie zu. „Es ist mir egal, was du willst. In diesem Haus wird das gemacht, was ich sage. Wenn du nicht willst, dass ich deine Schwestern in ein Bordell nach Canterbury verkaufe, dann wirst du den Duke of Rockingham heiraten."

„Du wirst niemals deine Töchter in ein Bordell abschieben", entgegnete Sienna. „Du willst sie für viel Geld verheiraten."

Blackwell kam immer näher und Sienna wich zurück, bis sie von der Tür aufgehalten wurde.

„Da sei dir da mal nicht so sicher. Wenn du den Duke nicht heiratest, dich mir widersetzt, werden deine Schwestern ebenso wenig auf mein Wort hören. Ich werde gar keine andere Wahl haben, als sie zu verkaufen. Es liegt also an dir. Du kannst die Mädchen retten, indem du das tust, was ich von dir verlange. Für mich springt ein ganz schönes Sümmchen heraus, sobald du die Duchess of Rockingham bist. Und deine Schwestern werden mir ebenso viel einbringen, immerhin sind sie jünger als du. Ihr werdet all dem hier den Rücken kehren und aus meinen Töchtern werden angesehene Frauen der Gesellschaft, von allen geachtet. Deine Mutter wäre stolz auf dich." Er nahm ihr Kinn zwischen Zeigefinger und Daumen und betrachtete sie, als würde er ein Pferd begutachten, das er beabsichtigte zu kaufen. „Also, wie lautet deine Antwort?"

„Ich werde nicht heiraten. Zumindest nicht diesen widerlichen Duke. Kannst du nicht jemand anderen auftreiben, der dir genug Geld zahlt?“

„Du hast vielleicht Vorstellungen. Ich habe mein Wort gegeben, das kann ich nicht mehr zurückziehen. Du hast keine Wahl, Sienna, wenn du mich und die Familie nicht bloßstellen willst.“

Sienna schloss die Augen. Sie wünschte sich, der Boden würde sich unter ihr auftun. Doch sie war gescheit genug, um zu erkennen, wann sie verloren hatte. Und das hatte sie in diesem Augenblick. Was würde es nützen, wegzulaufen und ihre Schwestern zurückzulassen? Das brachte sie nicht übers Herz. Ihr blieb keine andere Wahl. Sie nickte langsam und sagte leise: „Ja.“

„Wie bitte? Ich höre neuerdings so schlecht. Ich werde auch nicht jünger.“

„Ja, verdammt noch mal, ich werde den Herzog heiraten und jetzt lass mich los.“ Sie machte sich frei und trat zur Seite. Der Anblick ihres Vaters war für sie nicht mehr zu ertragen. Sie würde sich an ihm rächen dafür, dass er ihr Leben ruinierte.

„Dann soll August die Kutsche vorfahren“, sagte John Blackwell gelassen. „Ich muss mich noch schnell umziehen.“

Sienna öffnete die Tür.

„Ach, Sienna!“, hielt er sie auf.

„Ja, was jetzt noch?“

„Du siehst wunderschön aus. Ich bin sehr stolz auf dich.“

Ohne darauf zu antworten, verließ sie den Raum und lief hinauf in ihr Zimmer. Tränen der Verzweiflung bahnten sich ihren Weg und würden ihr schönes Aussehen zunichtemachen. Doch das war ihr im Augenblick egal. Sollte sie doch aussehen wie eine Vogelscheue, dieses Scheusal von Rockingham würde sie auch heiraten, wenn sie eine krumme Nase und einen Buckel hätte. Hauptsache, sie war noch Jungfrau und unberührt, darauf kam es ihm an. Das hatte er mehr als einmal zum Ausdruck gebracht. Allein die Erinnerung an seinen begehrlichen Blick ließ sie erschaudern.

***

„... und somit erkläre ich Sie zu Mann und Frau. Sie dürfen die Braut jetzt küssen, Euer Gnaden."

Edgar Follett, Duke of Rockingham, blickte Sienna gierig in die Augen. Sie waren etwa gleichgroß. Der Duke beugte sich vor und wollte ihr einen Kuss auf die Lippen drücken, doch Sienna drehte schnell den Kopf zur Seite, sodass der Kuss auf der linken Wange landete.

Sienna wandte sich angewidert ab. Der Duke roch unangenehm aus dem Mund und hatte eine Warze auf dem Nasenrücken. Der Friedensrichter gratulierte ihm überschwänglich. Ihr reichte er nur kurz die Hand. „Duchess, meine Verehrung." Er nickte Sienna zu.

„Herzlichen Glückwunsch!", erklang es von allen Seiten.

„Alles Gute zur Hochzeit!"

„O mein Gott, du bist jetzt eine Duchess! Wir wollen dich nicht verlieren", riefen ihre Schwestern aufgeregt durcheinander, umringten Sienna, nahmen sie in die

59

Arme und vergossen Freudentränen. Nur Siennas Tränen waren echt, aber das wusste niemand, außer ihrer Schwestern. Die Gäste klatschten Beifall. Viele waren es nicht, die der Trauung beiwohnten. Der Duke of Rockingham wollte kein Aufheben um seine Heirat machen. Es sollte in aller Stille stattfinden. So waren nur ihre Schwestern, Hetty, John Blackwell, der von Ernestine begleitet wurde, der Friedensrichter und der Butler des Dukes anwesend sowie ein älterer Freund, der sich auf einen Gehstock stützte. Er blickte sich unter ihren Schwestern um, als würde er die Auslagen eines Schaufensters betrachten. Sienna hoffte, dass er verheiratet war und nicht Ausschau nach einer Braut hielt.

Die Trauung fand im Stadthaus des Dukes statt, in dem sie leben würden, wenn sie sich in London aufhielten. Es war ein großes Haus, das Sienna gut gefiel, weiß, mit zwei Säulen am Eingang. In der Halle führte eine breite Treppe in die erste Etage, wo ihre Schlafgemächer lagen. Es gab sogar einen Ballsaal. Nicht ganz so groß wie der von Lady Eliza, aber trotzdem konnte sich das Stadthaus sehenlassen. Die Trauung war im Blauen Salon vollzogen worden. Er war, ganz nach seinem Namen, mit blauen Seidentapeten und Möbeln ausgestattet. Die Wände zierten eine Reihe von Stillleben, die nicht besonders hübsch waren. Der Geschmack des Dukes schien eigenwillig, aber teuer zu sein. Der Raum besaß zwei Türen, die in den Garten führten und geöffnet waren. Es war nicht der größte Raum im Haus aber vollkommen ausreichend für die kleine Zeremonie.

Jetzt würde der Duke Sienna auf seinen Landsitz bringen.

„Verabschiede dich von deiner Familie. Wir müssen aufbrechen", wies er sie an und schien schon ungeduldig mit den Hufen zu scharren. „Ich habe vorher noch etwas mit deinem Vater zu besprechen. Wenn ich zurück bin, werden wir losfahren." Er führte ihren Vater in das Arbeitszimmer und sie ließen die Frauen allein. Die übrigen Gäste hatten sich bereits verabschiedet.

„Du kannst immer noch verschwinden", raunte Ernestine ihr zu.

Sienna schüttelte den Kopf. „Nein, das werde ich nicht. Ich kann meine Schwestern nicht im Stich lassen. Warum stellst du dich gegen Blackwell und willst mir helfen? Wenn er das erfährt, wird er dich aus dem Haus jagen." Sie sah die Frau an, die ihr in den vergangenen Jahren ans Herz gewachsen und so etwas wie eine Mutter geworden war. Die Mütter ihrer Schwestern hatten Blackwell alle schnell wieder verlassen, Evies war im Kindbett verstorben. Ernestine schien es als einzige Frau länger mit ihm auszuhalten, was sie ihr hoch anrechnete. Wer nahm schon einen Mann, der vier Töchter hatte?

„Weil ich selbst einmal in einer Lage war, aus der es keinen Ausweg gab. Doch ich habe mich von meiner Familie abwenden können, mit der Hilfe deines Vaters. Niemandem sollte ein Leben aufgezwungen werden, das er gar nicht will. Und deinen Vater überlass bitte mir. Ich weiß, wie ich mit ihm umgehen muss, damit er mir aus der Hand frisst." Sie nahm Sienna in die Arme, drückte sie fest. „Ich habe noch ein Hochzeitsgeschenk für dich. Ich habe mit deinem Vater gesprochen und er ist damit einverstanden, dass Hetty als deine Zofe mit dir geht. Du wirst nicht allein sein. Hetty wird ein Auge auf dich haben und sollte etwas geschehen, wird sie mir Bescheid geben."

Sienna warf Hetty überrascht einen Blick zu. „Ist das dein Ernst? Und Vater ist damit einverstanden?" Sie konnte es kaum glauben.

Ernestine nickte. „Ja, es hat mich ein wenig Überzeugungskraft gekostet. Doch am Ende hat er nachgegeben. Eine Frau von Stand braucht nun mal eine Zofe und Hetty kennt dich seit deiner Geburt. Sie ist die richtige Frau dafür."

„Ohne Hetty wäre ich vermutlich gar nicht auf dieser Welt", murmelte Sienna. Liebevoll sah sie die Frau an, die das ganze Leben an ihrer Seite gewesen war und es auch weiterhin sein würde. Die mittlerweile Vierzigjährige hatte ihr als Kind immer wieder von der gefährlichen Geburt erzählt und wie glücklich ihre Mutter gewesen war, dass sie ein Mädchen war, was sie sich so sehr gewünscht hatte. Hetty war an Trudys Stelle gerückt und hatte Sienna erzogen. Sie hatte ihr sogar bei den kleinen Hochzeitsvorbereitungen geholfen, ein Kleid ausgesucht und Blumen besorgt. Obwohl Blackwell kein einfacher Mann war, rechnete Sienna es Hetty hoch an, dass sie ihr ganzes Leben mir ihr verbracht hatte. Sie war Ersatzmutter, Freundin, Kartenleserin und Vertraute.

„Der Earl ist alt, er wird nicht für immer leben und er hat keine Erben, so viel war bekannt. Vielleicht wird sich dein Leben bald zum Guten wenden, wer weiß das schon. Das Schicksal geht oft seltsame Wege", flüsterte Hetty ihr zu und strich ihr liebevoll über die Wange. „Ich habe die Karten befragt und sie haben mir ein gutes Leben für dich vorhergesagt. Du wirst durch eine dunkle Gasse gehen, doch am Ende dieser Gasse, wenn du mutig genug bist, sie bis zum Ende zu gehen, wird eine glückliche Zukunft auf dich warten. Du weißt, die Karten lügen nicht und sie haben immer recht. Ein Mann wird auf dich warten, ein junger Mann mit schwarzen Haaren. Ich habe den Wagen gelegt, den Siegeswagen, der für Neubeginn und Erfolg steht. Und den Turm. Er sagt eine Befreiung voraus, Energie und ein wichtiges Ereignis. Das sind doch gute Voraussagen. Du wirst sehen, mit ein wenig Geduld wird sich alles fügen. Nichts bleibt für immer gleich. Das Leben entwickelt sich und Veränderung bedeutet Fortschritt."

Sienna lächelte gerührt. Zwar glaube sie nicht so recht an die Kraft der Karten, dennoch hatte Hetty mit ihren Vorhersagen schon oft recht behalten. Sie hoffte, dass es jetzt ebenso war. Und ein junger Mann mit schwarzen Haaren. Da musste sie nicht lange überlegen, wer das sein konnte.

Vielleicht würde sie Baron Harvard irgendwann einmal wiedersehen. Zumindest in ihren Träumen, denn die konnte ihr niemand nehmen. In ihren Nächten gehörte sie ihm, dann spürte sie seine Lippen auf ihren und sie gehörte ihm ganz allein.

Kapitel 6

Rockingham Hall, Mai 1816

Die Kutsche fuhr südwärts und rumpelte über die kaum befestigten Straßen. Sie waren ungefähr eine Stunde unterwegs und der Duke of Rockingham hatte die meiste Zeit gedöst und dabei laut geschmatzt. Es war widerlich und Sienna versuchte, es auszublenden und ihre Nerven zu beruhigen.

Sie blickte aus dem Seitenfenster, sah Wälder und Wiesen an sich vorbeiziehen. Bauern brachten die Ernte ein und ein Duft von gemähtem Heu stieg ihr in die Nase, kitzelte sie dort. Die Farben hier auf dem Land waren satt und kräftig. Obwohl die Gegend abwechslungsreich war, wusste sie nicht, ob sie sich an das Landleben gewöhnen konnte. Zeit ihres Lebens hatte sie in London gelebt. Kannte das Hafenviertel in- und auswendig. Ihr würden die Schwestern und auch Ernestine unendlich fehlen. Einzig, dass Hetty sie in einer zweiten Kutsche begleitete, die auch das Gepäck transportierte, wärmte ihr das Herz. Sie war ein Lichtblick, mit dem sie nicht gerechnet hatte.

Ihre Gedanken wanderten zu dem Abend, als Oliver im Black Swan aufgetaucht war. Er hatte das Etablissement besucht, nur um sie zu sehen. Es gab keine andere

Erklärung dafür. Denn an einem der käuflichen Mädchen war er nicht interessiert gewesen, das hatte Ernestine ihr am nächsten Tag erzählt. Wie auch, er hatte immer nur sie angestarrt. Er war unverheiratet, dies war klar, da er ihr so offensichtlich nachstellte, aber sie war es nicht mehr. Das trübte ihre Laune. Sie war für jeden anderen Mann verbrannt und eine Affäre kam für sie nicht infrage.

„Wir werden in wenigen Minuten ankommen." Die nasale Stimme des Dukes riss sie aus ihren Gedanken.

„Ich freue mich schon sehr auf mein neues Zuhause, Mylord", erwiderte sie ohne große Begeisterung.

„Du kannst mich Edgar nennen, wir sind schließlich verheiratet." Er sah sie mit seinen wässrig blauen Augen an.

„Natürlich ... Edgar." Sein Name kam ihr nur zögerlich über die Lippen. Alles an diesem Mann fand sie abstoßend. Sein Aussehen, seinen Geruch, selbst seinen Namen. Edgar war der Name eines Verlierers. So hießen die Hafenarbeiter, die an den Spieltischen eine Menge Geld verloren oder nicht gegriffen, dass man sie übers Ohr haute.

Er griff nach ihrer Hand, drückte sie fest. „Du gehörst jetzt mir und wirst mir bald einen Erben schenken." Er lächelte dämonisch.

Sienna schluckte. Die Vorstellung von ihr und diesem Mann in einem Bett war nur schwer zu ertragen. Sie wollte sich die Szene nicht vorstellen, die noch heute auf sie wartete. Dafür schlichen sich Bilder eines schwarzhaarigen Mannes in ihr Gedächtnis, dessen braune Augen sie sanft anblickten. Sie musste aufhören, von ihm zu träumen. Es tat ihr nicht gut. Sie musste Oliver Harvard vergessen. An ihn und seinen großen athletischen Körper zu denken, tat weh. Sie fügte sich selbst Schmerzen zu, das konnte ihr Ruin sein.

Die Kutsche passierte ein großes Tor und fuhr eine Allee entlang, die von mächtigen Eichen gesäumt war. Die Wege waren penibel gesäubert, kein Laubblatt lag auf dem Weg, selbst die mittlerweile reifen Eicheln hingen noch an ihrem Platz. Am Ende gab es einen Wendekreis, dessen Mitte ein Springbrunnen zierte. Eine Putte spielte auf einer Flöte. Der graue Stein war verwittert, das Wasser jedoch glasklar. Es sah sehr hübsch aus. Das ganze Anwesen wirkte auf den ersten Blick heller und schöner, als sie es sich vorgestellt hatte.

Das Landhaus selbst war erstaunlich groß. Zwar alt, aber es hatte dennoch Charme. Voller Staunen stieg Sienna aus der Kutsche. Mochte der Duke auch alt sein, Geld besaß er anscheinend im Überfluss. Etwas Positives musste es doch geben, an das sie sich halten konnte. Sie durfte die düsteren Gedanken nicht die Oberhand gewinnen lassen. Allem Schlechten konnte man etwas Gutes abgewinnen, man musste es nur finden.

Auf der Schwelle erschien ein Butler, der dem Alter des Dukes in nichts nachstand. War denn hier alles altertümlich und ergraut?

„Cedric, das ist meine Frau, Lady Sienna, die neue Duchess of Rockingham.“

Sienna kam ihr neuer Name fremd vor, als würde Edgar über eine andere Person sprechen. Erst, als er die Hand nach ihr ausstreckte, begriff Sienna, dass sie gemeint war. Sie hatte keine Ahnung, ob sie sich jemals daran gewöhnen würde.

„Eure Gnaden." Der Butler verbeugte sich pflichtbewusst.

„Bitte nennen Sie mich Lady Sienna. Hier auf dem Land geht es doch sicherlich nicht so formell zu." Sie nickte Cedric zu.

„Sehr wohl, Eure Gnaden."

Sienna verdrehte innerlich die Augen. Dieser Mann schien wohl seinen eigenen Kopf zu haben. Sie betraten gemeinsam die große Halle, wo sich das Personal versammelt hatte. Wie Perlen auf einer Kette standen sie aufgereiht.

„Darf ich Ihnen das weitere Personal vorstellen? Das hier ist Misses Buckley, die Köchin, Mary, die Küchenhilfe, Daisy, das Hausmädchen, Mr. Holmes, der Gärtner, und Jimmy, der Stallknecht. Miss Kingsley, die Hausdame, ist im letzten Monat leider von uns gegangen", erklärte Cedric der Reihe nach und alle knicksten oder verbeugten sich höflich, musterten die neue Frau mit einem kurzen neugierigen Blick.

Sienna vermutete, dass die Leute dem Rang ihrer Stellung nach vorgestellt worden waren. „Hat Miss Kingsley eine neue Stellung gefunden?", fragte sie höflich nach.

„Nein, sie ist verstorben." Cedric sah sie an, als hätte sie eine dumme Frage gestellt. Sein Tonfall blieb jedoch gleich, als würde er über das Wetter sprechen.

„Oh." Sienna stieg Hitze in die Wangen. Vermutlich waren nicht nur dieses Haus und sein Besitzer steinalt, sondern auch alle anderen Bewohner. Denn selbst Jimmy und Daisy, die an Jahren noch jung schienen, sahen ergraut aus.

„Wenn Eure Gnaden noch weiteres Personal benötigt, dann sagen Sie bitte Bescheid, ich werde mich darum kümmern."

Sienna schüttelte den Kopf. „Nein, ich habe meine eigene Zofe mitgebracht. Bitte geben Sie Hetty ein Zimmer."

„Sehr wohl, Eure Gnaden." Cedric verbeugte sich und scheuchte dann das Personal zurück an die Arbeit.

„Cedric, veranlassen Sie, dass das Gepäck meiner Frau in mein Schlafzimmer gebracht wird."

Sienna erstarrte. „Ähm, ich hätte gerne ein eigenes Schlafzimmer."

Edgar sah Sienna erstaunt an. Es schien ihm nicht zu gefallen, dass sie sich seinen Anweisungen widersetzte.

„Ich schlafe sehr schlecht und habe Angst, dass ich Euch wecke, wenn ich ständig herumlaufe, mein Liebster", flirtete Sienna und berührte seinen Arm. Innerlich betete sie, dass er nachgeben würde. Ständig neben diesem Mann schlafen zu müssen, kam für sie nicht infrage. Doch was, wenn Edgar darauf bestehen würde?

„Gut, geben Sie meiner Frau das Zimmer neben meinem", wies er Cedric an.

Sienna hatte große Mühe, nicht erleichtert aufzuschluchzen. „Danke, mein Lieber." Sie überwand ihren Ekel und küsste seine Wange, was er mit einem Lächeln quittierte und sich mit der Zunge über die Lippen fuhr, als wäre sie eine Köstlichkeit, die er gleich vernaschen würde.

Sienna unterdrückte den Wunsch, ihre Lippen mit dem Ärmel abzuwischen.

***

Sienna hatte sich nach der Fahrt ein wenig ausgeruht, fand jedoch keinen Schlaf, weil die neue Umgebung und die Angst vor der Hochzeitsnacht sie wachhielten. Das Unbekannte verursachte ein ungutes Gefühl und sie zermarterte sich den Kopf, wie sie diesem Gefängnis entkommen konnte. Das Resultat war leider ergebnislos.

Als es Zeit wurde, klopfte Daisy, das Hausmädchen, an ihre Tür. Sie war ungefähr siebzehn Jahre alt. Ihre Wangen waren fahl und eingefallen, als würde sie nicht genug zu essen bekommen. „Seine Gnaden erwartet Sie im Esszimmer“, erklärte sie mit einer Stimme, die an eine Maus erinnerte.

Sienna kannte diese Art von Mädchen. Im Black Swan waren viele von ihnen aufgetaucht, um nach einer Anstellung zu fragen, doch Blackwell hatte sie immer weggeschickt. Sie taugten nicht für diese Art von Arbeit, hatte er immer erklärt. Sie waren gebrochen worden und hatten ihren Lebenswillen verloren. Wenn Sienna Daisy so ansah, wie sie da stand, mit gesenktem Kopf, als würde sie jeden Augenblick eine Zurechtweisung erwarten, erkannte sie, dass ihr Vater recht hatte. In diesem Haus schien etwas nicht zu stimmen, und sie würde versuchen, die Zustände mit der Zeit zu ändern.

„Bitte zeige mir den Weg ins Speisezimmer“, verlangte sie mit freundlicher Stimme.

Daisy nickte, ohne sie anzublicken.

„Daisy! Bitte sieh mich an.“

Zögernd hob das Mädchen den Kopf.

„Du hast wunderschöne Augen“, lobte Sienna und schenkte ihr ein Lächeln.

„Danke, Eure Gnaden." Daisy knickste höflich. Sie erwiderte zwar das Lächeln nicht, aber ihre Wangen bekamen ein wenig Farbe und das reichte Sienna. Fürs Erste zumindest.

***

„Du musst dich in den nächsten Tagen mit dem Haus vertraut machen, damit man dir nicht ständig den Weg weisen muss", brummte Edgar ungnädig, der bereits am Esstisch auf Sienna wartete. „Dieses Haus ist groß, pass auf, dass du dich nicht verläufst. Es gibt eine Reihe von Geheimgängen und Zimmern. Sie werden nicht mehr genutzt, also solltest du dich nicht verirren, man wird dich vermutlich nicht finden können. Cedric wird dir alles zeigen." Er sah den Butler an, der sich daraufhin verbeugte.

„Sehr wohl, Euer Gnaden", murmelte er und trug dann das Essen mit Hilfe von Daisy auf.

Cedric schien seinem Herrn sehr ergeben zu sein. Vermutlich stand er sein ganzes Leben in dessen Diensten.

Das Essen schmeckte ausgezeichnet, auch wenn Sienna so gut wie keinen Hunger verspürte. Sie nippte an dem Wein, wollte auf jeden Fall einen klaren Kopf bewahren, während der Duke reichlich trank.

Sienna musterte ihn und ihre Umgebung unter halb gesenkten Lidern. Sie wagte nicht an die kommende Nacht zu denken. Er passte gut in diesen Raum, der mit alten Gemälden vollgestopft war, sodass die beigefarbenen Seidentapeten kaum noch zu erkennen waren. Menschen mit strengen Blicken schauten auf sie herab,

70

die eine gewisse Ähnlichkeit mit dem Duke aufwiesen. Vermutlich seine Ahnen. Warum hingen sie hier im Speisesaal, anstatt in der Ahnengalerie? Noch so eine Merkwürdigkeit, die Sienna ins Auge fiel. Sie hoffte, dass sie nicht zu lange auf dem Land verbringen würden. Ihr war die Stadt lieber.

„Warum isst du nichts? Schmeckt es dir etwa nicht?", fuhr Edgar sie an, sodass sie erschrocken zusammenzuckte.

„Doch, natürlich. Bitte entschuldigt." Sie nahm das Besteck auf und begann, von dem Schweinebraten zu essen.

„Es schmeckt köstlich. Misses Buckley ist eine hervorragende Köchin", lobte sie und das war noch nicht einmal gelogen. Bisher hatte immer Hetty für die Mädchen gekocht und sie hatte Angst gehabt, dass die Köchin von Rockingham Hall nicht ihren Geschmack treffen würde, doch zumindest diese Sorge war unnötig gewesen. Am Essen wurde nicht gespart.

„Misses Buckley weiß, was mir schmeckt", brummte Edgar, stopfte weiter den Braten mit Süßkartoffeln in sich hinein und nahm von der dunklen Soße. „Ich erwarte von dir, dass du später zu mir kommst."

Sienna schluckte hart und blickte den Duke erschrocken an.

„Es reicht, wenn du dein Nachtgewand trägst, und ich erwarte, dass du frisch gewaschen bist."

Als wenn sie stinken würde!

Konnte sie das Gleiche von ihm verlangen?

Da sie seine zunehmende Aggressivität spürte, sagte sie nichts, denn mit gewalttätigen Männern kannte sie sich aus. Ihr Vater war das beste Beispiel und auch unter den Gästen des Black Swan gab es viele, die mit zunehmendem Alkoholgenuss ihre Emotionen nicht mehr unter Kontrolle hatten. Daher nickte sie stumm und trank noch einen Schluck Wein, um die Erwiderung herunterzuspülen, die ihr auf der Zunge lag.

Als der Duke mit dem Essen fertig war, erhob er sich, ohne darauf zu achten, ob Sienna noch aß oder nicht. „Das Essen ist beendet“, verkündete er und die Angestellten begannen, den Tisch abzuräumen.

Sienna beeilte sich, auf ihr Zimmer zu kommen, und traf dort auf Hetty, die sie mitleidig anblickte.

„Hetty, was mache ich hier?“, seufzte sie und ließ sich auf dem Bett nieder. „Wird so mein restliches Leben aussehen?“ Sie schüttelte den Kopf. „Ich kann das nicht ertragen. Ich werde sterben.“

„So schnell stirbt es sich nicht, mein Kind. Außerdem wird der Duke vor dir sterben, so viel ist sicher“, erklärte Hetty und zog etwas aus ihrer Rocktasche hervor. Sie setzte sich zu Sienna auf das Bett und begann, einen Stapel Karten zu mischen.

Hetty war bekannt dafür, anderen die Karten zu legen. Sienna starrte gebannt auf die Hände der älteren Frau, wie geschickt sie damit umging.

Sie fächerte das Blatt gekonnt auf und sah Sienna an. „Zieh eine Karte“, forderte sie.

Sienna ließ ihre Hand über den Fächer wandern, entschied sich dann für eine Karte aus der Mitte und drehte sie um.

„Der Magier“, murmelte Hetty.

„Was bedeutet das?“ Sie wagte nicht, laut zu sprechen.

„Es ist eine gute Karte. Sie bedeutet, dass sich bewahrheiten wird, was du dir wünschst, dass deine Träume in Erfüllung gehen werden.“

Sofort sah Sienna das Bild von Oliver Harvard vor sich. Sie seufzte schwer. „Dass ich so einen alten Mann heiraten muss, das habe ich mir ganz sicher nicht gewünscht.“

„Zieh eine weitere Karte.“

Sie wählte eine auf der rechten Seite aus und drehte sie um.

Diese Karte kannte sie. „Die Liebenden“, sagte sie überrascht.

„Du wirst dich verlieben. In naher Zukunft oder bist du es bereits?“

Siennas Wangen wurden heiß und waren bestimmt ganz rot. Ein sehr verräterisches Zeichen, doch sie konnte es nicht ändern.

„Gibt es jemanden in deinem Leben, meine Liebe?“, fragte Hetty überrascht.

„Es ist auf jeden Fall nicht mein Ehemann“, wisperte Sienna, weil sie Angst hatte, dass sie jemand belauschen könnte.

„Wer ist es? Nein, warte, lass mich sehen. Ziehe eine weitere Karte.“

Sienna tat ihr den Gefallen.

„Gut, ich sehe, dass er jung ist. Jünger als der Duke. Er ist dunkel, ein dunkelhaariger Mann.“

Sienna nickte. „Ja, mit dunklen Augen.“

„Du bist in ihn verliebt?“ Hetty sah sie prüfend an.

„Er hat mich geküsst und es war wie … Magie“, schwärmte Sienna und ließ ihren Blick in die Ferne schweifen. „Nur werde ich ihn nie wiedersehen. Eine Verbindung ist unmöglich.“

Hetty forderte sie mit einer Geste auf, noch eine Karte zu ziehen. „Der Tod!“

Sienna schlug sich die Hände vor den Mund.

„Keine Angst, meine Liebe. Diese Karte muss nicht unbedingt etwas Schlimmes bedeuten. Der Tod bedeutet oft einen Neuanfang, dass etwas endet und neu beginnt. Ein Neubeginn kann sehr verheißungsvoll sein.“

Sienna ließ ihren Kopf auf Hettys schmaler Schulter fallen. „Was kann das sein? Ich bin hier gefangen und wie mir scheint, für den Rest meines Lebens. Es ist dieser Neuanfang, von denen die Karten erzählen.“ Sie blickte auf ihr Kleid hinunter, das ihr Hochzeitskleid war. Aprikotfarbene Seide, mit kleinen Rosen bestickt. Es musste ihren Vater ein Vermögen gekostet haben, doch für sie war es der Schlüssel zu einem Gefängnis, obwohl sie nichts verbrochen hatte, außer die Tochter ihres Vaters zu sein.

„Du darfst nicht resignieren. Das hast du nie getan und wirst hier und jetzt nicht damit beginnen.“ Hetty nahm sie in die Arme und drückte sie fest. „Du bist eine starke Frau, denk immer daran. Die Starken werden überleben.“

Kapitel 7

Sienna tupfte sich ein wenig Duftwasser hinter die Ohren. Es roch nach Lavendel, vielleicht konnte sie so den Geruch des Dukes übertünchen. Wenn dies schon ein schmerzlicher Gang für sie war, sollte sie zumindest gut riechen. Ihre Hände zitterten merklich, sie konnte es nicht abstellen. Ihr war kalt. Eiskalt. Obwohl draußen für einen Aprilabend angenehme Temperaturen herrschten, fror sie erbärmlich in diesem Haus. Brannte denn kein Feuer in den Schlafräumen? Sie würde sich darum kümmern müssen. Morgen, wenn sie diese schreckliche Nacht hinter sich gebracht hatte. Sie würde verlangen, dass in ihrem Zimmer zumindest am Abend der Kamin angezündet wurde.

Über ihr Schlafgewand hatte sie einen dünnen Morgenrock aus rotem Chiffon gezogen. Ernestine hatte ihr den Mantel zur Hochzeit geschenkt. Mittlerweile kam es ihr wie Hohn vor. Er war sehr durchsichtig, aber zum Glück trug sie noch ihr Nachtgewand.

Auf nackten Füßen tappte sie über den Flur zur nächsten Zimmertür. Das Schlafzimmer, das ihr Ehemann bewohnte.

Sie hatte keine Wahl. Das sagte sie sich immer wieder. Der Duke hatte nicht so ausgesehen, als wollte er darauf verzichten, und sie hatte sich zu beugen, auch wenn sie am liebsten ein Pferd gesattelt hätte und für immer von hier verschwunden wäre. Doch die Alternative war noch schlimmer. Blackwell würde seine Männer nach ihr suchen lassen und womöglich seine Drohung wahrmachen und ihre Schwestern nach Canterbury verkaufen, wo sie in einem Bordell arbeiten mussten.

Sie schloss die Augen. Es gab kein Entkommen. Sie musste da durch, egal wie. Mutig hob sie die Hand, atmete angespannt aus und klopfte. Es war still. Sie horchte angespannt, doch nichts geschah. Hatte der Duke vielleicht zu tief ins Glas geblickt, sodass er eingeschlafen war. Konnte sie so viel Glück haben?

Schritte waren zu hören, allerdings nicht aus dem Zimmer, sondern auf dem Flur. Der Gang lag fast im Dunklen. Hier wurde wirklich an allem gespart. Die braune Holzverkleidung der Wände schluckte das Licht der Kandelaber, die vereinzelt brannten.

Sienna wandte den Kopf und sah Cedric auf sie zusteuern. Er trug ein Tablett mit einem Weindekanter und zwei Gläsern.

„Ist mein Gatte nicht in seinem Zimmer?", fragte Sienna verwirrt.

„Doch, natürlich. Gehen Sie ruhig hinein. Er hat mich um etwas Wein gebeten."

Sienna öffnete die Tür und trat ein, während Cedric ihr folgte. Er stellte das Tablett auf einem kleinen Tisch am Fenster ab, neben einem Sessel, in dem Edgar saß und die Augen geschlossen hatte.

„Ihr Wein, Euer Gnaden."

Der Duke bewegte sich nicht. Er war eingeschlafen. Was für ein Glück.

„Wir sollten ihn nicht wecken", sagte Sienna leise, wandte sich wieder um und wollte den Raum verlassen. Blieb dann aber doch stehen. Wenn sie wieder ging, würde Edgar vielleicht furchtbar böse werden.

Cedric berührte seinen Herrn sachte am Arm, da fiel sein Kopf auf die Brust. „Euer Gnaden!", rief Cedric laut, obwohl er sonst immer seine Stimme unter Kontrolle hatte, und beugte sich hinunter.

Sienna hielt die Luft an und schlug sich die Hand vor den Mund, während Cedric Edgar gegen die Rückenlehne schob. Sie erkannte mit einem Blick, dass alles Leben aus dem Körper des Dukes gewichen war.

„Was ist mit ihm?", fragte Sienna ängstlich, obwohl ihr klar war, was sie hier sah.

Cedric fühlte den Puls am Handgelenk und dann an der Halsschlagader. Er schüttelte den Kopf. „Ich brauche einen Spiegel. Schnell."

Sienna sah sich um, entdeckte auf einem Highboard einen Handspiegel liegen und reichte ihn an Cedric weiter.

Dieser hielt den Spiegel vor Mund und Nase von Edgar Follett, doch die Fläche beschlug nicht.

Cedric sah zu ihr auf. „Er ist tot."

Sie bedeckte ihren Mund mit einer Hand und schüttelte den Kopf. „Nein, das kann nicht sein. Er kann nicht tot sein. Er hat doch vorhin noch gelebt." Sie war vollkommen verwirrt.

Cedric sah sie mitleidig an. „Glauben Sie mir, Eure Gnaden, alles, was lebt, kann sterben. Man weiß nur nicht, wann der Tod einen ereilt. Wir sollten den Arzt kommen lassen, um ganz sicherzugehen."

Sienna blickte zu dem Mann, der leblos in dem Sessel saß, und schloss die Augen. Vor ihr tauchte das Bild der letzten Tarotkarte auf, die sie gezogen hatte. Der Tod. Es war also doch ein schlechtes Omen gewesen.

Etwas endet und etwas beginnt neu. Etwas sehr Verheißungsvolles, erinnerte sie sich an Hettys Worte und konnte nicht glauben, dass die Karten recht behalten sollten. Wie war das nur möglich?

Was hatte Hetty noch gesagt? So schnell stirbt es sich nicht. Anscheinend doch schneller, als man es sich vorstellen konnte.

„Ja, lassen Sie nach dem Arzt schicken. Wir müssen ganz sichergehen und wissen, was geschehen ist." Sienna nickte zustimmend und Cedric rief nach Daisy, die Jimmy losschicken sollte, damit er den Arzt aus dem Dorf holte.

Sienna sackte auf dem Boden zusammen und begann leise zu weinen.

Eine Hand legte sich auf ihre Schulter. „Er hat sein Leben gelebt. Es ist traurig, aber weinen Sie nicht." Cedrics Worte waren tröstlich gemeint. Wie konnte er denn wissen, dass dies keine Tränen der Trauer waren, sondern dass sie von Erleichterung zeugten? Vielleicht auch ein wenig von Angst, aber ganz sicher nicht Trauer über den Verlust eines geliebten Menschen. Auch wenn es traurig war. Sie hatte ihm keineswegs den Tod gewünscht, doch die Erleichterung, aus dem Gefängnis befreit worden zu sein, ganz unerwartet, ließ ihre Tränen fließen. Das was einfach zu viel für Sienna, obwohl sie eine Menge gewohnt war.

Es dauerte eine geschlagene Stunde, bis der Arzt endlich eintraf. Er war ein älterer Mann, der zerstreut wirkte, aber sein Gewerbe beherrschte. Mit sicheren Händen überprüfte er, ob der Duke noch lebte, bestätigte aber genau das, was alle schon wussten. Der Tod hatte den Duke ereilt und dieser hatte das Leben so beendet, wie er gelebt hatte. Schnell, entschlossen und ohne großes Publikum. Für viele unerwartet, hinterließ er nun eine Witwe, von der kaum jemand wusste. Sienna hatte sich in der Zwischenzeit erneut angekleidet, denn sie wollte den Arzt nicht im Morgenmantel empfangen. Hetty war ihr zur Hand gegangen und wich nicht mehr von ihrer Seite, als hätte sie Angst, dass Sienna doch noch zusammenbrechen würde.

„Mein Beileid, Euer Gnaden", erklärte der Arzt. „Ich werde dafür sorgen, dass der Bestatter sich um alles Weitere kümmert."

„Vielen Dank, das ist sehr freundlich. Cedric, würden sie sich um die Begleichung der Rechnung kümmern?", wies sie den Butler an.

„Natürlich, ich kümmere mich um alles."

„Du solltest dich hinlegen, Sienna. Das ist alles zu viel für dich." Hetty berührte ihre Schulter, nahm ihre Hand, als wäre sie ein kleines Kind und führte sie zurück in das Schlafzimmer, das sie bewohnte. Sie deckte Sienna zu, als wäre sie ein kleines Kind, kümmerte sich um sie, wie sie es immer getan hatte. „Versuch, ein wenig zu schlafen. Morgen sieht die Welt schon ganz anders aus."

„Hetty, was ist nur geschehen? Ich weiß gar nicht, wie es jetzt weitergehen soll."

„Das werden wir heute Abend auch nicht mehr klären. Morgen ist ein neuer Tag und wir werden schauen, was alles zu regeln ist." Hetty küsste ihre Stirn, löschte das Licht und verließ den Raum.

Obwohl Sienna todmüde war, konnte sie nicht einschlafen. Zu viele Gedanken wanderten durch ihren Kopf. Was würde nun mit ihr geschehen? Rockingham hatte keinen Erben, zumindest keinen, von dem man wusste. Würde sie nun alles erben? Musste sie zurück zu ihrem Vater? Würde er dann versuchen, sie erneut zu verheiraten?

Wie in einem Karussell drehte sich alles. Und am Ende blieb eine Erkenntnis übrig, die nicht von der Hand zu weisen war: Sie war wieder frei. Das Schicksal hatte ein Einsehen gezeigt und es war so unglaublich, dass sie es nicht fassen konnte. Sie hoffte nur, wenn sie morgen die Augen aufschlug, dass das alles nicht nur ein Traum war. Vor lauter Angst, dass es wirklich nur eine Illusion war, wagte sie kaum, die Augen zu schließen. Irgendwann schlief sie dennoch ein und sank in einen unruhigen Schlaf.

Mitten in der Nacht erwachte sie und setzte sich aufrecht hin. Sie horchte. Auf dem Flur war alles ruhig. Dann kam die Erkenntnis zurück, dass ihr Mann, den sie nur wenige Stunden vorher geheiratet hatte, gestorben war. Obwohl sie diese Hochzeit nicht gewollt hatte, so tat es ihr doch um den Menschen leid. Sie hatte sich so sehr gewünscht, einen Ausweg aus dieser Ehe zu finden, dass sie sich schuldig fühlte, als hätte sie Rockingham das Leben genommen. Das war natürlich Unsinn, sie war so durcheinander, dass sie in Tränen ausbrach und um einen Mann weinte, den sie gar nicht hatte kennenlernen können. Den sie nicht geliebt hatte, ja, sogar verabscheut hatte. Aber er war ein Mensch und

den Tod wünschte man niemandem. Tränen lösten
sich aus den Augenwinkeln, tropften auf ihre Hände.
Sie wischte sich über das Gesicht, putzte ihre Nase und
kam sich wie ein kleines Kind vor. Sie war nicht bereit
für den Tod gewesen. Es brachte die Erinnerungen an
ihre Mutter zurück, die gar keine Erinnerungen waren.
Es waren nur Erzählungen von Hetty. Ihren Vater hatte
Sienna niemals über ihre Mutter sprechen hören, als
wäre er Trudy böse, dass sie ihn allein gelassen hatte.
Würde sie auch nicht mehr über Edgar sprechen?

All diese Fragen schwirrten in ihrem Kopf herum. Sie
war so müde, zu müde, um zu schlafen. Als ihr endlich
die Augen zu fielen, erinnerte sie sich an Hettys Worte.
Was hatte sie noch gesagt? Morgen würde die Welt
schon ganz anders aussehen, darauf sollte sich Sienna
verlassen.

Kapitel 8

Die nächsten Tage verbrachte Sienna wie in Trance. Es mussten viele Dinge geregelt werden. Die Beerdigung fand in einem sehr kleinen Kreis statt. Ihr Vater reiste mit ihren Schwestern aus London an. Ernestine kümmerte sich in der Zwischenzeit um den Black Swan.

Neben dem Personal nahm auch der Notar des Duke of Rockingham an der Beerdigung teil. Er war ebenfalls extra aus London angereist und bat Sienna nach der Trauerfeier um ein Gespräch.

Ihr Vater ließ es natürlich nicht zu, dass der Anwalt allein mit Sienna sprach, obwohl es ihr lieber gewesen wäre. Er war oft unberechenbar und Sienna wollte ihre Angelegenheiten lieber selbst klären, jedoch ließ Blackwell es nicht zu. Ihr fehlte Ernestine, die ihr vielleicht den Rücken gestärkt hätte. So musste sie sich allein behaupten, was ihr bewusst machte, dass sie auch in Zukunft allein für sich verantwortlich war. Immerhin war sie eine verheiratete Frau gewesen und nun Witwe, also aus den Fängen ihres Vaters befreit.

Daher nahm sie in dem Arbeitszimmer des Dukes hinter dem Schreibtisch Platz, sodass ihr Vater neben dem Notar auf einem Stuhl davor zu sitzen kam, was ihm sichtlich missfiel. Sienna ließ sich davon nicht beirren. Ihr Vater witterte Geld, aber sie würde sich das Zepter nicht aus der Hand nehmen lassen. Es wurde

Zeit, dass sie erwachsen wurde und zeigte, dass er nicht mehr das Sagen hatte.

„Wie ich schon erwähnte, mein Name ist Archie Fullerton, Notar, und ich bedaure Ihren Verlust zutiefst, Eure Gnaden. Es muss ein Schock für Sie sein, Ihren Mann in der Hochzeitsnacht zu verlieren." Er rückte die Brille zurecht, die ihn um einiges älter machte, als er vermutlich war.

Sienna schätzte den Mann auf Mitte dreißig, doch er wirkte mir der altmodischen Frisur fast doppelt so alt.

„Ja, Mister Fullerton, es war wahrhaftig ein Schock für mich. Darf ich fragen, wie es nun weitergeht? Ich muss immerhin Vorkehrungen treffen", schoss sie ins Blaue hinein.

„Ja, natürlich, liebe Duchess. Ich habe hier das Testament des Duke of Rockingham, in dem alles geregelt ist. Er hat seinen letzten Willen noch kurz vor seiner Hochzeit geändert. Wenn ich sagen darf, zu ihren Gunsten." Er blickte auf und schenkte Sienna ein Lächeln.

„Zu Gunsten meiner Tochter? Das ist ja schön zu hören", warf Blackwell ein.

Sienna sah bereits die Pfundnoten in seinen Augen schimmern. Ihr Herz raste. Würde sie nun zu einer reichen Frau werden? Wäre das ihr Ausweg, nachdem sie immer gesucht hatte?

„Ja, das ist es. Der verstorbene Duke hat festgelegt, dass seine Frau pro Monat, in denen sie verheiratet waren, einhundert Pfund Sterling zusteht. Da die Ehe nur einen Tag, somit nur einen Monat bestanden hat, steht Ihnen, liebe Duchess, ein Erbe von einhundert Pfund Sterling zu. Der Betrag ist Ihnen in Bar auszuhändigen."

„Und weiter?", fragte Blackwell an Siennas Stelle.

„Was weiter?" Fullerton blickte überrascht von seinen Papieren auf, die er in einer ledernen Kladde bei sich trug.

„Was ist mit den Grundstücken, dem Haus in London, das Landhaus hier, dem übrigen Barvermögen?" Blackwells Stimme nahm einen drohenden Ton an.

„Das gehört alles dem neuen Duke of Rockingham. Er ist der rechtmäßige Erbe. Nicht nur des Titels, sondern auch der Besitztümer."

„Aber mein Mann hat keine Kinder. Es gibt keinen Erben", erklärte Sienna bestimmt.

„Das kann man so nicht sagen. Sie haben recht, dass der verstorbene Duke of Rockingham keine leiblichen Kinder hatte. Somit tritt die gesetzliche Erbfolge in Kraft, die sich auf weitere männliche Verwandte ausdehnt. Es gibt einen Cousin dritten Grades, der die Nachfolge antritt und der neue Duke of Rockingham wird, sollte er das Erbe annehmen."

„Wer ist der Kerl?", rief Blackwell aufgebracht und erhob sich so abrupt, dass sein Stuhl nach hinten kippte.

Erschrocken zuckte Fullerton zusammen. „Das darf ich leider nicht sagen. Nicht, bevor ich mit dem Erben selbst gesprochen habe."

Sienna blickte ihren Vater strafend an. „Vater, bitte setze dich wieder hin, du jagst Mister Fullerton ja Angst ein."

Blackwell stellte den Stuhl auf, nahm Platz und atmete angestrengt aus. „Das bedeutet, dass meine Tochter das Landgut so schnell wie möglich verlassen muss?"

Sienna stöhnte innerlich auf. Vermutlich überlegte er schon, mit wem er sie als nächstes verheiraten konnte. Sie würde das Landgut nur unter Protest verlassen. Hier war sie sicher, zumindest vor den Machenschaften ihres Vaters.

„Nicht sofort. Sobald der neue Duke of Rockingham gefunden wurde, wird er sich sicher hier einfinden und Sie in Kenntnis darüber setzen, welcher Zeitraum anberaumt wird, das Landgut zu räumen. Somit steht es Ihnen bis auf weiteres zur Verfügung."

„Das kommt gar nicht infrage. Du packst deine Sachen und kommst mit, zurück nach London."

Sienna blickte ihren Vater an, den es nicht länger auf dem Stuhl hielt. „Das werde ich nicht tun, Vater. Ich werde mich nicht dem Gespött des ton aussetzen. Die Ballsaison ist noch nicht beendet und man wird über mich tratschen und als lustige Witwe bezeichnen. Nein, das kommt nicht infrage. Ich werde erst einmal hier auf dem Land bleiben, wo ich meine Ruhe habe. Wir wollen abwarten, ob der neue Duke of Rockingham überhaupt gefunden wird. Vielleicht kann ich hier länger wohnen bleiben, als man denkt."

Nach diesem Gespräch verabschiedete sich der Notar und trat die Rückreise nach London an. Auch ihr Vater drängte zum Aufbruch, dabei wollte sie noch gern mehr Zeit mit ihren Schwestern verbringen. Sie hatten so viel Mitgefühl gezeigt, ganz anders als ihr Vater, der sich darüber beklagte, dass der Duke das Zeitliche gesegnet hatte, als wäre Sienna persönlich dafür verantwortlich.

„Vater, wir würden gerne noch eine Weile bei Sienna bleiben. Ihr geht es nicht gut, sie braucht jemanden, der sie tröstet", erklärte Grace.

Ihr Vater blieb hart. „Das kommt gar nicht infrage. Die Ballsaison in London neigt sich langsam dem Ende zu und ich will, dass die Mädchen daran teilnehmen. Sie sollen potenzielle Ehemänner anlocken und das können sie nicht, wenn sie sich hier auf dem Land verstecken."

„Was bist du nur für ein Mensch, Vater?", fragte Sienna voller Verachtung und blickte ihm mutig in die Augen.

Er lachte auf. „Du verachtest mich? Ich will nur das Beste für meine Töchter. Sieh dich doch an, du bist nun eine reiche Frau." Er streckte die Arme aus und drehte sich im Kreis, als würde das alles ihr gehören.

Darüber konnte Sienna nur lachen. „Ja, um hundert Pfund reicher." Sie hielt das Bargeld in die Höhe, das Fullerton ihr ausgehändigt hatte. „Dir scheint entgangen zu sein, dass es einen Erben gibt. Ich werde nichts weiter bekommen als das Geld für einen Tag Ehe."

Ihr Vater lächelte auf eine wölfische Art, die Sienna Angst einflößte. Er beugte sich zu ihr hinunter und flüsterte: „Was passiert wohl, wenn dieser besagte Erbe nicht mehr am Leben ist? Wer wird wohl dann dieses alles hier bekommen?" Er zwinkerte ihr zu und Sienna schluckte hart. Sie traute ihrem Vater zwar keinen Mord zu, aber sicher war sie sich da nicht, wenn es darum ging, sich ein Erbe unter den Nagel zu reißen. Wer kannte einen anderen Menschen schon richtig? Und ein John Blackwell ließ niemanden hinter seine Maske blicken. Würde er so eine Tat wirklich über sich bringen? Sie konnte es sich nicht vorstellen, doch vielleicht täuschte sie sich in ihrem Vater.

„Los, Mädchen! Steigt in die Kutsche. Wir haben nicht viel Zeit, ich habe in London zu arbeiten."

Grace stiegen die Tränen in die Augen und Sienna nahm sie in die Arme, um sie zu trösten. „Wir sehen uns bald wieder", flüsterte sie ihr zu.

Auch Poppy und Evie umarmten sie.

„Bis bald, ihr Lieben", rief sie und winkte der Kutsche hinterher. Ihrem Vater gönnte sie keinen Blick.

„Was willst du jetzt tun?", fragte Hetty, die plötzlich wie aus dem Nichts hinter Sienna auftauchte. Ein Glück, dass ihr Vater ihr nicht auch noch Hetty genommen hatte.

„Ich werde meine Schwestern aus den Fängen meines Vaters befreien." Sienna gab ihrer Stimme einen Nachdruck, aus dem klarwurde, wie ernst es ihr war.

„Wie willst du das anstellen?" Hetty schien ihr nicht ganz glauben zu wollen. Sie kannte Blackwell fast ihr ganzes Leben und wusste, wozu er fähig war.

„Ich werde sie hier auf dem Landgut verstecken. Der Duke hat mir von geheimen Räumen auf dem Gut erzählt. Wir werden uns in Ruhe hier umsehen und dann meine Schwestern holen. Sie sollen nicht das gleiche Schicksal wie ich erleiden. Das tut er ihnen auf keinen Fall an."

„Aber du wirst sie ja nicht für ewig hier verstecken können." Hetty schien nicht begeistert von diesem Vorhaben zu sein, was Sienna aufhorchen ließ.

„Bist du dabei? Kann ich auf dich zählen?", fragte sie daher skeptisch nach.

„Aber natürlich, mein Kind. Das weißt du. Ich werde dich unterstützen, wo ich nur kann.“

„Wir müssen zuerst die geheimen Räume suchen und sie für die Mädchen herrichten. Es muss alles vorbereitet sein. Wir dürfen das nicht unvorbereitet angehen. Ich weiß auch nicht, wie viel Zeit mir bleibt, in der ich das Landgut bewohnen darf. Doch solange wir hierbleiben dürfen, werden die Mädchen in Sicherheit sein. Wenn sie nicht in London sind, kann Vater sie ja schlecht verheiraten.“

„Du kannst dich auf jeden Fall auf mich verlassen, Sienna. Ich stehe auf deiner Seite und die der Mädchen. Wann immer du mich brauchst.“

Sienna schloss Hetty in die Arme. „Das ist gut zu wissen, denn ich bin auf Hilfe angewiesen. Meinen Vater führt man nicht so einfach an der Nase herum. Er ist schlau.“

Kapitel 9

London, Ende Mai 1816

Oliver trank sein Glas in einem Zug leer. Wusste der Teufel, was ihn dazu verleitet hatte, den Ball des Earl of Leeds zu besuchen. Als er die Einladung erhalten hatte, war sie sofort im Papierkorb gelandet, von wo er sie zwei Stunden später wieder herausgefischt hatte. Er hatte seine Meinung geändert und beschlossen, doch hinzugehen. Immerhin wusste er, dass er hier seine Freunde treffen würde.

Angestrengt atmete er aus. Kopfschmerzen kündigten sich an. Er berührte sein Gesicht, wo die Narbe pochte, die er sich bei einer Schlacht zugezogen hatte. Das Schwert eines französischen Offiziers hatte ihn an der Schläfe getroffen, bevor er ihn niederstrecken konnte. Das Blut hatte ihm die Sicht genommen und nur um Haaresbreite hatte er dessen Schwert ausweichen können, das auf seine Brust abzielte. Er hatte den Soldaten töten müssen, um sein Eigenes zu retten.

Nein, es war wirklich keine gute Idee gewesen, diesen Ball zu besuchen. Er fragte sich, was er hier eigentlich suchte. Mit einem Lächeln sah er Jade Norton auf sich zukommen. Sie war die Tochter des Gastgebers und so, wie es aussah, hatte sie es auf ihn abgesehen. Wer konnte es ihr verübeln? Er war ein unverheirateter Baron. Sein Titel war nicht von hohem Rang, aber er war sehr vermögend, das war in der guten Gesellschaft bekannt. Jede Mutter wäre erfreut, wenn er ihre Tochter zu seiner Frau nehmen würde. Er gehörte zu den begehrtesten Junggesellen von ganz London. Er hatte bisher nie öffentlich gemacht, dass er nicht heiraten wollte, so war klar, dass die jungen Frauen und auch ihre Mütter in ihm einen Heiratskandidaten sahen.

„Baron Harvard! Ich freue mich, dass Sie der Einladung gefolgt sind. Ich habe meine Mutter extra gebeten, Ihnen eine zukommen zu lassen." Jade war eine großgewachsene Blondine, deren Gesichtszüge ein wenig hart anmuteten. Sie war keine Schönheit, aber auch nicht hässlich, eher unscheinbar, wenn auch ansehnlich.

„Dann habe ich Ihnen also diese Einladung zu verdanken, Lady Jade." Er nahm ihre Hand und deutete einen Handkuss an.

Er sah, wie sie versuchte, nicht auf die Narbe an der Schläfe zu starren, es aber dennoch nicht unterlassen konnte.

„Sie wurden verletzt", sagte sie leise und streckte die Hand aus, als wollte sie ihn berühren, zog sie dann aber zurück, weil es nicht schicklich war.

„Ja", sagte Oliver mit belegter Stimme. „Aber es ist nichts gegen das, was viele andere erlebt haben."

„Lady Jade, darf ich um diesen Tanz bitten?" Ein junger Adliger, den Oliver nicht kannte, war zu ihnen getreten und blickte Jade hoffnungsvoll an.

„Wenn Sie mich entschuldigen, Lord Harvard." Jade sah ihn an, als würde sie hoffen, dass er auf diesen Tanz bestand, doch Oliver blieb stumm und nickte nur.

Er blickte den beiden hinterher, wie sie zur Tanzfläche schritten und eine Quadrille tanzten.

„Ist dir da jemand ins Gehege gekommen, Harvard?"

Oliver wandte sich um und sah Charles Cooper, den Marquess of Saint Albans, zielstrebig auf sich zukommen.

Er lachte leise. „Nein, du glaubst doch nicht, dass ich bereit bin, mich auf eine Frau einzulassen."

„Du bist im besten Alter, Oliver. Warum also nicht? Es wird Zeit für dich, einen Erben zu zeugen."

Nachdenklich schüttelte Oliver den Kopf. „Aber nicht mit irgendeiner Frau. Ich will eine ganz besondere."

„Die bereits vergeben ist, das ist dir doch klar." Charles grinste breit. „Ich habe mit Joseph gesprochen."

„Ich habe keine Ahnung, wovon du sprichst." Oliver trank sein Glas leer und übergab es einem der Lakaien. Als dieser ihm ein neues reichen wollte, winkte Oliver ab. Er hatte genug für diesen Abend und sollte gehen.

„Sieh mal einer an", murmelte Charles und lenkte so Olivers Aufmerksamkeit zum Eingang des Saals. Aber nicht nur er, sondern auch weitere Gäste hielten inne und starrten zur Tür. Sämtliche Gespräche verstummten.

Die Frau, die dort erschien, erkannte er erst auf den zweiten Blick und auch nur an den feuerroten Haaren, die sie kunstvoll hochgesteckt trug.

„Sie trägt ein schwarzes Kleid. Was hat das zu bedeuten?", flüsterte Charles. Er war nicht der Einzige, der diese Frage stellte, man hörte Getuschel von allen Seiten.

„Entweder hat sie einen sehr speziellen Geschmack, was ihre Kleiderwahl betrifft, oder sie ist in Trauer", mutmaßte Oliver und sah seinen Freund mit hochgezogenen Augenbrauen an. Sein Herz hämmerte vor Aufregung in seiner Brust und er hatte Angst, dass jeder es hören konnte.

***

Dass sie in diesem Kleid Aufsehen erregen würde, war Sienna bewusst, jedoch war ihr nicht klar, wie groß die Beachtung ausfallen würde. Es war nicht unüblich, dass Dowager in Schwarz einen Ball besuchten. Allerdings lag der Tod des Mannes dann länger als ein Jahr zurück. Bei ihr war es knapp einen Monat. Dass gleich der ganze Saal verstummte und sie anstarrte, als wäre sie ein ungebetenes Insekt, damit hatte sie nicht gerechnet. Sie hatte natürlich diesen Skandal heraufbeschworen, doch sie wollte, dass Oliver sah, dass sie wieder frei war. Auch wenn sie es ihm nicht deutlich sagen konnte, so würde ihre Trauer zumindest Fragen bei ihm aufwerfen. Zum Glück waren ihre Schwestern anwesend, die sofort zu ihr gelaufen kamen, um Sienna in Empfang zu nehmen.

„Sienna, du bist hier, wie schön dich zu sehen." Poppy umarmte sie.

„Schwester, wie schön, dich zu sehen. Du siehst wunderschön aus." Grace blickte sie bewundernd an.

92

„Ich trage ein schwarzes Kleid", erklärte Sienna mit einem Lächeln. „Ich denke, von wunderschön kann nicht die Rede sein. Ist Vater auch hier?" Sie sah sich vorsichtig um, konnte ihn aber nirgendwo entdecken.

Die Mädchen nickten einstimmig. „Ja, aber hat sich mit den älteren Männern ins Raucherzimmer zurückgezogen", berichtete Evie, die in ihrem roséfarbenen Kleid wie eine Prinzessin wirkte. Sie verdrehte vermutlich sämtlichen Männern den Kopf.

„Dann haben wir ja noch ein wenig Zeit für uns. Sagt mir, wie geht es euch?" Sienna steuerte auf eine Reihe von Stühlen zu, die am Rand der Tanzfläche aufgestellt war, und ließ sich dort nieder. Ihre Schwestern setzten sich zu beiden Seiten und plapperten alle gleichzeitig los. Dass man ihnen mit Blicken folgte, blendeten sie einfach aus. Was scherte sie die feine Gesellschaft?

„Nicht so schnell, ich komme gar nicht mit. Eine nach der anderen." Sienna lachte und erntete von den Gästen strafende Blicke.

„Darf man als Witwe nicht lachen?", fragte sie spitz und laut genug, damit man sie auch hörte.

„Papa hat uns verboten, dass wir den Black Swan betreten. Kannst du dir das vorstellen? Er will nicht, dass man uns dort sieht. Er sagt, es würde unsere Chancen auf dem Heiratsmarkt einschränken", berichtete Poppy leise. „Wenn du mich fragst, spricht schon dagegen, dass Blackwell unser Vater ist." Sie rollte mit den Augen.

„Habt ihr heute schon getanzt?", wollte Sienna wissen. „Los, erzählt mir, auf wen ihr ein Auge geworfen habt."

„Kennst du den Viscount Bedford? Er hat mich zum Tanzen aufgefordert. Er sieht so gut aus", schwärmte Evie. Es war klar, dass ihre jüngste Schwester einen Verehrer gefunden hatte. Sie sah mit ihrem brünetten Haar und den grünen Augen ganz bezaubernd aus.

„Glaubst du, Vater wird mit ihm einverstanden sein?", fragte Sienna vorsichtig nach.

Nachdenklich schüttelte Evie den Kopf. „Ich denke nicht. Er will uns doch nur mit alten Männern verheiraten, in der Hoffnung, dass sie nicht lange leben, und er uns erneut verschachern kann."Überrascht wandte sich Sienna ihrer Schwester zu, denn ihre Worte, passten so gar nicht zu Evie, der nun wohl auch aufging, was sie da von sich gegeben hatte, denn sie schlug sich die Hand vor den Mund.

„Oh, mein Gott, Sienna, wie dumm von mir. Es tut mir leid. So war das nicht gemeint." Sie nahm ihre Schwester in die Arme.

„Schon gut, Evie, du hast ja recht. Genauso sehe ich das auch. Warum einmal kassieren, wenn man es zwei Mal kann?" Sienna drückte ihre Schwester an sich und blickte über ihren Rücken, da traf sie auf ein Augenpaar, das sie aufmerksam musterte. Sie seufzte. „Zu schade, dass ich nicht tanzen kann. Ich denke, für eine Witwe schickt es sich nicht."

Ihre Schwestern nickten zustimmend.

„Ich denke, schon allein, dass du einen Ball besuchst, so kurz nach der Beerdigung deines Gatten, wird für eine Menge Gerede sorgen", befürchtete Grace und sah sich besorgt um. Viele der Gäste blickten zu ihnen herüber und steckten die Köpfe zusammen.

„Ja, aber es gab keine andere Gelegenheit, um mit euch in Kontakt zu treten. Ich wusste, dass ihr eingeladen werdet. Der ton wittert immer einen Skandal und ich werde für einen sorgen, um euch davor zu schützen."

Mutig erhob sich Sienna. „Ach was soll's, die Leute reden so oder so, da wird es auf einen Tanz auch nicht ankommen", erklärte sie angespannt. „Ich schaue mich mal am Buffet um, vielleicht finde ich dort einen Tanzpartner." Sie winkte ihren Schwestern zu und machte sich auf den Weg. Aus dem Augenwinkel sah sie, dass der Mann, auf den sie es abgesehen hatte, sie mit seinem Blick verfolgte.

Das Buffet gab alles her, was man sich nur wünschen konnte. Sie nahm einen Teller und legte ein paar Weintrauben darauf, dann noch ein Kanapee, das mit Lachs belegt war.

„Ist es ein Zufall, dass wir uns immer an einem Buffet treffen?", fragte Lord Harvard, nachdem er zu ihr getreten war.

„Das liegt wohl daran, dass Sie mir hierher gefolgt sind." Sie lächelte und steckte sich eine Traube in den Mund. Sie schmeckte süß und fruchtig. Automatisch bot sie ihm ihren Teller an. „Darf ich Ihnen eine Traube anbieten? Sie sind köstlich."

Der Baron winkte ab. „Danke, ich hatte eigentlich vor zu gehen."

„Oh, das dürfen Sie mir nicht antun, Mylord. Wir haben doch noch gar nicht getanzt. Ich hatte gehofft, dass Sie schneidig genug sind und mit mir einen Skandal heraufbeschwören, indem Sie mich auf die Tanzfläche führen." Sie steckte sich eine weitere Weintraube in den Mund und kaute genüsslich.

„Wie ich sehe, tragen Sie Schwarz. Gab es einen Trauerfall in ihrer Familie? Da Ihre Schwestern es allerdings nicht tun, muss es sich wohl um einen persönlichen Verlust handeln."

„Was für eine Beobachtungsgabe, ich bin beeindruckt, mein Lieber. Ja, es ist ein sehr spezieller Verlust." Sie hatte keine Lust, näher darauf einzugehen. Kaum jemandem war bekannt, dass sie den Duke of Rockingham geheiratet hatte, und so sollte es auch bleiben. Es gab keinen Grund, es an die große Glocke zu hängen.

Sie beobachtete, wie sich Oliver vorsichtig umblickte. Er war sehr gut gekleidet, mit einem schwarzen Frack und einer goldenen Weste. Seine Haut war nicht so blass wie bei den anderen Herren und das Gold der Weste spiegelte sich in seinen braunen Augen wider. Er war wirklich ein ausgesprochen gutaussehender Mann, nicht einmal die kleine Narbe an der Schläfe vermochte das zu ändern. Sie wog noch ab, ob er wirklich den Mut besaß, als er sich verbeugte.

„Darf ich um diesen Walzer bitten, Mylady?" Er hielt ihr seine Hand entgegen und blickte ihr lächelnd in die Augen.

Ein kollektives Raunen ging durch den Saal.

„Mit Freuden, mein lieber Baron", erklärte sie und betrat mit ihm die Tanzfläche. Der Walzer gehörte zu ihren Lieblingstänzen und sie konnte sich glücklich schätzen, dass sie drei Schwestern hatte, mit denen sie das Tanzen geübt hatte, sodass sie auf dem Parkett eine gute Figur abgeben konnte.

Oliver war ebenfalls ein guter Tänzer. Er führte mit viel Gefühl, dennoch stark genug, dass man sich als Frau sicher fühlte.

„Ihnen ist schon bewusst, dass uns alle anstarren?", fragte er mit einem Lächeln, als hätte er einen Scherz gemacht.

„Haben Sie etwas anderes erwartet?", fragte sie. „Der ton hat doch nicht mehr zu tun, als den neusten Klatsch zu verbreiten."

„Und wie wird der neuste Tratsch morgen lauten?", wollte er von ihr wissen.

Sie hob überlegend die Schultern. „Vermutlich, dass Baron Oliver Harvard sich mit einer der Töchter des Earl of Bentwood verlobt hat. Oder zumindest ein Auge auf die älteste Tochter geworfen hat."

„Und ich hatte gedacht, dass die älteste Tochter vergeben wäre." Er sah auf sie hinunter, ohne aus dem Rhythmus zu geraten.

„War, ist die richtige Bezeichnung. Sie war vergeben, aber ein tragischer Unfall hat dazu beigetragen, dass sie nun wieder auf dem Markt ist."

„Ist das so?" Oliver schien diese Neuigkeit mit Wohlwollen aufzunehmen.

„Ich dachte, die Gerüchte wären Ihnen bereits zu Ohren gekommen."

Oliver schüttelte den Kopf. „Nein, ich muss zugeben, ich halte nicht viel von Gerüchten und beteilige mich auch nicht daran. Und was sagt Ihr Vater dazu?"

„Wozu? Dass ich wieder auf dem Heiratsmarkt zu finden bin? Nun, ich denke, es wird ihm gefallen. Warum nur einmal abkassieren, wenn man es zwei Mal kann?"

„Täusche ich mich, oder war es früher nicht so, dass man der Tochter eine Mitgift gab, wenn sie unter die Haube kam?“

Sienna lachte auf, das war wirklich ein guter Witz. „Da kennen Sie John Blackwell nicht. Er bezahlt nicht für seine Töchter, sondern er fordert Geld für sie. Immerhin sind sie mit ungeheurer Schönheit gesegnet, daraus muss man doch Kapital schlagen.“ Die Ironie in ihren Worten war nicht zu überhören.

„Sie scheinen nicht viel von Ihrem Vater zu halten“, stellte Oliver fest.

Darauf wollte Sienna lieber keine Antwort geben.

Der Tanz endete und die Gäste beobachteten genau, was nun geschehen würde.

„Würden Sie mich auf die Terrasse hinausbegleiten, damit man in Ruhe über uns lästern kann?“

Oliver bot ihr den Arm an. „Ich danke Ihnen für diesen Tanz, Mylady, und würde mich sehr freuen, wenn ich Ihnen Gesellschaft leisten darf.“

Sie traten gemeinsam auf die Terrasse hinaus.

„Ich dachte, Sie wollten den Ball verlassen?“, fragte sie.

Gemeinsam liefen sie die Treppe hinunter, die in den Garten führte. Sienna hakte sich bei ihm ein und sie schlugen einen der Kieswege ein, die mit Fackeln ausgeleuchtet waren. Sie waren keinesfalls allein im Garten, es gab einige Paare, die den lauen Abend nutzten, um frische Luft zu schnappen.

„Wollen Sie mir nicht erzählen, was geschehen ist?“, fragte er, ganz ohne sie zu drängen.

Sienna seufzte leise und blickte in den Sternenhimmel hinauf. „Ist es nicht ein schöner Abend. Die Sterne so klar. Der Frühling ist eine ganz besondere Jahreszeit. Wissen Sie, Oliver, ich hatte gedacht, dass mein Leben schon zu Ende wäre, doch das Schicksal hat die Karten neu gemischt."

„Die Karten? Sie glauben an die Karten, wie auf einem Jahrmarkt?" Er lächelte.

„Lachen Sie nicht über mich. Meine Zofe, Hetty, sie ist eine hervorragende Kartenlegerin. Bisher hat sie immer recht behalten, ausnahmslos."

„Aha. Ich gebe zu, ich bin ein Mann, der nur das glaubt, was er auch sieht. Ich kann diesem Hokuspokus nicht viel abgewinnen."

„Hetty hat mir zum Beispiel vorausgesagt, dass ich mich in einen jungen Mann verlieben werde, in einen dunkelhaarigen Mann", gab sie preis.

„Nun, das trifft ungefähr auf jeden dritten Mann in London zu. Ihn zu finden, dürfte schwierig werden." Er sah sie von der Seite an.

Sie ging ihm nicht auf den Leim, indem sie behauptete, dass sie ihn bereits gefunden hatte. Sie durchschaute ihn.

„Woher stammt die Narbe in Ihrem Gesicht?", wollte sie wissen.

Er antwortete nicht sofort auf die Frage, sondern räusperte sich verlegen. „Ich wurde im Krieg verletzt. Als Offizier bin ich erst vor einigen Monaten aus Frankreich zurückgekehrt. Leider wurde ich verwundet. Warum fragen Sie? Stört Sie dieser Makel?"

Sie sah ihn überrascht an. „Wie kommen Sie nur darauf? Ich habe aus reinem Interesse gefragt, nicht, weil die Narbe mich stört oder ich sie als Makel empfinde.

Sind es nicht diese Male, die uns von anderen unterscheiden, uns unverwechselbar machen?“, fragte sie und blickte erneut zum Himmel hinauf. „Schauen Sie sich den Mond an. Er scheint perfekt, rund und voll, zumindest im Augenblick, aber wenn man ihm nah genug kommt, erkennt man seine Male, die ihn nur noch interessanter machen.“

Oliver folgte ihrem Blick und nickte. Sie schwiegen und die Stille breitete sich zwischen ihnen aus.

„Mit wem waren Sie verheiratet, Sienna?“, fragte Oliver und blieb plötzlich stehen. Sie waren allein, es hielt sich niemand mehr in der Nähe auf.

„Das tut nichts zur Sache. Er ist gestorben, nur das zählt.“ Sie blieb ebenfalls stehen.

„Warum ist es so ein Geheimnis?“

„Weil es nicht wichtig ist.“ Es klang härter, als sie es wollte. „Warum ist es so wichtig für Sie, Oliver?“

Er brachte ein wenig Abstand zwischen sie. „Ich frage mich, warum Sie sich mir quasi an den Hals werfen. Ist es, weil Sie einen Mann suchen, der vermögend ist? Oder suchen Sie so schnell wie möglich einen neuen Mann, damit ihr Vater Sie nicht wieder an den Meistbietenden verkauft?“ Er blickte sie an, als erwartete er jetzt eine Antwort von ihr.

Sienna glaubte es nicht. Ein Lachen kroch ihr die Kehle hinauf, das keinesfalls freundlich klang. „Sie verachten mich, nicht wahr? Ich habe geglaubt, dass Ihr Interesse an mir, wenn man es so nennen kann, ehrlicher Natur war, aber so ist es nicht, nicht wahr? Sie halten mich wie alle Menschen dort in diesem Ballsaal auch für eine Frau, die in einem Bordell aufgewachsen und leicht zu haben ist. Vermutlich schon bei vielen Männern gelegen hat. Was wollen Sie also von mir?"

Oliver schüttelte den Kopf. „Das sehen Sie falsch, Sienna."

„Nein, ich sehe sehr klar. Ich habe mich in Ihnen getäuscht. Ich hoffe nicht, dass unser Tanz Ihnen größere Schwierigkeiten bereitet. Vielleicht sollten Sie mit einer echten Lady tanzen, damit unsere Begegnung weniger ins Gewicht fällt. Sie entschuldigen mich bitte, ich muss gehen. Sie werden sicherlich verstehen, dass ich nicht mit Ihnen gesehen werden will." Sie machte auf dem Absatz kehrt, raffte ihre Röcke und rannte davon. Sie hoffte, dass Oliver sie gehenlassen würde und er machte keine Anstalten ihr zu folgen. Wenn sie ehrlich war, betrübte sie das mehr, als sie erwartet hatte. Doch es war genau das, was sie wollte. Manchmal wollte das Herz aber etwas ganz anderes, als es der Verstand riet.

Kapitel 10

London, Juni 1816

Oliver hatte mit Verwunderung den Brief geöffnet, der ihn zwei Tage später überbracht wurde. Der Name Archie Fullerton sagte ihm nichts, doch der Hinweis darauf, dass es sich bei diesem Mann um einen Advokaten handelte, machte ihn neugierig. Was konnte dieser Mann von ihm wollen?

Schnell überflog er die wenigen Zeilen, in denen Fullerton ihm mitteilte, dass er ihn in seiner Praxis auf der Bond Street erwartete, um eine Angelegenheit von wichtiger Dringlichkeit zu besprechen.

Nun, das hörte sich danach an, dass es keinen Aufschub gab. Er würde am Nachmittag bei diesem Notar vorbeischauen. Er hoffte, dass er nicht seine Zeit mit etwas Unwichtigem vergeudete.

In aller Ruhe nahm er ein Bad, ließ sich von seinem Kammerdiener rasieren und kleidete sich danach an. Er würde zu Pferd reiten und entschied sich für schwarze Reithosen und ein graukariertes Jackett.

Der Notar öffnete ihm selbst die Tür und war sichtlich erfreut, dass Oliver so schnell seiner Aufforderung nachgekommen war.

„Mylord, bitte nehmen Sie doch Platz. Ich muss zugeben, es kommt selten vor, dass jemand meiner Bitte so schnell folgeleistet, was mich sehr freut.“

Oliver sah sich in dem Büro neugierig um. Die Schränke waren mit Kladden gefüllt, er schien eine Menge zu tun zu haben. Der Schreibtisch hingegen war penibel aufgeräumt.

Fullerton nahm eine dieser Kladden aus dem Schrank und schlug sie auf. Kurz studierte er ein Blatt Papier, dann sah er ihn durch seine Brille freundlich an.

„Ich denke, dass ich eine gute Nachricht für Sie habe, Baron Harvard, auch wenn der Anlass weniger schön ist. Ich weiß nicht, ob sie erfahren haben, dass der Duke of Rockingham vor kurzem verstorben ist.“

„Der Duke of Rockingham?“ Oliver schüttelte den Kopf. „Nein, das scheint an mir vorbeigegangen zu sein. Wenn ich mich richtig erinnere, war er bereits sehr alt.“

„Ja, das stimmt. Er lebte sehr zurückgezogen und ist im Schlaf gestorben, hat nicht lange leiden müssen. Obwohl er verheiratet war, hat er keine Nachkommen gezeugt, sodass der nächste Verwandte den Titel und das Vermögen erbt. Ich darf vorwegnehmen, dass es einige Besitztümer gibt und der verstorbene Duke sehr vermögend war.“

Oliver nickte. „Ja, das ist mir bekannt. Er war mit meinem Vater befreundet, auch wenn ich ihn persönlich nie habe kennenlernen können. Dann scheint der nächste Verwandte wohl ein Glückspilz zu sein. Aber, wenn ich fragen darf, was genau habe ich damit zu tun?“ Ihm war unklar, was er hier sollte. Wenn er Hinweise auf den nächsten Verwandten geben sollte, so konnte er leider nicht weiterhelfen.

„Nun, Mylord, es ist so …" Fullerton machte eine kunstvolle Pause und nahm seine Brille ab. „Ihr Vater war nicht nur ein Freund des Verstorbenen, sondern die beiden Männer waren auch entfernte Cousins. Dritten Grades genau genommen. Da sie der Cousin vierten Grades sind, und ihr Vater ebenfalls verstorben ist, treten Sie an dessen Stelle. Da es sonst keine weiteren männlichen Verwandte gibt, sind Sie, Mylord, der nächste Erbe und somit der neue Duke of Rockingham. Ich darf Ihnen somit zu Ihrem Erbe gratulieren."

Oliver sah den Mann irritiert an. Es gab nur wenige Dinge in seinem bisherigen Leben, die ihn sprachlos machten, dieses war eins davon. Konsterniert saß er auf dem Stuhl, öffnete seinen Mund, um etwas zu sagen, schloss ihn aber wieder, weil er nicht wusste, was er antworten sollte.

Fullerton lächelte. „Ich kann verstehen, dass diese Situation für Sie ein wenig überraschend kommt. Aber Sie können mir glauben, meine Nachforschungen waren umfangreich. Der Stammbaum der Familie Follett ist nicht besonders groß."

„Dann ist ein Irrtum also ausgeschlossen?", fragte Oliver.

„So ist es. Es gibt keinen Zweifel. Ich habe hier eine Aufstellung der Besitztümer … ihrer Besitztümer sowie über die Bankkonten und das Barvermögen. Zu dem Stadthaus gehört auch ein Landgut inklusive Inventar mit großen Ländereien. Allerdings wird das Landhaus im Augenblick von der Witwe des verstorbenen Dukes bewohnt. Ich würde Ihnen raten, der Dame eine Frist zu setzen, um den Besitz zu räumen. Natürlich kann ich

das auch erledigen und ihr ein Schreiben zukommen
lassen …"

Oliver schüttelte den Kopf. „Nein, das wird nicht notwendig sein. Ich werde mich persönlich darum kümmern. Die ältere Dame wird vermutlich Verwandte haben, zu denen sie ziehen kann."

„Ja, sie hat Schwestern", antwortete Fullerton.

„Gut, dann werde ich mich dessen annehmen und
habe so gleichzeitig die Gelegenheit, das Anwesen in
Augenschein zu nehmen."

„Sehr gut, dann brauche ich nur hier eine Unterschrift, dass Sie das Erbe antreten." Fullerton reichte
ihm ein Schriftstück und eine Feder, die er vorher in
Tinte getaucht hatte.

„Sagen Sie, Mister Fullerton. Sind die Besitztümer mit
Hypotheken belastet oder liegen Schuldscheine vor?"

Bestürzt schüttelte der Notar den Kopf. „Aber nein,
Euer Gnaden, wo denken Sie hin? Sie sind nun ein reicher Mann, selbst wenn Sie vorher nicht arm gewesen
waren, aber das Erbe, das Sie hier antreten, macht Sie
zu einem wirklich reichen Mann."

Oliver schrieb seine Namen und wollte Baron darun-
tersetzen, doch fiel ihm ein, dass er ja nun einen neuen
Titel hatte, also schrieb er Oliver Harvard, Duke of Rockingham. Er starrte auf die Unterschrift, die ihm so
fremd war wie die ganze Situation.

***

Sienna beschloss, dass es nach sechs Wochen an der
Zeit war, auf Trauerkleidung zu verzichten. Sie wies

Hetty an, die dunkle Kleidung ganz hinten in den Schrank zu verbannen, da sie diese nicht mehr benötigte. Nur bei Personen, die einem sehr nahegestanden hatte, trug man länger schwarz, doch Edgar Follett hatte ihr nie nah gestanden.

„Ich bin eine junge Frau und auch als Witwe werde ich fröhliche Farben tragen" verkündete sie. Sie wohnte seit dem letzten Ball des Lords of Leeds im Stadthaus ihres Vaters, das er so gut wie nie besuchte, um ihren Schwestern nah zu sein. Natürlich hatte er sie zur Rede gestellt, dass sie auf dem Ball aufgetaucht war. Doch sie hatte ihn einfach stehenlassen, wollte sich mit ihm nicht auf eine Diskussion einlassen. Sie war nicht wegen ihres Vaters nach London gekommen, sondern, weil sie mit Ernestine sprechen wollte. Sie hatte ihr von der schrecklichen Nacht erzählt, als sie den Duke Tod in seinem Sessel vorgefunden hatte. Ernestine hatte Verständnis gezeigt.

„Das war sicherlich eine fürchterliche Erfahrung, meine Kleine." Ernestine nahm sie in die Arme. Genau das liebte sie an ihr so sehr, ihre gütige und liebevolle Art. Und das, obwohl sie mit einem Mann wie ihrem Vater zusammen war und ein Bordell führte. Es waren Gegensätze, die für viele nicht zusammenpassten.

„Deshalb muss ich die Mädchen aus der Stadt bringen. Morgen findet einer der größten Bälle des Jahres statt. Vater wird alles auf eine Karte setzen, um die Mädchen zu verschachern. Das müssen wir verhindern."

Ernestine seufzte auf. „Wie willst du das denn anstellen, ohne dass John Wind davon bekommt?"

Sienna blickte sich im Salon um, ob auch niemand in der Nähe war, der sie belauschen konnte. Ihr Vater ließ die Mädchen regelrecht von seinen Männern bewachen. Ständig lungerte jemand in der Halle des Stadthauses herum, und wenn ein Mädchen das Haus verließ, wurde sie in gebührendem Abstand begleitet.

„Ich werde sie morgen während des Balls auf das Landgut bringen lassen. Dort gibt es geheime Räume, wo ich die Mädchen verstecken kann, falls Blackwell oder seine Männer dort auftauchen."

„Das ist ein riskantes Spiel. Wenn dein Vater dahinterkommt, wird er die Mädchen nach Canterbury bringen, so wie er es immer androht." Ernestine biss sich auf die Unterlippe.

„Er wird mir nicht auf die Schliche kommen. Ich werde die ganze Zeit auf dem Ball sein. Hetty weiß Bescheid, was zu tun ist, sobald die Mädchen auf dem Landgut ankommen. Du musst nur dafür sorgen, dass eine Kutsche bereitsteht, die die Mädchen fortbringt. Ich werde meinem Vater etwas in seinen Rum geben, das ihn außer Gefecht setzt."

„Sienna!" Ernestine schüttelte den Kopf.

„Warte! Sag nichts. Du kannst mir doch nicht erzählen, dass du es für zu gefährlich hältst. Du hast schon ganz andere Dinge getan."

„Ja, aber für deinen Vater und nicht gegen ihn. Ich weiß, wie gefährlich er sein kann, wenn man sich gegen ihn stellt, aus eigener Erfahrung", zischte sie ihr leise zu.

Sienna griff nach ihren Händen. „Bitte, Ernestine, sag mir, bist du dabei? Ich will den Mädchen das ersparen, was er mir angetan hat. Du hast keine Ahnung, wie widerlich dieser Duke of Rockingham war. Ich bin ihm nur durch die Gunst des Schicksals entkommen. Wenn ich an Evie denke, ihre zierliche Gestalt, ihr sanftes Wesen, sie würde so etwas niemals durchhalten."

Zu Siennas Beruhigung nickte Ernestine. Sie sah das genauso. „Du hast ja recht. Aber wie soll es weitergehen?"

„Ich bin eine reiche Witwe. Der Duke hatte keine weiteren Verwandten, es ist nur eine Frage der Zeit, bis ich alles erbe. Dann werde ich dafür sorgen, dass die Mädchen die Männer heiraten können, die sie wirklich lieben."

„Und was ist mit dir? Wen liebst du?", wollte Ernestine wissen. Ihr Blick ließ sie nicht entkommen, doch Sienna war nicht bereit, über sich und ihre Gefühle zu sprechen.

„Ich habe gerade erst einen Mann verloren, da werde ich mich sicherlich nicht in einen anderen verlieben."

„Das ist doch Bockmist. Du warst doch gar nicht in den Duke verliebt. Also raus mit der Sprache, wer ist es?" Ernestine sah sie prüfend an.

„Niemand. Es gibt niemanden." Sienna blickte hinaus in den Garten.

„Das glaube ich dir einfach nicht. Aber ich werde dich damit in Ruhe lassen. Vielleicht ist es wirklich noch zu früh und wir sollten ein Problem nach dem anderen angehen."

„Meine Liebe ist kein Problem", murmelte Sienna gedankenverloren. „Sie ist einfach nicht existent."

„Gut, dann werden wir morgen die Mädchen aus der Stadt bringen. Ich werde ihnen auftragen, dass sie packen sollen, unauffällig, und das Gepäck wird in der Kutsche warten. Du musst nur dafür sorgen, dass John nichts bemerkt."

„Wir müssen die Wachen, die Vater für die Mädchen engagiert hat, täuschen. Sie haben ihre Augen und Ohren überall. Aber das bekomme ich hin. Ich werde ihnen schon eine Geschichte auftischen. Wichtig ist nur, dass es nicht auffällt, wenn die Mädchen den Ball verlassen. Vielleicht können sie sich im Garten treffen. Oder einzeln das Gebäude verlassen. Als Gruppe sind sie viel zu auffällig."

Sienna nickte. „Das bekomme ich hin. Mein Auftauchen ist mit viel Aufsehen verbunden. So werde ich die Aufmerksamkeit von den Mädchen ablenken können. Du weißt, ich bin eine hervorragende Falschspielerin."

„Ja, wenn es um Würfel oder Karten geht. Aber Menschen zu täuschen, ist wesentlich schwieriger."

„Ich hatte in den letzten Wochen genügend Zeit, um Übung darin zu bekommen", gab Sienna mit trauriger Stimme zu und drückte Ernestine als Dank für ihre Hilfe.

Kapitel 11

London, Juni 1816

Der größte Ball der Saison fand immer im Haus des Marquess of Saint Albans statt. Er markierte die Hauptzeit der Ballsaison und bald schon fuhren die Adligen aufs Land, um den Sommer dort zu verbringen. Wobei Charles bereits eher plante, aufs Land zu reisen, um seine Mutter zu besuchen.

Auch wenn Oliver sich geschworen hatte, um weitere Bälle einen großen Bogen zu machen, war er gezwungen, an diesem teilzunehmen. Immerhin war der Gastgeber Charles Cooper einer seiner besten Freunde. Er wollte ihm nicht vor den Kopf stoßen, also hatte er sich aufgerafft, seinen Frack erneut aus dem Schrank holen lassen, und sich angekleidet. Auf eine Rasur hatte er heute verzichtet. Er wollte nicht aussehen, als wäre er auf der Suche nach einer Frau. Einige der jungen Damen, die infrage kamen, waren bereits vergeben. Er hatte keine Lust, nur noch die Bekanntschaft von Mauerblümchen zu machen. Ihm stand nicht der Sinn danach, sich zu vermählen.

Insgeheim hoffte er, dass er Sienna wiedersehen würde. Er wusste, dass sie wieder in der Stadt war, hatte oft den Hyde Park aufgesucht, in der Hoffnung, ihr zu begegnen, doch dazu war es nie gekommen. Dieser Ball nun war eine neue Chance und er wollte sie nicht verstreichen lassen. Blackwell würde ganz sicher mit seinen Töchtern auftauchen.

Er bezog Posten am Buffet, es war der übliche Ort, an dem er Sienna traf. Ob sie zu Hause nichts zu essen bekam, dass sie sich ständig an fremden Buffets bediente? Er grinste über seinen Gedanken. Sie war eine zierliche, schlanke Frau, die vermutlich nicht viel brauchte, um satt zu werden.

„Was stehst du hier herum, Harvard, warum tanzt du nicht?", wollte Charles wissen und trank einen Schluck Cognac.

„Ich überlege, ob ich zuerst etwas Obst essen oder lieber vom Pudding naschen soll." Oliver grinste bei dieser Antwort.

„Mir scheint eher, du hast hier Position bezogen, um auf jemand Bestimmten zu warten." Charles beobachtete ihn genau.

„Hast du etwa einen Beruf ergriffen? Bist du neuerdings als Detektiv unterwegs?"

„Komm schon, Oliver, sag mir, was los ist." Charles hielt einen Lakaien auf, orderte ein zweites Glas von dem ausgezeichneten Cognac und Oliver nahm den Drink dankend entgegen.

„Was los ist? Ich kann dir eine Geschichte erzählen, die du mir kaum glauben wirst." Oliver trank einen Schluck und ließ den Alkohol die Kehle hinuntergleiten, der sanft brannte.

„Wenn es sich um eine Frauengeschichte handelt, bin ich nicht interessiert."

Nachdenklich schüttelte Oliver den Kopf. „Habe ich dich jemals damit belästigt? Nein, es ist keine Frau im Spiel."

„Na, dann bin ich mal gespannt." Charles lehnte sich an die Wand und sah Oliver neugierig an.

„Ich habe geerbt", raunte Oliver ihm leise zu.

„Was?", fragte Charles.

„Psst, ich möchte nicht, dass es schon jemand erfährt. Ich bin mit dem Duke of Rockingham entfernt verwandt und dieser ist nun verstorben. Ohne einen männlichen Erben zu hinterlassen."

Sein Freund zog die Augenbrauen in die Höhe. „Das bedeutet, du hast seinen Titel und das Vermögen geerbt?"

Oliver trank einen weiteren kleinen Schluck und nickte. „So sieht es aus. Morgen werde ich aufs Land fahren und der Witwe mitteilen, dass sie das Landhaus räumen muss. Ich werde der alten Dame natürlich genug Zeit einräumen, um sich etwas zu suchen, wo sie unterkommt. Ich muss zugeben, ich bin gespannt, wie es dort aussieht. Ich habe bisher noch nie ein Landhaus besessen."

„Dann gehört dir jetzt auch das Stadthaus von Rockingham. Es ist wesentlich größer als es deines." Charles pfiff anerkennend durch die Zähne.

„Vielleicht kann ich der Witwe mein Haus zur Miete anbieten, aber ich bezweifle, dass sie genug Geld besitzt, um es sich leisten zu können."

„Das ist eine sehr interessante Sache. Wenn du nichts dagegen hast, würde ich dich gerne begleiten."

„Wirklich, dazu werde ich nicht Nein sagen. Ich bin auf dein Urteil gespannt, ob es sich lohnt, den alten Kasten überhaupt zu behalten."

„Nun, Geld besitzt du ja jetzt genug, wenn man den Gerüchten Glauben schenken darf. Der verstorbene Duke soll ja sehr vermögend gewesen sein."

Oliver trank das Glas leer und lächelte süffisant. „Du hast keine Vorstellung."

***

Hellgrün. Das war genau ihre Farbe. Sienna entschied sich für ein hellgrünes Kleid und dazu eine weiße Stola. In ihren flammendroten Haaren hatte sie Perlen eingeflochten. Sie sah wie eine Königin aus. Als sie den Ballsaal betrat, folgten ihr wie immer alle Blicke der weiteren Gäste. Sie war absichtlich erst zu später Stunde erschienen, weil sie wusste, dass ihr Vater dann schon eine Menge getrunken hatte. Mit selbstbewussten Schritten steuerte sie auf den Gastgeber zu, der mit einem anderen Mann ein Gespräch führte. Als sie erkannte, wer dieser Mann war, kam sie aus dem Tritt und stolperte.

„Vorsicht, Mylady. Nicht, dass Sie sich noch etwas brechen." Der Marquess of Saint Albans fing sie geschickt auf.

„Vielen Dank, Mylord. Der Saum muss sich in meinem Absatz verfangen haben."

„Ich freue mich, dass Sie und Ihre reizenden Schwestern meiner Einladung gefolgt sind", erklärte Charles

Cooper und warf einen Blick durch den Raum, um nach ihren Schwestern zu suchen.

„Oh, meine Schwestern sind sicherlich nicht allein anwesend. Sie werden doch mit meinem Vater eingetroffen sein?", fragte sie. „Ich bin heute alleine hier."

Bedauernd schüttelte Charles den Kopf. „Nein, soweit ich weiß, sind Ihre Schwestern ganz allein anwesend. Ihr Vater hat sich entschuldigen lassen, wichtige Geschäfte, wie ich gehört habe."

Sienna zupfte nervös an den Ärmeln ihrer langen Handschuhe. Ihr Herz klopfte aufgeregt, der Puls raste und sie musste sich zusammennehmen, um der Situation Herr zu werden. „Mein Vater ist nicht da? Ich kann kaum glauben, dass er meine Schwestern ganz allein auf einen Ball geschickt hat."

Charles räusperte sich verlegen. „Nein, das hat er auch nicht. Ein gewisser August wurde als Begleitung angemeldet."

Sie stöhnte innerlich auf. August! Sie konnte kaum glauben, dass man diesen bulligen Kerl in einen adäquaten Anzug hatte stecken können. „Wo ist August jetzt?"

„Nun, wir haben ihn in der Küche etwas zu trinken und essen angeboten, was er gerne angenommen hat."

Sienna atmete erleichtert aus und blickte Oliver an. „Lord Harvard, wie immer am Buffet anzutreffen." Sie nickte ihm zu.

„Es heißt jetzt ...", setzte Charles an, doch Oliver schnitt ihm das Wort ab.

„Ich warte hier auf Sie, weil es der übliche Ort ist, an dem Sie zu finden sind. Darf ich um diesen Tanz bitten?"

„Es tut mir leid, aber ich werde heute Abend nicht tanzen, außerdem habe ich noch nichts gegessen“, lehnte sie ab und ließ ihren Blick über die lange Tischreihe gleiten.

Oliver schien ihre Worte nicht ernst zu nehmen, er nahm einfach ihre Hand und führte sie zur Tanzfläche.

„Was machen Sie denn?“, zischte Sienna ihm zu, wollte aber keinen Skandal heraufbeschwören und gab nach.

„Ich will mich bei Ihnen entschuldigen“, sagte er und führte sie sicher über die Tanzfläche.

„Warum sollten Sie das tun? Sie haben Ihren Standpunkt klargemacht und ich werde es akzeptieren“, gab Sienna gelassen von sich. Ihr Herz klopfte so schnell bei seinem Anblick. Es schien, als hätte sich etwas geändert, er sah verändert aus, und das lag nicht daran, dass er nicht rasiert war. Die dunklen Bartstoppeln gaben seinem Aussehen etwas Abenteuerliches, was ihr außerordentlich gut gefiel.

„Sie schätzen mich falsch ein, Sienna. Ich sehe etwas ganz anderes in Ihnen, doch Sie hätten meine Worte nicht ernst genommen, bei unserem letzten Gespräch, deshalb habe ich Sie gehenlassen.“

Das Streichquartett spielte einen schwungvollen Walzer und Sienna liebte es, mit Oliver über das Parkett zu schweben. Wenn sie ein anderes Leben führen würde, wäre er der Mann, in den sie sich verlieben würde, doch sie hatte nun mal nur dieses, in der sie die Tochter von John Blackwell war. Sie würde niemals die Tochter eines angesehenen Earls sein. Und wenn sie ehrlich war, wollte sie es auch gar nicht.

„Werden Sie im Sommer aufs Land gehen?", fragte er plötzlich.

„Ja, ich werde die Stadt verlassen, zusammen mit meinen Schwestern", gab sie vage zu. Je weniger Leute Bescheid wussten, umso besser. „Und Sie? Besitzen Sie ein Landgut, Mylord?"

Er lächelte auf sie hinunter. „Ich werde vielleicht eine Jagdgesellschaft veranstalten. Würden Sie mit Ihren Schwestern daran teilnehmen, wenn ich Ihnen eine Einladung zukommen lasse?"

„Ich weiß nicht genau, was meine Familie geplant hat", wich sie aus. Wenn sie darauf einging, würde er nach Ihrer Adresse fragen und die wollte sie auf keinen Fall preisgeben.

„Nun, der Sommer ist lang. Vielleicht haben wir ja Glück und laufen uns wieder über den Weg."

Sienna lachte. „Ich werde am Buffet auf Sie warten", gab sie belustigt zurück.

„Begleiten Sie mich nach draußen, es ist hier so stickig." Er war stehengeblieben, hielt sie aber immer noch im Arm.

„Aber nur für einen kurzen Moment. Ich habe meine Schwestern noch gar nicht begrüßt."

Er nickte und führte sie hinaus auf die Terrasse. Der Garten war nicht sehr groß und Sienna trat an die Brüstung, die den Blick auf die Blumenbeete freigab. Es waren keine anderen Gäste hier draußen, weil man das Büffet gerade eröffnet hatte. Sie standen im Dunkeln, hier würde man sie nicht direkt entdecken, wenn man die Terrasse betrat.

„Was wollen Sie von mir, Oliver?", fragte sie leise und blickte zu ihm auf.

Oliver stand im gebührlichen Abstand zu ihr, trat aber nun näher. „Ich muss zugeben, die Aussicht, Sie den ganzen Sommer über nicht zu sehen, gefällt mir nicht. Können wir uns treffen?", fragte er geradeheraus. „Egal wo, ich werde zu Ihnen kommen."

„Ich weiß es nicht. Ich muss etwas erledigen und ich habe keine Ahnung, was da alles auf mich zukommt", erklärte sie.

„Wie ich sehe, tragen Sie keine Trauer mehr."

„Ich war nicht lang genug verheiratet, um als trauernde Witwe herzuhalten. Sechs Wochen, wie es bei nahen Verwandten üblich ist, sind genug."

„Gibt es einen anderen Mann in ihrem Leben?", wollte er wissen.

Sie lächelte. „Sie nehmen wirklich kein Blatt vor dem Mund, Mylord. Ich werde Ihnen auf diese Frage keine Antwort geben, mein lieber Oliver. Die Dinge liegen nicht günstig."

Er räusperte sich. „Glauben Sie nicht, dass sich die Dinge manchmal ändern können?" Er griff nach ihrer Hand und drückte einen Kuss darauf.

„Wenn die Karten es voraussagen, dann glaube ich daran", gab sie zu.

„Dann sollten Sie die Karten vielleicht einmal befragen, was sie zu uns sagen. Wie kann ich Sie erreichen, Sienna?"

Sie blickte über ihre Schulter und sah, wie ein weiteres Paar die Terrasse betrat. „Ich muss jetzt gehen. Schicken Sie eine Einladung an Ernestine. Sie ist die Frau, mit der mein Vater zusammenlebt. Sie wird wissen, wo ich zu erreichen bin. Leben Sie wohl, Oliver. Ich muss jetzt wirklich los." Sie beugte sich schnell vor und gab ihm einen Kuss auf die Lippen. Sie hoffte, dass dies niemand beobachtet hatte, und wenn, war es ihr auch egal. Sie entzog ihm ihre Hand und lief mit schnellen Schritten zurück in den Ballsaal. Warum nur lief sie immer wieder vor Oliver davon, wo doch ihr Herz für ihn schlug? Aber nicht sie, sondern die Zeit rannte ihr davon.

Kapitel 12

„August! Was machst du denn hier?“ Sienna betrat den Küchentrakt, wo an einem Tisch die Kutscher saßen und etwas zu trinken und zu essen gereicht bekamen.

„Sienna! Das Gleiche könnte ich dich fragen. Du hast wahrhaftig nichts hier unten zu suchen.“

„Ich scheine mich wohl in den vielen Gängen verirrt zu haben.“

August erhob sich und trat auf sie zu. „Du solltest wieder in den Ballsaal zurückkehren.“ Er nahm ihren Arm und führte sie die Treppe hinauf.

„Warum ist mein Vater heute nicht hier?“, wollte sie wissen.

„Er hat ein Treffen mit einem Earl, der ein Auge auf Poppy geworfen hat.“

In Sienna schwoll Angst auf. „Aha, und weißt du auch, welcher Earl es ist?“

August schüttelte den Kopf. „Tut mir leid, Mädchen. Aber ich habe keine Ahnung. Ich soll deine Schwestern wohlbehalten zurück ins Stadthaus bringen.“

„Ich bin froh, dass du ein Auge auf sie hast. Schau mal, ich habe dir hier eine Flasche Cognac aus dem Saal geschmuggelt.“ Sie reichte ihm eine kleine Flasche und er lachte, was Sienna im ersten Moment irritierte. Hatte er sie durchschaut?

„Mädchen, das ist ja was für den hohlen Zahn." Er nahm die Flasche entgegen, öffnete sie und trank den Inhalt in einem Zug leer. „Danke dir, Sienna. Glaubst du, ihr werdet noch länger bleiben?"

„Natürlich, du kannst in Ruhe essen und trinken. Die Mädchen tanzen und amüsieren sich. Immer auf der Suche nach einem Ehemann", erklärte Sienna und schlug ihm auf die Schulter. „Wir sagen dir Bescheid, sobald wir loswollen, aber das wird noch dauern."

Er nickte. „Gut, ihr wisst, wo ihr mich findet. Dann werde ich es mir noch ein bisschen gemütlich machen."

Sienna machte sich wieder auf den Weg in den Ballsaal und hoffte, dass das Schlafmittel ausreichte, um einen Riesen wie August zum Schlafen zu bringen. Sie hatte die Flasche zu Hause präpariert, doch gedacht, dass ihr Vater die Mädchen begleiten würde. Wenn August allerdings genug zu trinken und zu essen hatte, vergaß er Zeit und Raum.

Sie machte sich auf die Suche nach ihren Schwestern. Grace entdeckte sie auf der Tanzfläche, wie sie mit dem Gastgeber Charles Cooper tanzte. Sie blickte zu ihm auf, lächelte charmant. Es war ein echtes Lächeln, das erkannte Sienna. Sie kannte ihre Schwester so gut, dass sie zwischen aufgesetzt und echt unterscheiden konnte. Grace mochte den Marquess of Saint Albans und das freute Sienna, denn er war unverheiratet und schien auch Interesse an ihr zu hegen.

„Sienna! Da bist du ja! Wir haben dich schon gesucht." Poppy schloss sie in die Arme, sie hatte Evie im Schlepptau.

„Da seid ihr ja. Ich habe Ausschau nach euch gehalten.“

„Vater hat uns heute ganz allein gehenlassen. Kannst du dir das vorstellen?“, fragte Evie aufgeregt.

„Nein, weiß Gott nicht. Hat Ernestine mit euch gesprochen?“

Die Mädchen nickten einstimmig.

„Und du bist dir sicher, dass dein Plan funktioniert?“, flüsterte Poppy.

„Er muss funktionieren, wenn du nicht bald die Frau eines achtzigjährigen Greises sein möchtest, der es liebt, seine Frau auszupeitschen.“ Sie hasste es, ihren Schwestern Angst einzujagen, doch es war notwendig, damit sie erkannten, in welcher Gefahr sie schwebten. „Es tut mir leid, aber ein Vater sollte seine Kinder beschützen, sie nicht an den Meistbietenden versteigern.“

Poppy umarmte sie, küsste sie auf die Wange. „Du hast ja recht. Wir werden mit dir gehen. Auf dem Land werden wir sicher sein. Die Saison geht ohnehin bald zu Ende.“

„Na ja, bis August sind es noch einige Wochen. Ich habe gesehen, dass du mit Baron Harvard getanzt hast.“ Evie lächelte vielsagend. Sie sah heute wieder besonders hübsch aus. Trug ein beigefarbenes Kleid mit kleinen gestickten Rosenblüten.

Sienna blickte zur Tanzfläche und sah, dass Oliver mit einer anderen Frau tanzte. Es war Jade Norton, die Tochter des Earl of Leeds. Sie schienen sich gut zu unterhalten und es versetzte Sienna einen Stich. Sie wollte nicht, dass Oliver mit einer anderen Frau tanzte, dennoch konnte sie es ihm nicht verübeln. Sie hatte ihm keine Hoffnung gemacht und war sich sicher, dass er sie niemals als seine Frau in Betracht ziehen würde, auch wenn sie es sich noch so wünschen würde. Er wollte sie wiedersehen, vermutlich in sein Bett locken, das war aber alles.

„Wir sollten schnell aufbrechen", sagte Sienna und sah sich nach Grace um, winkte ihr zu.

„Aber was ist mit August?", wollte Poppy besorgt wissen.

„Um den habe ich mich bereits gekümmert. Deshalb müssen wir uns beeilen. Holt euer Gepäck aus der Kutsche und bringt es zu meiner. Es ist die mit dem Wappen des Duke of Rockingham. Schnell. Ich folge euch mit Grace. Wenn wir nur zu zweit gehen, fallen wir nicht so sehr auf." Die Mädchen nickten ihr zu und machten sie auf den Weg, während Sienna auf die Tanzfläche trat und beinah mit Oliver zusammengestoßen wäre.

„Lady Sienna! Bitte entschuldigen Sie." Er sah sie fragend an.

„Schon gut, Mylord. Ich muss zu meiner Schwester." Sie ließ ihn und Lady Jade einfach stehen.

„Kennen Sie die Lady?", hörte sie Lady Jade fragen und das in einem Ton, der erkennen ließ, dass sie Sienna keinesfalls für eine Lady hielt. Die Antwort, die Oliver ihr gab, bekam sie nicht mehr mit. Dafür stand plötzlich Grace vor ihr.

„Sienna! Was ist denn passiert?"

„Nichts, Grace. Aber wir müssen jetzt gehen."

„Jetzt schon?" Sie zog einen Schmollmund.

„Ja, es wird Zeit. Verabschiede dich von unserem Gastgeber." Sie blickte den Marquess an.

„Meine Damen, es ist wirklich eine Schande, dass Sie uns schon verlassen wollen. Die beiden schönsten Frauen des Abends." Charles Cooper lächelte gewinnend.

„Wir werden uns bestimmt wiedersehen, Mylord. Nur für heute Abend müssen wir uns jetzt entschuldigen. Vielen Dank für Ihre Einladung." Sienna nahm den Arm ihrer Schwester.

„Charles, ich hoffe, wir sehen uns bald wieder", hauchte Grace.

„Das hoffe ich doch sehr, Lady Grace. Kommen Sie gut nach Hause." Er verbeugte sich galant, nahm ihre Hand und deutete einen Kuss an.

Sienna zog Grace geradezu von ihm fort. „Wir müssen uns beeilen. Das Schlafmittel, das ich August verabreicht habe, wird nicht ewig wirken. Wir müssen zu meiner Kutsche." Sie sprach so leise, dass nur Grace sie hören konnte. Ihre Schwester nickte stumm, warf aber noch einen sehnsuchtsvollen Blick zurück in den Ballsaal.

Als sie bei den Kutschen ankamen, saßen die Mädchen bereits in der Kabine. Sie half Grace hinein und stieg dann zu Jimmy auf den Bock, der sie an diesem Abend hierher gebracht hatte.

„Bring uns zurück zum Landhaus, Jimmy." Gab sie ihm zur Anweisung und band sich ihren Umhang fest um die Schultern, setzte die Kapuze auf und zog sie tief über ihr Gesicht, damit sie niemand erkennen konnte. Besonders das rote Haar verstaute sie so, dass es nicht mehr sichtbar war. Sie nickte dem Stallknecht zu, der trieb die Pferde an und brachte sie alle in Sicherheit.

***

Die Mädchen waren ganz aufgeregt, als sie auf dem Landsitz ankamen.

„Ich habe euch Zimmer im Personaltrakt herrichten lassen. Dort wird Blackwell auf keinen Fall nachsehen. Vor dort aus gibt es einen Geheimgang, der bis zu den Ställen führt. Aber es gibt auch ein geheimes Zimmer, in dem ihr euch verstecken könnt, sollte euch jemand suchen. Ich werde euch morgen alles zeigen", erklärte Sienna.

„Und wenn Vater einfach unangemeldet vorbeischaut?", fragte Evie ängstlich.

„Ich habe Anweisungen gegeben, dass das Personal die Augen offenhält. So einfach kann man nicht ins Haus eindringen. Die Angestellten sind mir ergeben, ich bezahle sie gut. Besser, als es der Duke getan hat. Cedric, der Butler des Dukes, hat das Gut nach dessen Tod verlassen. Ich habe Logan eingestellt, er macht einen guten Eindruck und weiß Bescheid, dass wir mit Ärger zu rechnen haben. Für heute seid ihr zumindest sicher." Sie küsste ihre Schwestern und Hetty zeigte den Mädchen ihre Zimmer. Sie waren begeistert, dass jeder ein eigenes beziehen konnte, denn das Landhaus hatte mehr Platz als genug.

Es war einfacher als gedacht, die Mädchen aus der Stadt zu bekommen, aber das dicke Ende würde noch kommen, da war sich Sienna sicher. Das würde Blackwell nicht auf sich sitzen lassen. War es am Ende zu einfach gewesen? Was, wenn Blackwell wusste, was sie vorhatte, und absichtlich nicht auf dem Ball erschienen war, sondern sie beobachten ließ? Doch es war ihnen

niemand gefolgt, darauf hatte sie geachtet. Vielleicht
sah sie auch einfach nur Gespenster. Um ihre Nerven
war es nicht zum Besten gestellt.

Kapitel 13

Rockingham Hall, Juni 1816

Oliver war bereits früh auf den Beinen, obwohl er einer der Letzten gewesen war, der den Ball verlassen hatte. Er hatte mit seinen Freunden, Charles, Joseph und Oscar, zusammengesessen und noch einen letzten Drink genommen.

Charles war weniger begeistert, dass er ihn schon früh am Morgen aus den Federn geholt hatte. Aber er hatte versprochen, Oliver nach Rockingham Hall zu begleiten. Er hatte wohl gehofft, dass sie in der Kutsche reisen würden, doch Oliver wollte zu Pferd reiten, so würden sie schneller vorankommen.

„Ich verstehe nicht, warum du es so eilig hast", brummte Charles, als er aufsaß und die Zügel ergriff.

„Ich habe es nicht eilig, aber ich will den schönen Tag nutzen, und die frische Luft genießen", gab Oliver zurück und trieb sein Pferd an.

„Hast du in den letzten Jahren nicht lange genug im Sattel gesessen?" Charles war ungnädig und Oliver hoffte, dass seine schlechte Laune mit der Zeit an der frischen Luft verfliegen würde.

Zur Mittagszeit kamen sie in der Gegend an, in dem der Landsitz lag. Die Kleinstadt Rockingham war nicht weit entfernt, doch das Gut sollte hinter der Stadt zu finden sein.

„Hey Bursche! Kannst du uns sagen, wo wir Rockingham Hall finden?“ Oliver fragte einen Jungen am Wegesrand. Ein Hund lief ihm immer wieder zwischen den Füßen hin und her.

„Immer geradeaus. Ihr reitet direkt darauf zu, könnt es gar nicht verfehlen“, brummte der Junge, ohne aufzublicken. Er hatte seine Mütze tief ins Gesicht gezogen.

Etwas an diesem Jungen kam ihr merkwürdig vor. Er trug eine Reithose und Stiefel, hatte den Kragen seiner Jacke hochgeschlagen, sodass man ihn kaum erkennen konnte. Er schien wohl gerade im Stimmbruch zu sein, sie war merkwürdig hoch.

„Bist du ein Stallbursche?“, fragte Oliver nach.

„Ja, Sir. Ich arbeite auf Rockingham Hall.“ Er blickte kurz auf, schaute dann aber wieder zu Boden und streichelte den Hund. Der Junge schien äußerst schüchtern zu sein.

„Gut, dann werden wir uns später sehen.“ Oliver trieb das Pferd an und Charles folgte ihm.

„Der Knabe ist aber wohl noch sehr jung, wenn man die zierliche Figur betrachtet.“

„Vielleicht einer der Söhne der Angestellten“, überlegte Oliver laut. „Wir werden es herausfinden, wenn wir das Landhaus erreichen.“

Das Gut war von Ländereien umgeben, die verpachtet waren. Bauern pflanzten Weizen, Roggen, Raps und Mais an. Der Boden war reichhaltig und fruchtbar. Direkt an das Haus grenzte eine Apfelplantage. Die Bäume trugen Blüten in wunderschönen Farben.

Weiße, roséfarbene und auch dunkelrot. Eine schöne Erinnerung an Sienna keimte in ihm auf, doch Oliver versuchte, sie zu vergessen.

Eine von Eichen gesäumte Allee führte zu dem Haupthaus, dessen Eingang von Säulen getragen wurde. Es war von außen in einem wesentlich besseren Zustand, als Oliver erwartet hatte. Ein Brunnen stand im Innenhof, was ein schöner Anblick war. Etwas abseits gelegen waren Stallungen zu erkennen. In einem Unterschlag stand eine Kutsche mit dem Wappen der Rockinghams. Eine goldene Harfe auf königsblauem Grund, zusammen mit einem Löwen und einer Lilie. Sein Wappen, wie ihm klarwurde.

Charles blickte darauf und sah dann Oliver an. „Dir ist schon bewusst, dass du jetzt gesellschaftlich über deinen Freunden stehst. Als Duke hast du aber auch weitaus mehr Pflichten. Du wirst zu einem Ball laden müssen und für einen Erben sorgen." Lachend schlug ihm Charles auf den Rücken. „Du solltest heiraten, mein Freund. Eine Frau übernimmt all diese Dinge."

Ein junger Mann kam aus den Stallungen auf sie zu. „Darf ich fragen, wer Sie sind und was Sie hier wollen?"

„Darf ich fragen, mit wem wir es zu tun haben?", stellte Oliver eine Gegenfrage.

„Jimmy, ich bin der Stallbursche auf Rockingham Hall."

„Der Stallbursche? Aber ich dachte, der Bursche wäre so ein kleiner Kerl mit einem Hund."

„Kleiner Kerl mit einem Hund?" Jimmy schüttelte den Kopf. „Den gibt es hier nicht. Die Duchess of Rockingham besitzt einen Labrador. Dort kommt Sie. Und wie ist Ihr Name, wenn ich fragen darf?"

Oliver wandte sich um und deutet auf den Knaben, der langsam auf sie zusteuerte. „Das ist die Duchess?", fragte er überrascht. „Aber ich dachte, sie wäre eine alte Frau."

Jimmy lachte. „Wer hat Ihnen denn diesen Bären aufgebunden. Lady Sienna ist noch keine fünfundzwanzig, so glaube ich jedenfalls."

„Oliver! Was tun Sie hier? Wie haben Sie mich gefunden?"

Der Knabe, der nun vor ihm stand, war kein Junge, sondern Sienna Blackwell. Sie hatte die Mütze abgenommen und ihr rotes Haar ergoss sich über ihren Rücken. „Lady Sienna! Ich kann es nicht glauben. Was tun Sie hier? Wie kommen Sie hierher?"

„Das ist mein Besitz. Ich bin die Witwe des Duke of Rockingham", antwortete sie. „Und Sie? Warum sind Sie mir gefolgt?"

Oliver blickte sie sprachlos an und bekam keinen Ton heraus, so übernahm Charles für ihn die Konversation.

„Ich muss Sie enttäuschen, Lady Sienna, wir sind Ihnen nicht gefolgt. Das hier ist das Anwesen der Rockinghams. Mein Freund, Baron Harvard, ist der Erbe von Edgar Follett. Er ist der neue Duke of Rockingham."

Nun war die Katze aus dem Sack und endlich wusste Oliver auch, wessen Frau Sienna geworden war. Diese Erkenntnis riss ihm den Boden unter den Füßen weg.

***

Sienna glaubte, ihren Ohren nicht zu trauen. Was erzählte der Marquess of Saint Albans da?

„Wie meinen Sie das? Der neue Duke of Rockingham? Mein Mann hat keinen Erben." Sie reckte ihr Kinn vor, weil das alles hier ein großer Irrtum sein musste.

Oliver räusperte sich. „Hat man Sie nicht darüber informiert? Mein Vater war ein Cousin dritten Grades des Duke of Rockingham. Da mein Vater auch bereits verstorben ist, bin ich somit der rechtmäßige Erbe. Mister Fullerton, der Advokat, hat es bestätigt. Ich kann Ihnen gerne die Dokumente zeigen."

Sienna schloss für einen kurzen Moment die Augen. „Nein, das wird nicht notwendig sein. Ich bin nur überrascht, ich habe nicht damit gerechnet, dass es einen Erben gibt. Schon gar nicht einen, den ich kenne." Sie musterte ihn auffällig, dann glitt ihr Blick hinüber zu dem Mann, der Oliver begleitete. Sie besann sich auf ihre guten Manieren und begrüßte ihn mit den Worten: „Lord Saint Albans, was für eine Freude, Sie zu sehen. Darf ich Sie ins Haus bitten? Komm, Sweety!", rief sie nach dem Hund, der bellend zur Haustür rannte. Er gehörte schon seit einigen Jahren zum Haus und sie hatte ihn in kurzer Zeit ins Herz geschlossen.

Die Tür wurde von Logan geöffnet und er nahm die Hüte der Männer entgegen, zusammen mit ihrer Mütze. „Geben sie Sweety etwas zu fressen und er dürfte auch durstig sein", wies sie ihn an.

„Sie nennen Ihren Hund Sweety?", fragte Oliver.

„Ja, der Hund ist eine Sie. Sehr anhänglich und verspielt."

„Warum diese Verkleidung? Ich habe Sie für einen Jungen gehalten."

Sienna lachte. „Man weiß nie, wer einem so über den Weg läuft", erklärte sie ein wenig geheimnisvoll.

Sienna führte die Herren in den Salon, wo ihre Schwestern zusammensaßen und Karten spielten.

„Hallo Schwestern! Ich habe Besuch mitgebracht. Den Marquess of Saint Albans kennt ihr ja und, wenn ich euch vorstellen darf: Oliver Harvard, der neue Duke of Rockingham."

Die Mädchen blickten zu Oliver, dann wieder zu Sienna und plötzlich redeten alle gleichzeitig und stellten Fragen.

„Mädchen! Bitte! Wir können zwar alle zusammen ein Lied singen, aber nicht sprechen. Ich denke, es ist besser, wenn wir uns später unterhalten. Ihr solltet auf eure Zimmer gehen."

Natürlich war das überhaupt nicht im Sinne ihrer Schwestern, doch sie musste erst einmal allein mit Oliver sprechen.

„Vielleicht möchtet ihr dem Marquess unseren wundervollen Garten zeigen. Und bitte veranlasst, dass wir Tee bekommen. Misses Buckley soll heute zwei Gäste einplanen und etwas Besonderes kochen. Sie bleiben doch zum Essen, Mylords?" Sie sah beide fragend an und Oliver nickte. „Ja, ich denke, wir werden über Nacht bleiben."

„Kein Problem. Wir haben mehr als genug Zimmer. Gebt bitte Bescheid, dass man welche vorbereitet."

Grace hakte sich bei Charles ein und gemeinsam mit den anderen Schwestern verließen Sie den Salon. Die plötzliche Ruhe legte sich wie ein seidenes Tuch über den Raum.

Oliver musterte sie eingehend. Sie sah vermutlich sonderbar in seinen Augen aus, da sie Hosen trug und ein Jackett, wie es sonst nur Männer taten.

„Bitte, nehmen Sie doch Platz, Oliver. Oder muss ich Sie jetzt mit Euer Gnaden ansprechen?" Sie lächelte, doch die Frage war ernst gemeint.

„Lassen Sie den Unsinn, Sienna. Ich kann nicht fassen, dass Sie mit Follett verheiratet waren. Er war doch mindestens schon achtzig." Oliver ließ sich auf eines der Sofas nieder, die in einer Gruppe im Raum angeordnet war.

Sienna schritt langsam an der Fensterfront entlang, die in den Garten hinaus zeigte, sie hatte die Hände hinter ihrem Rücken verschränkt. „Dann verstehen Sie sicherlich, warum ich meine Schwestern hierhergebracht habe. Sie können mir glauben, freiwillig habe ich Edgar nicht geheiratet."

Ein Klopfen an der Tür unterbrach sie. Daisy, das Hausmädchen, brachte Tee und Gebäck.

„Danke, Daisy, wir bedienen uns selbst."

„Sehr wohl, Eure Gnaden." Sie knickste und verließ mit schnellen Schritten den Raum.

„Ich muss gestehen, dass ich es trotzdem nicht verstehe, Sienna. Sie sind eine selbstbewusste junge Frau, wie konnte Ihr Vater Sie dazu bringen, dieser Heirat zuzustimmen?"

Sienna lachte hart auf. „Sie kennen meinen Vater nicht. In dieser Zeit zählt es doch nicht, was eine Frau will oder nicht. Ich habe mich zu fügen", gab sie zu und begann, Tee in die Tassen zu gießen, dann reichte sie ihm eine der Tassen. Dabei berührten sich ihre Finger und Sienna zuckte erschrocken zusammen, etwas Tee schwappte über die Tasse. „Wie ungeschickt von mir. Bitte entschuldigen Sie. Ich werde ..."

„Nein, lassen Sie, es ist ja nichts geschehen." Oliver nahm die Tasse und trank einen Schluck. Einen recht großen, wie sie feststellte. Der Ritt aus London musste ihn durstig gemacht haben. Oder war er etwa genauso nervös, wie sie es war?

„Warum glaube ich Ihnen nicht recht, Sienna? Sie gehören nicht zu den Frauen, die sich ihrem Schicksal einfach so ergeben. Es muss etwas anderes dahinterstecken."

Oliver war kein Mann, der einem so einfach auf dem Leim ging. Er war ein guter Beobachter und schien von Natur aus misstrauisch. Vielleicht lag es daran, dass er im Krieg gedient hatte. Eventuell kam sie ja mit der Wahrheit weiter.

„Blackwell hat mich erpresst. Wenn ich Follett nicht geheiratet hätte, wären meine Schwester in einem Bordell in Canterbury gelandet. Ich hatte keine Wahl. Er will sie verheiraten, egal an wen, Hauptsache, der Preis stimmt, deshalb habe ich sie alle hierhergebracht."

Oliver hob eine Augenbraue. „Soll das heißen, dass Ihr Vater nichts davon weiß, dass Ihre Schwestern sich hier aufhalten?" Sein tiefer Bariton klang eine Oktave höher.

„So ist es, ich habe die drei in Sicherheit gebracht. Sie sollen nicht so enden wie ich. Ich hatte Glück, das Schicksal hatte ein Einsehen mit mir. Edgar verstarb, bevor der Abend anbrach, noch am Tag unserer Hochzeit." Sie hoffte, dass Oliver verstand, was sie damit sagen wollte.

Wenn er es tat, so zeigte er es jedoch nicht, sondern nickte nur. „Und Sie glauben, dass Ihr Vater sich das gefallen lässt?"

Sienna griff nun auch zu ihrer Tasse und trank einen Schluck. Der Tee wärmte ihren nervösen Magen.

„Ich bin ja davon ausgegangen, dass es keinen Erben gibt und ich das Vermögen bekomme. Ich hätte meine Schwestern freigekauft. Doch nun sieht die Lage ganz anders aus."

„Ja, nun sieht die Lage völlig anders aus. Jetzt bin ich der Erbe des Titels und des Vermögens und meine Frage ist, wann Sie vorhaben, das Landhaus zu räumen?"

Sienna verschluckte sie an ihrem Tee und stellte die Tasse hastig ab. „Wie bitte? Sie wollen mich aus diesem Haus schmeißen?" Sie blickte ihn mit großen Augen an. Das konnte doch nicht wahr sein. Hatte er ihr denn nicht zugehört? „Haben Sie denn nicht verstanden, was ich Ihnen gerade erzählt habe?"

„Doch, Eure Gnaden, natürlich habe ich das. Dennoch gehört dieses Haus mir und ich beabsichtige, es auch zu nutzen. Die Sommersaison fängt gerade erst an."

Sienna fasste es nicht. Das hier musste ein böser Traum sein.

„Oliver! Ich bitte Sie, denken Sie doch an das Schicksal meiner Schwestern. Ich weiß, dass ich Ihnen völlig egal bin, doch meine Schwestern sind schutzlos dem Willen meines Vaters ausgeliefert. Ich flehe Sie an, geben Sie uns zumindest etwas Zeit. Ich werde ein neues Versteck suchen müssen. Er ist uns noch nicht auf die Schliche gekommen, doch wenn er hier auftaucht, werden auch Sie in Gefahr sein." Sienna erhob sich, weil sie einfach nicht stillsitzen konnte. Mit dieser Wendung hatte sie nicht gerechnet und so schnell konnte sie keinen weiteren Plan aus dem Hut zaubern.

„Darf ich fragen, was Sie vorhaben, wenn Ihr Vater hier auftaucht und Ihre Schwestern zurückverlangt? Er wird sich doch denken, dass Sie hinter dieser Geschichte stecken.“

„Er wird die Mädchen nicht finden. Dieses Haus verfügt über Geheimgänge und Zimmer, von denen er nichts weiß. Ich werde sie verstecken, das ist mein Plan. Glauben Sie, ich hätte mich ganz unvorbereitet in diese Sache gestürzt? Halten Sie mich für so einfältig? Ja, vermutlich tun Sie das.“ Die Enttäuschung war Sienna anzuhören. „Ich kann Ihnen versichern, bin ich weder ungebildet, noch lasse ich Kerle in mein Bett. Es ist nicht sehr freundlich, dass Sie so von mir denken. Aber Sie scheinen auch nicht besser zu sein als alle anderen Ihres Schlags. Ich werde mich jetzt um Ihre Zimmer kümmern und bitte, mich zu entschuldigen. Ich werde mir etwas überlegen, damit Sie so schnell wie möglich Ihr Haus für sich allein haben.“ Sie wandte sich der Tür zu.

„Sienna, warten Sie, warum laufen Sie immer weg, wenn es schwierig wird?“ Er erhob sich und folgte ihr zur Tür.

Sienna wollte sie öffnen, doch er stemmte seine Hand dagegen, sodass sie sich nicht öffnen ließ.

„Woher wollen Sie wissen, wie ich über Sie denke?“

„Ich sehe es in Ihren Augen, Euer Gnaden. Und nun lassen Sie mich gehen.“

Er sah auf sie herab und dachte gar nicht daran, die Tür freizugeben. „Sie haben keine Ahnung, wie ich über Sie denke, Sienna.“ Dann beugte er sich herunter und küsste sie. Es war nur ein kleiner Kuss, aber fest und

bestimmend. Dann ließ er von ihr ab und gab die Tür
frei.

„Was erlauben Sie sich! Auch wenn ich in einem Bordell aufgewachsen bin, bin ich kein Freiwild für Männer wie Sie!“, zischte sie ihm zu. Ohne sich noch einmal
umzudrehen, verließ sie den Raum und warf krachend
die Tür hinter sich ins Schloss.

Kapitel 14

London, Juni 1816

Blackwell betrat die Bar. „Ernestine!", rief er laut. „Ernestine! Wo ist dieser verfluchte August?"

Ernestine räumte gerade die frisch gespülten Gläser ins Regal.

„Hast du ihn gesehen?", brüllte er.

„Wen? August? Nein, heute noch nicht. Er wird im Stadthaus geschlafen haben, weil er die Mädchen vom Ball nach Hause gebracht hat."

„Dieser gottverdammte Esel hat zu viel getrunken und ist eingeschlafen. Keine Ahnung, wo die Mädchen jetzt sind. Im Stadthaus auf jeden Fall nicht. Sind sie hier?" Er baute sich vor Ernestine auf.

„Nicht, dass ich wüsste. Da musst du nachsehen", erklärte sie gelassen. „Ich bin nicht für deine Brut verantwortlich."

„Seit wann das denn nicht? Du hängst doch ständig mit ihnen zusammen herum. Du weißt doch sicherlich, wo sie abgeblieben sind." Blackwell sah sie misstrauisch an.

„Ich habe genug mit dem Black Swan und den Mädchen hier zu tun. Wie soll ich da noch auf deine Töchter aufpassen? Ich kann mich doch nicht zweiteilen."

Blackwell kam um die Theke herum und zapfte sich ein Bier. „Da steckt bestimmt Sienna hinter. Dieses verfluchte Weibsbild. Sie ist so aufsässig wie ihre Mutter."

„Darf ich daran erinnern, dass du nach eigenen Angaben Siennas Mutter als Einzige geliebt hast?"

Blackwell trank den Krug in einem Zug aus und stellte ihn laut auf dem Tresen ab. Er legte einen Arm um Ernestines Hüften, zog sie an sich und küsste sie mitten auf den Mund. „Außer dir. Dich liebe ich genauso, meine Teure, wenn nicht sogar mehr. Niemand bringt mich mehr um den Verstand", knurrte er und küsste ihren Hals. „Wenn die Mädchen morgen nicht auftauchen, werde ich mich wohl auf die Suche nach ihnen machen müssen."

***

Beim Abendessen herrschte eine ausgelassene Stimmung. Siennas Schwestern schwatzten aufgeregt durcheinander. Charles und Oliver beteiligten sich auffällig daran, während Sienna still das Essen auf dem Teller hin- und herschob.

„Schmeckt es Ihnen nicht, Sienna?", fragte Oliver leise, der auf der linken Seite neben ihr saß.

Sienna hatte am Kopf der Tafel Platz genommen. Sie dachte gar nicht daran, den Stuhl Oliver zu überlassen, obwohl er ihm eigentlich zustand.

„Ich fühle mich nicht besonders", antwortete sie.

„Kündigt sich eine Sommergrippe an?"

„Nein, ich bekomme Kopfschmerzen, weil ich ihn mir zerbreche, wo ich meine Schwestern sicher verstecken kann." Sie sprach so laut, dass zumindest der Marquess of Saint Albans es hörte.

Der blickte verwundert auf. „Was soll das heißen?" Er sah seinen Freund fragend an.

Die Schwestern unterbrachen ihre Gespräche und blickten zu Sienna und Oliver.

„Ich muss eine andere Unterkunft für uns finden. Dieser Landsitz gehört nun dem neuen Duke of Rockingham und wir haben hier nichts mehr zu suchen", erklärte Sienna im neutralen Ton. Sie unterließ es, eine Wertung in ihre Worte zu legen.

„Nun, ganz so schnell muss es ja nicht sein", versuchte Oliver, ihre Worte abzumildern.

„Euer Gnaden, ist das wirklich Euer Ernst? Wir müssen hier fort?", fragte Grace.

„Aber wo sollen wir denn so schnell hin?" Poppy verschränkte die Arme vor der Brust.

„Ich gehe hier nicht weg", erklärte Evie und ihre Schwestern nickten zustimmend.

„Wie gesagt, es muss nicht sofort sein. Sehen Sie sich als meine Gäste." Oliver fing Siennas Blick auf, dem sie ihm kurz zuwarf und der ihm sagen sollte, dass sie auf seine Gnade nicht angewiesen war.

„Ich werde etwas finden, Mädchen. Seid unbesorgt. Es gibt immer noch Menschen, die bereit sind, Frauen in einer Notlage zu helfen."

„Ich könnte Ihnen mein Stadthaus als versteckt anbieten", schlug Charles vor. „Allerdings ist es nicht sehr groß und ich habe Bedenken, dass ihr Vater uns auf die Schliche kommen wird, so direkt in London."

„Oh, das ist sehr freundlich von Ihnen, Mylord.“ Grace schenkte ihm ein strahlendes Lächeln. Er nickte ihr zu.

„Alles ist uns recht, nur nicht wieder in das Haus unseres Vaters.“ Poppy nahm ihr Besteck auf und schnitt in das Stück Fleisch, als wollte sie es erdolchen.

Das Essen zog sich in die Länge und anschließend schickte Sienna ihre Schwestern auf die Zimmer.

„Warum müssen wir denn schon gehen? Du bist noch strenger, als es Vater ist“, maulte Evie.

„Vielleicht kann ich die Damen noch auf einen Abendspaziergang begleiten“, schlug Charles vor.

„Nein, das halte ich für keine gute Idee. Blackwell wird mit Sicherheit seine Spione aussenden. Ich will nicht, dass man euch draußen sieht. Nicht solange er nicht hier war.“ Sienna schüttelte bedauernd den Kopf. Sie konnte ihre Schwestern verstehen, aber es war zu gefährlich.

„Ich befürchte, dass Ihre Schwester recht hat“, half Oliver ihr, auch wenn sie seine Hilfe gar nicht wollte.

Schließlich sahen auch die Mädchen es ein und verabschiedeten sich für die Nacht. Sienna zog sich ebenfalls zurück und die Männer tranken in der Bibliothek noch ein Glas Portwein.

∗∗∗

„Ich hatte das Gefühl, dass dir an Sienna etwas liegen würde“, sagte Charles, goss zwei Gläser Portwein ein und reichte Oliver eines davon. „Doch das kann nicht dein Ernst sein, dass du die Mädchen einfach so auf die

Straße setzen willst." Er trank einen Schluck und blickte seinen Freund über den Rand des Glases hinweg an. „So kenne ich dich gar nicht. Und wenn man mit einem Mann Seite an Seite gekämpft hat, dann kann man mit Überzeugung sagen, dass man ihn sehr gut kennt. Doch deine Reaktion passt überhaupt nicht zu dir. Was ist geschehen?" Er setzte sich in einen der Sessel, die vor dem Kamin standen.

Sie hatten sich nach dem Essen in die Bibliothek zurückgezogen. Es brannte ein kleines Feuer, weil der Abend kühl war, obwohl es bereits Juni war.

Oliver setzte sich zu ihm. Er brauchte einen Moment, um seine Gedanken zu ordnen, und starrte in die Flammen. „Ich muss sagen, dass ich überrascht war, das Sienna die Frau von Follett war. Niemals hätte ich gedacht, dass sie diesen Pferdehandel eingeht."

„Du bist also eifersüchtig, dass ein anderer Mann sie vor dir hatte?", brachte Charles es auf den Punkt.

Nachdenklich trank Oliver einen Schluck. „Ich bin mir nicht sicher, ob sie überhaupt das Bett mit ihm geteilt hat. Sienna hat mir erzählt, dass ihr Mann vor der Hochzeitsnacht verstorben ist. Aber ich will nicht wahrhaben, dass sie diesem Mann ihr Ja-Wort gegeben hat."

„Grace hat mir erzählt, dass es nicht freiwillig war. Sie hat es getan, um ihre Schwestern zu retten. Blackwell wollte sie in ein Bordell verkaufen."

Oliver schnaufte verächtlich. „Das ist doch Unsinn. Man verkauft nicht die Kuh, die einem Milch gibt."

„Oliver, wir wissen das, doch die Mädchen sind jung und unerfahren. Und wir kennen Blackwell nicht wirklich. Du hast ihn kennengelernt. Er ist kein Mann, dem man im Dunkeln begegnen will."

Dem konnte Oliver nicht widersprechen. War sein Urteil vielleicht ein wenig zu hart? Beurteilte er Siennas Verhalten nicht richtig? War sie nicht die gierige Frau, die unbedingt den Titel einer Duchess erlangen wollte, egal, zu welchem Preis? Er wusste es nicht. Dafür kannte er sie zu wenig. Er wusste einfach nicht, was er denken, wie er handeln sollte. So etwas war ihm noch nie passiert. „Was würdest du an meiner Stelle tun?" Sein Freund musste ihm helfen.

„Ich kann dir nicht sagen, was du denken sollst, Oliver. Du musst allein herausfinden, was du für diese Frau empfindest." Charles trank sein Glas leer. „Ich gehe jetzt ins Bett, mein Freund. Wir sehen uns morgen." Mit diesen Worten ließ er Oliver allein zurück.

Er hing noch einige Zeit seinen Gedanken nach, als er ein Geräusch hörte. War da jemand an der Tür? Das Personal hatte er bereits in den Feierabend geschickt, also erhob er sich und schaute selbst nach. In der Halle sah er, dass die Hintertür, die in den Garten und zu den Stallungen führte, einen Spalt offenstand. Er hatte den Feuerhaken aus der Bibliothek als Waffe mitgenommen, er wusste ja nicht, was ihn erwartete.

Im Dunkel der Nacht schlich er hinaus, horchte auf die Geräusche der Umgebung. Hier und da rief ein Vogel. Er hörte die Pferde wiehern. Mit lautlosen Bewegungen trieb es ihn in Richtung der Ställe. Er sah eine Lampe aufleuchten. Wollte da etwa jemand die Ställe in Brand stecken? Das wäre fatal, denn es gab mehr als zehn Pferde, die zurzeit dort untergebracht waren.

Das Tor stand offen und Oliver betrat mit erhobenem Schürhaken die Stallung. Vor ihm lief eine Gestalt in einem Umhang, die Kapuze tief über den Kopf gezogen.

„Halt! Was wollen Sie hier? Geben Sie sich zu erkennen!", rief Oliver mit tiefer Stimme und schwang den Haken.

„Wollen Sie mich damit erschlagen, Euer Gnaden?"

Er hielt überrascht in der Bewegung inne. „Sienna! Was tun Sie hier?"

„Würden Sie die Waffe bitte aus meinem Gesicht nehmen?" Sie schob die Kapuze von ihrem Kopf und das Haar flammte rot auf. Oliver holte tief Atem. Sie sah so atemberaubend aus.

„Oh, bitte entschuldigen Sie. Ich dachte, es würde sich hier jemand herumtreiben, der hier nichts zu suchen hat." Er stellte den Haken zur Seite.

„Das habe ich ja auch hier nicht", sagte sie pikiert.

„Sienna, wollen Sie mir das jetzt ewig vorhalten?" Er trat näher. „Was machen Sie hier?"

„Ich schaue nur nach, ob alles in Ordnung ist. Meinem Vater ist alles zuzutrauen. Ich habe die Pferde gehört und dachte, hier wäre jemand, aber es scheint alles ruhig zu sein. Ich muss mich geirrt haben. Gute Nacht, Oliver, schlafen Sie gut."

„Sienna, bitte warten Sie." Er hielt sie am Arm fest. „Ich will nicht, dass Sie mich für herzlos halten."

„Sind Sie das denn nicht?", fragte sie und blickte auf seine Hand, die noch immer ihren Arm festhielt.

Er ließ sie los. „Nein, das bin ich ganz und gar nicht. Ich will Ihnen einen Vorschlag machen."

„Ich mache Ihnen einen Vorschlag, Euer Gnaden.“

„Nennen Sie mich nicht so, ich bin Oliver für Sie und das wissen Sie genau.“ Langsam wurde er wütend. Sie ließ keine Gelegenheit aus, ihn zu provozieren.

„Gut, ich will Ihnen einen Vorschlag machen, Oliver. Wir werden darum spielen, ob meine Schwestern hierbleiben dürfen. Wenn ich gewinne, bleiben sie hier, bis ich ein neues Versteck gefunden habe.“

„Und was ist, wenn ich gewinne?“, wollte Oliver wissen. Es musste doch auch etwas für ihn dabei herausspringen.

Siennas Augen funkelten in einem geheimnisvollen Grün. Sie beugte sich näher zu ihm, als hätte sie Angst, dass jemand sie belauschen können. „Wenn Sie gewinnen, werde ich eine Nacht in Ihrem Bett verbringen, Euer Gnaden“, flüsterte sie ihm zu, ganz dicht an seinen Lippen. Dann wandte sie sich um und lief mit schnellen Schritten davon.

Oliver stand wie angewurzelt da und blickte ihr hinterher. Für eine Nacht mit Sienna würde er noch ganz andere Dinge tun. Was war da schon ein Spiel? Es wäre doch gelacht, wenn er das verlieren würde. Er war sich jetzt schon sicher, dass er als Sieger daraus hervorgehen würde.

Kapitel 15

Oliver war ohne Kammerdiener gereist und so verzichtete er auf eine Rasur. Er hatte außer Wechselkleidung auch nichts dabei, zumindest kein Rasierzeug, weil er nicht damit gerechnet hatte, dass er auf Rockingham Hall übernachten würde. Wer hatte denn damit rechnen können, dass er hier auf Sienna treffen würde? Nicht im Traum hatte er das in Erwägung gezogen.

Er schloss gerade die Weste, als laute Stimmen aus der Halle zu ihm in den ersten Stock heraufdrang. Ein Schrei ertönte.

Ohne sein Jackett überzuziehen, lief er los, die große Treppe hinunter und sah mehrere Männer in der Halle stehen, die mit Sienna diskutierten. Sie hielt sich die Wange.

„Was ist hier los?", rief er vom oberen Absatz. Er erkannte unter den Männern Blackwell, der Sienna wütend ansah. „Eure Gnaden! Was ist hier los?"

„Nichts", zischte sie und wandte sich ab, doch Oliver war hartnäckig. Er hielt sie auf, nahm ihre Hand von ihrer Wange.

„Wer hat Sie geschlagen?", fragte er streng. Ihre Wange war rot wie Feuer. Eigentlich kannte er die Antwort bereits. „Blackwell! Dass Sie sich nicht schämen, eine Frau zu schlagen", wandte er sich dem ungebetenen Gast zu.

Blackwell wurde von zwei Schlägern begleitet, die fast so groß wie Oliver waren. Auch waren sie ihm körperlich ebenbürtig. Er war froh, als plötzlich Charles in der Halle auftauchte.

„Du schläfst mit zwei Männern unter einem Dach?", polterte Blackwell los.

„Ich gewähre der Witwe meines verstorbenen Cousins ein Dach über dem Kopf. Ich wüsste nicht, was daran anrüchig sein sollte." Oliver schlug einen Ton an, der zeigte, was er von Blackwell hielt.

„Ihrem Haus?" Blackwell verlor für einen kurzen Augenblick die Fassung, fing sich aber schnell wieder.

„So sieht es aus. Ich bin der neue Duke of Rockingham und möchte gerne wissen, warum Sie uneingeladen in mein Landhaus eindringen." Er verschränkte die Arme vor der Brust.

Blackwell ließ seinen Blick durch die Halle schweifen. „Ich bin auf der Suche nach meinen Töchtern. Sie haben Sie nicht zufällig gesehen?"

Oliver schüttelte den Kopf. „Nein, außer der Dowager of Rockingham und ihre Zofe hält sich hier niemand auf."

„Das soll ich Ihnen glauben?" Blackwell kaute auf einem Stück Kautabak herum.

„Sie hegen Zweifel an dem Wort eines Ehrenmanns? Sie haben ja wirklich Mut", sagte Charles und schüttelte ungläubig den Kopf.

„Vater! Die Mädchen sind nicht hier, so glaube mir doch. Du solltest es nicht zu weit treiben und in Schwierigkeiten geraten. Der Duke of Rockingham war Offizier im Krieg, du darfst dich nicht auf ein Duell mit ihm einlassen."

Blackwell stemmte seine Hände in die Hüften und an seinem Gürtel kam eine Pistole zum Vorschein. „Wenn ihr glaubt, ich habe Angst, dann irrt ihr alle."

„Dann schau dich doch um. Dann wirst du sehen, dass niemand außer uns drei und dem Personal hier ist. Es ist Ihnen doch recht, Euer Gnaden, wenn mein Vater sich kurz umschaut?" Sienna blickte Oliver vielsagend an.

„Eigentlich besteht kein Anlass, dass Ihr Vater meine Räume durchsucht, als wäre ich ein Straftäter. Mein Wort sollte genügen. Doch ich hege den leisen Verdacht, dass Ihr Vater nicht eher mein Haus verlassen wird, bevor er sich selbst überzeugt hat. Also gut. Charles, wenn du so freundlich wärst, die Herren in das obere Stockwerk zu begleiten. Nicht, dass später etwa fehlt."

Charles nickte und lief die Treppe hinauf. Blackwell nickte seinen beiden Schlägern zu, die dem Marquess of Saint Albans folgten. Oliver selbst blieb bei Sienna in der Halle stehen.

„Du wirst wieder nach London kommen", befahl Blackwell an seine Tochter gewandt.

„Das werde ich ganz sicher nicht tun", entgegnete Sienna bestimmt.

„Wo willst du wohnen? Doch wohl nicht zusammen in einem Haus mit dem neuen Duke?" Blackwell hob eine Augenbraue und schien schon wieder ein Geschäft zu wittern.

„Ganz sicher nicht, Vater."

„Ich habe der Duchess das Stadthaus meines verstorbenen Cousins angeboten, das nun mir gehört. Ich besitze ein eigenes Haus in London, das ich nicht beabsichtige aufzugeben. Ich halte es nur für anständig, ihr das Haus zu überlassen.“

„Das ist sehr großzügig von Ihnen, Euer Gnaden.“ Sienna blickte ihn an, zeigte ansonsten keine Reaktion.

Hetty kam in die Halle und brachte ihr ein feuchtes Tuch, das sie sich an die Wange hielt.

„Weißt du, wo die Mädchen sind, Hetty?“, wollte Blackwell wissen und lief unruhig in der Halle auf und ab.

„Nein, ich habe sie nicht mehr gesehen seit dem Tag, als ich mit Sienna London verlassen habe.“

„Ihr steckt doch alle unter einer Decke“, polterte er los.

Endlich kamen seine Schläger die breite Treppe hinunter.

„Tut uns leid, Chef. Aber weder oben noch bei dem Personal gibt es Hinweise auf die Mädchen. Wir haben alles abgesucht.“

„Bist du dir sicher, August? Du hast die Sache verbockt.“ Blackwell sprach gefährlich leise. Er hatte gar nichts mehr von einem Earl, so wie er sich benahm.

„Dann solltest du dich zumindest bei dem Duke entschuldigen“, sagte Sienna im schneidenden Ton und blickte ihren Vater wütend an.

„Nein, er sollte sich bei Ihnen entschuldigen, für die Ohrfeige, die er Ihnen gegeben hat. Sie können von Glück sagen, dass ich nicht dabei war. Ich verlange jetzt, dass Sie mein Haus und das Grundstück verlassen, Mylord“, erklärte Oliver und deutete auf die Tür.

„Ich weiß, dass du hinter all dem steckst, Sienna. Wenn ich rausbekomme, dass du mich angelogen hast …“

„Was dann, Vater? Verheiratest du mich mit dem nächsten Adligen, der bereit ist, die richtige Summe zu bezahlen?“ Sie war mutig genug, ihm in die Augen zu sehen.

„Mylords“, verabschiedete sich Blackwell, ohne auf Siennas Frage einzugehen. Er gab seinen Männern ein Zeichen und sie verließen das Haus, stiegen auf ihre Pferde, die der Stallknecht vor dem Haupteingang bereithielt, und ritten davon.

Erst, als die Männer außer Sicht waren, atmete Oliver tief aus.

„Mit so einem Vater ist man wirklich gestraft genug“, erklärte Charles und schüttelte den Kopf. „Ich brauche jetzt erst einmal einen Cognac.“

„Vor dem Frühstück?“, fragte Oliver überrascht.

„Hetty, kümmerst du dich darum, dass man uns ein Frühstück serviert?“, fragte Sienna. „Ich werde die Mädchen aus dem Geheimzimmer befreien.“

Charles nickte zustimmend auf Olivers Frage.

„Du hast recht, ich kann auch einen gebrauchen“, erklärte Oliver und folgte ihm in Richtung Arbeitszimmer.

***

„Glaubst du, Vater wird noch einmal wiederkommen?“ Evie blickte nervös zum Fenster hinaus.

„Heute auf jeden Fall nicht. Er wird jetzt erst einmal an anderen Orten nach euch suchen. Ein Glück, dass ich die Reiter so früh am Morgen gehört habe und euch in Sicherheit bringen konnte.“ Sienna köpfte ihr Frühstücksei, als handelte es sich dabei um den Kopf ihres Vaters. Sie war Oliver dankbar, dass er sie nicht verraten und sich sogar für sie eingesetzt hatte. Sie sollte ihm später dafür danken.

„Wo sollen wir nur hin?“, fragte Grace besorgt.

„Ich kann Ihnen für einige Zeit den Landsitz meiner Familie zur Verfügung stellen“, bot Charles an. „Er liegt in der Nähe von Saint Albans. Ich denke nicht, dass ihr Vater es wagt, auch meinen Grund und Boden zu durchsuchen.“

„Oh, das ist sehr freundlich von Ihnen, Mylord.“ Grace warf ihm wieder dieses gewisse Lächeln zu.

„Das wird erst einmal nicht notwendig sein. Seine Gnaden hat mir angeboten, dass die Mädchen so lange hierbleiben dürfen, bis ich etwas Neues gefunden habe“, erklärte Sienna.

„Wir haben abgemacht, dass wir darum spielen, Sienna“, warf Oliver ein und alle blickten ihn an.

„Wie meinst du das?“ Charles fand als Erster seine Sprache wieder.

„Ein Kartenspiel. Drei Spielzüge, die jeweils höchste Karte gewinnt. Wer als erster drei Mal gewonnen hat, geht als Sieger hervor. Wenn ich gewinne, dürfen die Mädchen den Sommer über hierbleiben“, erklärte Sienna die Regeln.

„Und wenn du verlierst? Müssen wir dann sofort gehen?“, wollte Poppy wissen.

Da keiner antwortete, mischte Charles sich ein. „Dann gibt es immer noch die Möglichkeit, in das Stadthaus des verstorbenen Dukes zu ziehen."

„Ich werde nicht verlieren", erklärte Sienna und ihre Schwestern nickten zustimmend.

„Ja, Sienna hat immer ein glückliches Händchen mit den Karten." Evie schmunzelte.

„Wann findet das Spiel denn statt? Ich will es auf keinen Fall verpassen", rief Poppy aufgeregt.

„Heute Abend, nach dem Abendessen", entschied Oliver für sie.

Sie war froh, dass er nicht verriet, was sie ausgehandelt hatten, vielmehr, was Sienna ihm angeboten hatte, wenn er gewinnen würde. Es hätte für einigen Wirbel gesorgt.

Sie wollte sich gar nicht vorstellen, was geschah, wenn er wirklich gewann. Doch die Chance war eher gering. Sie konnte mit den Karten umgehen und es wäre doch gelacht, wenn es ihr diesmal nicht gelänge. Sie sah schon sein enttäuschtes Gesicht vor sich, wenn die Mädchen seinen Landsitz erst einmal in Beschlag nahmen. Das würde ein ganz schönes Chaos geben, denn sie kannte ihre Schwestern gut.

Kapitel 16

Rockingham Hall, Juni 1816

Den ganzen Tag über wagte niemand, sich weit vom Haus zu entfernen, als hätten sie Angst, das anstehende Kartenspiel zu verpassen. Auch das Abendessen, ein leckerer Hasenbraten mit Süßkartoffeln und Speckbohnen, wurde schnell hinuntergeschlungen. Danach versammelten sich alle im Salon, wo sie noch einen Mokka tranken.

Die Herren zogen einen Cognac vor, doch Oliver trank nur ein Glas, vermutlich weil er einen klaren Kopf behalten wollte.

Sienna hatte sich am Nachmittag von Hetty die Karten legen lassen.

„Du musst mir sagen, wie das Kartenspiel ausgehen wird." Sie hatte Hetty in ihr Schlafgemach gebeten, wo sie beide in Ruhe reden konnte.

Hetty mischte die Karten und breitete sie auf dem Bett aus. „Ziehe eine Karte, Sienna."

Siennas Herz klopfte aufgeregt in ihrer Brust. Es kam ihr so vor, als würde ihr Leben von dieser einen Karte abhängen. Sie entschied sich für die Karte ganz links außen und drehte sie um.

„Das Rad des Schicksals", murmelte Hetty.

„Was bedeutet das? Ist es gut oder schlecht für mich?“ Sienna biss sich auf die Unterlippe.

„Das Rad bringt Vergangenheit und die Zukunft in Einklang“, sagte Hetty kryptisch.

„Das weiß ich, aber was hat das zu bedeuten?“ Sienna verstand den genauen Sinn nicht. Sie war so aufgeregt.

„Es ist eine gute Karte. Der Kreis schließt sich, glückliche Fügungen bahnen sich an. Zieh noch eine Karte.“

Sienna entschied sich nach kurzem Überlegen für die Mitte und zog den Teufel.

„O Gott. Warum muss es der Teufel sein?“

„Es ist alles gut, mein Kind. Du musst dich nur vor Verführung und Abhängigkeit in Acht nehmen. Auch vor starker Eifersucht. Es hätte dich schlimmer treffen können.“ Hetty nahm ihre Hand und drückte sie. „Du bist eine starke Frau und weißt dich zu wehren. Möchtest du noch eine dritte Karte ziehen?“

Sienna nickte und legte wahllos eine Karte um.

„Der Turm.“ Hetty blickte sie an. „Du musst dich auf eine dramatische Veränderung gefasst machen.“

„Was für eine Veränderung?“ Sienna war vollkommen durcheinander.

„Das kann ich dir nicht sagen, Sienna. Aber sei auf der Hut, mein Kind.“

Sie nickte. Sie war auf der Hut, seit sie Oliver Harvard zum ersten Mal begegnet war, und sie würde jetzt ganz sicher nicht damit aufhören.

Poppy legte einen Stapel Spielkarte auf den Tisch, während alle anderen Stühle anschleppten und sich um den Tisch verteilten. „Wer soll mischen?“, fragte sie.

„Wenn der Marquess so freundlich wäre“, bat Sienna und deutete auf den Kartenstapel.

„Natürlich." Charles nahm den Packen auf und begann zu mischen. Es dauerte eine Weile, bis er fertig war.

„Es hat sich schon mal jemand zu Tode gemischt", stöhnte Oliver auf und sah seinen Freund strafend an.

„Ich will es richtig machen, nicht, dass du mir später die Schuld gibst, wenn du verlierst." Charles lachte, als würde er nicht glauben, dass sein Freund verlor. Er fächerte die Karte zu einem Halbkreis auf dem Tisch aus.

„Ich lasse der Lady den Vortritt", erklärte Oliver.

Sienna griff nach einer Karte, zog sie heraus und drehte sie um.

Pik sieben.

„Keine hohe Karte", kommentierte Evie nicht gerade begeistert.

„Du bist dran, Oliver", forderte Charles ihn auf.

„Das weiß ich." Er zog auf der anderen Seite eine Karte und drehte sie schnell um. „Herz König." Er grinste. Die erste Runde ging an Oliver. Er sammelte die beiden Karten ein und legte sie akribisch neben sich.

„Jetzt dürfen Sie beginnen, Euer Gnaden", sagte Sienna und deutete auf die Karten.

Oliver nickte und deckte die Karte auf. Kreuz Bube. Er atmete tief aus. Er trank einen kleinen Schluck, ließ dabei Sienna nicht aus den Augen.

Sie lächelte freundlich, als sie die nächste Karte umdrehte. Es war ein Ass.

„Karo Ass schlägt Kreuz Bube", erklärte Grace laut. „Es steht eins zu eins."

Sienna zog eine weitere Karte zu sich heran und lugte darunter, ohne sie umzudrehen.

„Hey, spann uns nicht so auf die Folter", rief Evie lachend.

Sienna drehte die Karte um. „Karo zwei."

„O je, das sieht nicht gut für dich aus, Sienna", flüsterte Evie.

Oliver zog eine Pik sieben, gewann diese Runde und lächelte siegesgewiss.

***

Er hatte es im Gefühl, dass er dieses Spiel gewinnen würde. Natürlich war es ein reines Glücksspiel, doch das Glück war ihm zurzeit hold.

„Euer Gnaden." Sienna sah ihn auffordernd an. Wie er es hasste, wenn sie ihn so nannte, und er war sich sicher, dass sie das ganz genau wusste. Er zog eine Herz-Neun-Karte.

Jemand zischte auf. Er sah Charles an, der hilflos die Schultern hob. Die Karte war weder gut noch schlecht.

Sienna blickte ihre Schwestern an. „Wer von euch möchte eine Karte ziehen?", fragte sie mit ernster Stimme.

„O nein, wir werden ganz bestimmt nicht Schicksal für dich spielen, liebe Schwester." Grace schüttelte den Kopf und verschränkte die Arme vor der Brust, damit sie erst gar nicht in Versuchung kam. Auch die anderen Mädchen schüttelten den Kopf.

„Gut, dann werde ich wohl mein Schicksal selbst in die Hand nehmen müssen." Sie zog schnell eine Karte und drehte sie um.

Herz zehn.

„Zwei zu zwei", murmelte Sienna und schaute Oliver
kurz an. Seine Nerven waren zum Zerreißen gespannt.
Es kam also auf die letzten beiden Karten an. „Wir sollten die Karten noch einmal mischen." Sie nickte
Charles zu. „Nicht, dass es später Beschwerden gibt." Sienna mied es, Oliver anzusehen, aber er wusste, dass es
ein Hieb in seine Richtung war.

Charles machte sich daran, die Karten aufzunehmen
und erneut zu mischen. Anschließend legte er die ver-
bliebenen Karten erneut in einem Halbkreis auf dem
Tisch aus.

„Ich lasse Ihnen den Vortritt, Euer Gnaden", sagte Sienna und lächelte.

„Sind Sie sich da ganz sicher, Eure Gnaden?", erwiderte er im selben Ton und grinste sie an. Er ging auf
ihr Spiel ein und sie nickte.

„Ganz sicher. Ich bestehe auf die letzte Karte an diesem Abend."

Er nickte und zog eine Karte, drehte sie aber nicht sofort um. Er musste ihre Hände genau im Blick behalten.
Sie konnte mit den Karten umgehen, das hatte er im
Black Swan beobachtet und er war sich sicher, dass sie
ihn übers Ohr hauen würde. Etwas anderes kam gar
nicht infrage, weil ihre Situation so ausweglos war.

Alle blickten ihn an und warteten gebannt darauf,
dass er seine Karte umlegen würde.

„Nun gut, ich will nicht so sein." Sienna griff zu den
Karten und warf schnell eine Karte auf den Tisch. Es
war die Herzdame.

Oliver schluckte hart. Hatte sie diese Karte wirklich
aus dem Stapel gezogen? Sie war so schnell gewesen,
dass er es nicht richtig gesehen hatte. Doch er wollte sie

nicht des Betrugs bezichtigen. Er würde es wie ein Mann hinnehmen, wenn er verlor. Seine Chancen standen nicht gut, aber er würde es wie ein Mann überstehen.

Oliver drehte seine Karte um, ohne hinzusehen, hob den Kopf in Richtung Sienna.

Ein Raunen ging durch den Raum. „Herzbube. Knapp, aber dennoch verloren, mein Freund", erklärte Charles.

Oliver starrte auf den Tisch, wo Siennas Karte in seine Richtung zeigte und ihn quasi verhöhnte. „Herzlichen Glückwunsch, Sienna", sagte er leise und nickte ihr zu.

„Bedeutet das jetzt, dass wir hierbleiben dürfen?", fragte Evie vorsichtig.

„So lange, bis Ihre Schwester etwas Neues gefunden hat", erklärte Oliver und erhob sich.

Die Mädchen brachen in Jubel aus und umarmten ihre Schwester. „Das hast du gut gemacht, Sienna", rief Poppy begeistert.

„Wenn die Damen mich entschuldigen wollen, ich habe noch Geschäfte zu erledigen." Er war weiß Gott kein guter Verlierer. War er noch nie gewesen und er würde jetzt nicht damit anfangen. Er würde sich in der Bibliothek mit einer Flasche Gin verstecken.

Kaum hatte er die Tür hinter sich geschlossen, klopfte es und Charles betrat den Raum.

„Das ist jetzt nicht dein Ernst, dass du dich wie ein beleidigter Knabe hier versteckst."

Oliver war gerade dabei, sein Glas zu füllen. „Trinkst du ein Glas mit mir?"

Charles nickte.

„Hast du gesehen, dass Sienna die Herzdame aus dem Kartenstapel gezogen hat? Ich nämlich nicht."

Charles hob eine Augenbraue. „Woher sollte sie sonst die Karte haben?"

„Findest du es nicht merkwürdig, dass sie an diesem Abend ein Kleid mit langen Ärmeln trug? In den letzten Tagen trug sie immer eines mit kurzen und eventuell eine Stola."

Charles grinste. „Kann es sein, dass du ein schlechter Verlierer bist?" Er nahm von Oliver sein Glas entgegen.

„Du hast ja keine Ahnung, was ich verloren habe", murmelte Oliver gereizt.

„Weihst du mich in dieses Geheimnis ein?" Charles ließ sich auf einen der Sessel nieder.

„Sie hat mir eine Nacht versprochen", erklärte Oliver, obwohl er das nur ungern tat. Ein Gentleman sprach über solche Dinge nicht, aber Charles war sein Freund – sein bester Freund.

„Das hat Sienna dir angeboten?"

„Ja, das hat sie und da hätte mir schon klar müssen, dass sie nicht vorhat, dieses Spiel zu verlieren. Ich bin ihr regelrecht auf den Leim gegangen." Er trank einen großen Schluck Gin und wischte sich mit den Handrücken über den Mund.

„Gib doch zu, dass du die Mädchen auf keinen Fall einfach auf die Straße gesetzt hättest, darüber sind wir uns doch einig, Oliver. So ein Mann bist du nicht."

„Was für ein Mann?"

„Na, so ein Kerl, wie es Blackwell ist. Du bist ein Ehrenmann und hast nicht wirklich gewinnen wollen", schlussfolgerte Charles und trank genüsslich. „Was hast du jetzt vor?"

„Sienna will in London nach einem Haus suchen, in das sie mit ihren Schwestern ziehen kann. Ich werde ihr dabei behilflich sein. Je eher wir etwas Passendes finden, umso schneller bin ich diese Frauen wieder los. Ich habe ihr das Stadthaus von Follett angeboten, doch ich bin nicht sicher, ob sie dort einziehen will.“

Charles sah ihn an, ohne etwas zu sagen.

Oliver hing seinen Gedanken nach. Seine Gefühle waren ganz durcheinander. „Die Mädchen werden wohl ihren Erfolg feiern. Ich gehe zu Bett. Es reicht mir für heute“, erklärte Oliver und leerte sein Glas.

„Komisch, ich habe dich nie als schlechten Verlierer erlebt.“ Charles erhob sich ebenfalls. „Ich werde auch zu Bett gehen. Wir sehen uns morgen, mein Freund.“ An der Tür hielt er noch einmal inne. „Ach übrigens, du hast recht. Sienna hatte die Karte aus dem Ärmel gezogen. Sie ist schnell und gut, aber meine Augen sind besser.“

Oliver nickte. „Ich habe es auch gesehen“, gab er zu. „Aber ich wollte sie gewinnen lassen. Ich bin froh, dass Sienna gewonnen hat. Wir müssen den Frauen helfen, schließlich sind wir Edelmänner“, erklärte er mit einem feinen Lächeln.

Kapitel 17

Rockingham Hall, Juni 1816

Als Oliver an dem Salon vorbeiging, hörte er die Frauen lachen und singen. Ein Lächeln glitt über seine Züge. Es war angenehm, so viel Leben im Haus zu haben. Seit seine Eltern verstarben, während er im Krieg gewesen war, lebte er sehr zurückgezogen und allein. Vielleicht hatte Charles recht und er hatte wirklich nicht gewinnen wollen. Obwohl, die Nacht mit Sienna hätte er schon gern gewonnen, musste er sich eingestehen.

Er würde morgen nach London reiten und war froh, sich rasieren zu können und ein Bad zu nehmen. Frische Kleidung wäre auch nicht das Schlechteste. Er hoffte, dass Sienna schnell ein Haus finden würde, damit er wieder auf das Land zurückkehren konnte. London im Sommer war nicht zu ertragen.

In seinem Zimmer angekommen, goss er sich ein Glas Cognac ein. Diese Frau würde ihn noch um den Verstand bringen. Oliver nippte nur an dem Glas, er hatte heute schon genug getrunken. Langsam löste er sein Halstuch, legte es ab, dann das Jackett und öffnete die Weste und das Hemd.

Er hörte Geräusche an der Tür und hielt in der Bewegung inne. War das eine Maus? Oder Sweety, der

Hund? Er begab sich zur Tür, da wurde sie von außen geöffnet und Oliver sah Sienna im Türrahmen stehen.

„Sienna. Was machen Sie hier?", fragte er überrascht.

„Psst! Nicht so laut." Sie trat einfach ein und schloss hinter sich ab.

„Ähm, Ihnen ist klar, dass dies nicht Ihr Zimmer ist?", fragte Oliver misstrauisch.

„Natürlich weiß ich das. Sie müssen leise sein, meine Schwestern sind im Treppenhaus. Sie gehen gerade auf ihre Zimmer."

„Und was haben Sie hier verloren?" Er blickte sie genauer an und stellte fest, dass sie nur einen dünnen Morgenmantel in einem verführerischen Rot trug – und zwar nur diesen Mantel. Sie konnte von Glück sagen, dass er lediglich eine Kerze angezündet hatte, der Raum lag mehr oder weniger im Dunkeln.

Langsam hörte er die Stimmen auf dem Flur leiser werden, bis sie schließlich ganz verstummten.

Sienna blickte über ihre Schultern und strich eine ihrer roten Locken zurück. „Ich wollte mich selbst davon überzeugen, ob es Ihnen gut geht, Euer Gnaden", sagte sie im ruhigen Ton und kam langsam auf ihn zu, dabei öffnete sie den Gürtel ihres Morgenmantels, der daraufhin auseinander glitt. Es gab keinen Zweifel mehr daran, dass sie darunter nackt war.

„Ich wüsste nicht, warum es mir nicht gut gehen sollte?", erwiderte Oliver und wich automatisch einen Schritt zurück, wobei er beinah gegen einen Sessel stieß.

„Nun, Sie haben bei den Karten verloren und ich denke, dass Ihr Selbstbewusstsein ein wenig gelitten hat."

„Ich denke, mit meinem Selbstbewusstsein ist alles in bester Ordnung“, murmelte Oliver und zog seine Weste aus. „Ich war gerade dabei, zu Bett zu gehen.“

„Dann komme ich ja gerade richtig.“ Sienna lächelte und er erkannte, dass dieses Lächeln nicht ihre Augen erreichten. Sie spielte hier ein Spiel, von dem er nicht wusste, was sie damit bezwecken wollte. Sie hatte doch das bekommen, was sie wollte.

Als sie vor ihm stand und die Hände hob, um ihm das Hemd auszuziehen, hielt er ihre Handgelenke fest. „Was soll das, Sienna? Warum tauchen Sie hier halb nackt auf?“, zischte er.

„Ist es nicht das, was Sie von mir wollten? Mich in Ihrem Bett, Euer Gnaden?“

„Ich habe verloren.“

„Das weiß ich, ich war schließlich dabei. Sie haben verloren, weil ich meine Schwestern schützen muss.“ Sie sah ihn aufmerksam an.

„Soll ich aus ihren Worten schließen, dass ich gewonnen hätte, wenn es nicht um den Verbleib ihrer Schwestern ging?“

Sie lächelte, hob eine Hand und berührte sein Kinn. Seine Bartstoppeln gaben ein Geräusch von sich, als sie darüberfuhr. „Ohne Rasur sehen Sie sehr verwegen aus, Euer Gnaden. Es gefällt mir.“

„Und mir gefällt ihr Mantel oder was auch immer das sein soll, das Sie da tragen. Er ist so wunderbar durchsichtig.“ Mit den Daumen berührte er die Borte an ihrem Kragen.

„Möchten Sie, dass ich ihn ausziehe?“ Ihre Worte waren kaum zu vernehmen, so leise sprach sie. Mit einem Finger fuhr sie ihm über die Brust.

„Sienna, was soll das? Wenn Sie gewollt hätten, dass wir die Nacht zusammen verbringen, hätten Sie beim Kartenspiel nicht betrügen müssen."

Sie lachte leise. „Sie haben es bemerkt? Warum haben Sie nichts gesagt?"

„Weil ich genau wie Sie wollte, dass Ihre Schwestern sicher sind. Und jetzt sagen Sie mir, was Sie von mir wollen."

Oliver wandte sich ab und brachte einige Schritte zwischen sie, weil sie so eine große Versuchung für ihn darstellte. Sienna war die schönste Frau, die er bisher gesehen hatte, und sie schürte sein Verlangen auf eine nie gekannte Weise.

Sienna seufzt tief und band den Mantel wieder zu. „Ich habe mir gedacht, wenn mein Vater erfährt, dass ich nun keine Jungfrau mehr bin, wird er mich nicht mehr neu verheiraten wollen", gab sie zögerlich zu.

Überrascht wandte sich Oliver um. „Sie wollen, dass ich Ihnen die Jungfräulichkeit nehme, damit Sie sicher vor Ihrem Vater sind?" Wäre die Situation nicht so ernst, würde er lachen. Doch er wollte Sienna auf keinen Fall beschämen. Er konnte sie sogar verstehen. Mit den Händen fuhr er sich durch das Haar.

„Sie wollen mich nicht, bitte entschuldigen Sie, ich glaube, ich habe Sie vollkommen falsch verstanden." Sienna wandte sich der Tür zu, doch Oliver war schneller, bekam ihren Arm zu fassen, hielt sie so auf.

„Sienna nicht. Bitte warte. Was auch immer du annimmst, du liegst falsch." Er sog sie an sich und küsste sie. Im ersten Moment wollte er sie bestrafen, dafür, dass sie ihn in Versuchung führte, doch schnell schlug dieses Gefühl in Leidenschaft um, als er spürte, dass sie seinen Kuss erwiderte.

Oliver umfasste ihr Gesicht mit beiden Händen, verteilte kleine Küsse auf jede Stelle. Sie duftete so frisch nach Lavendel. Er fuhr mit seinen Lippen ihren Hals entlang, tiefer zu ihrem Schlüsselbein.

Sienna schnappte nach Luft, als er ihre Brüste mit den Händen berührte. Sie zog ihm das Hemd aus, es fiel einfach zu Boden. Sie hielt sich an seinen starken Oberarmen fest, klammerte sich daran.

„Bist du dir ganz sicher, Sienna?", fragte er an ihren Lippen.

„Ja, Oliver. Ich will es." Sie hob ihren Kopf und sah ihm tief in die Augen. „Hältst du mich jetzt für schamlos?" Ihre Stimme zitterte und sie wirkte nicht gerade glücklich.

„Nein, wie kommst du darauf?"

„Weil ich dich will und es offen ausspreche."

„Wie könnte es mir nicht schmeicheln, wenn mich eine so schöne Frau will, wie du es bist?" Er strich ihr das Haar aus dem Gesicht. „Ich werde ganz vorsichtig sein, dennoch werde ich dir einen gewissen Schmerz nicht ersparen können."

„Das weiß ich, Oliver. Ich bin nicht ganz so unerfahren wie andere Frauen in meinem Alter", gab sie zu.

Nein, unerfahren war sie sicherlich nicht. Mit einer geschickten Bewegung öffnete er wieder den Mantel, zog ihn ihr aus und der feine Stoff fiel zu Boden. Sie trug nichts darunter, wie er schon vermutet hatte, und sah so wunderschön aus. Er hatte noch nie eine schönere Frau berührt.

***

Worauf hatte sie sich nur eingelassen? Würde sie das hier zu Ende bringen? Oder würden ihre Nerven sie vorher im Stich lassen? Aufgeregt atmete sie aus.

„Du musst nicht nervös sein, Sienna." Oliver nahm ihre Hand und führte sie zu seinem Bett. „Leg dich hinein. Ich bin sofort bei dir." Er begann, seine Stiefel auszuziehen, öffnete die Knöpfe seiner Hosen und zog sich aus, bis er nackt war.

Es war nicht so, als hätte Sienna noch nie einen nackten Mann gesehen. In einem Bordell bekam man eine Menge mit, auch wenn sie oft die Augen davor verschlossen hatte. Doch Oliver sah sie gern an. Sein Körper war stark, bei einem Soldaten war es kein Wunder. Jeder Muskel war fein definiert. Er war ein hervorragender Reiter und seine Haut war die eines Mannes, der sich oft an der frischen Luft aufhielt.

„Du bist so ein schöner Mann", sagte sie, als sich Oliver zu ihr legte.

Er lachte leise. „Dieses Kompliment kann ich nur zurückgeben. Du bist die schönste Frau, der ich jemals begegnet bin. Als ich dich zum ersten Mal sah, war mir klar, dass ich dich will", sagte er im sanften Ton und zog sie in seine Arme.

„Auf dem Ball von Lady Wiltshire?" Sie wusste genau, wovon er sprach.

„Ja, damals warst du so unerreichbar für mich." Er beugte sich zu ihr hinunter und küsste sie. Seine Küsse schmeckten so wundervoll, nach Abenteuer, nach

Wildheit und nach etwas Besonderen, das sie nicht definieren konnte. Sie legte ihre Arme um seinen Nacken und zog ihn fest an sich.

„Deshalb ist das hier für mich wie ein Wunder, dass du mir jetzt so nah bist." Olivers Lippen bewegten sich so selbstsicher, so souverän auf ihren, als wollte er ihr eine Reaktion entlocken. Sienna winkelte ein Bein an, legte es über seine. Sie dachte einen kurzen Moment an ihre Schwestern. Wenn diese sie jetzt hier so sehen würden, nicht auszudenken, was sie von ihr halten würden. Doch sie waren allein, niemand wusste von ihnen und würde es auch nie erfahren.

Seine Lippen wanderten weiter ihren Körper hinunter. Hielten an ihren Brüsten an, liebkosten erst die eine, dann die andere. Das Kribbeln durchströmte ihren ganzen Körper, sammelte sich in ihrem Schoß. Ein Stöhnen verließ ihre Lippen, sie war nicht in der Lage, den Ton zurückzuhalten.

„Gefällt dir das?", wollte Oliver wissen.

„Ja, es ist schön, es fühlt sich so wunderbar an", murmelte sie und fuhr mit ihren Fingern durch sein dichtes schwarzes Haar, hielt sich daran fest, weil sie das Gefühl hatte, ins Leere zu fallen.

Mit seinen Händen strich Oliver ihren Körper entlang, immer tiefer. Streichelte ihre Haut, bis Sienna Angst hatte, den Verstand zu verlieren. Trotzdem drängte sie sich seinen Händen entgegen, er durfte auf keinen Fall aufhören. Nicht jetzt, dafür waren sie schon viel zu weit gekommen.

„Bitte, Oliver, nimm mich, sofort. Ich halte es nicht mehr aus", drängte sie ihn.

Er lachte sanft und sein Atem streichelte zärtlich ihre Haut. „Warum bist du denn so ungeduldig? Wir haben die ganze Nacht, mein Darling", raunte er ihr zu und näherte sich mit dem Mund ihrer Scham, pustete leicht darüber, was Sienna zum Zittern brachte.

Sie stöhnte erneut auf, öffnete ihre Beine und Oliver legte sich dazwischen. Er küsste sich die Linie entlang. Dann rutschte er tiefer und bediente sich an ihren Schamlippen.

„Du schmeckst so wundervoll, meine Schöne." Seine Stimme war so tief, dass Sienna sie kaum wiedererkannte. Sein Atem streifte ihre Haut, hinterließ dort ein wohliges Kribbeln.

„Komm zu mir", forderte sie und diesmal hatte Oliver ein Einsehen mit ihr.

Er schob sich ganz über ihren Körper und drang vorsichtig in sie ein. Als Sienna den Atem anhielt und die Augen fest verschloss, hielt er inne und wartete einen Moment.

„Der Schmerz lässt gleich nach, warte nur einen Augenblick. Entspann dich, du darfst dich nicht verkrampfen, dafür gibt es keinen Anlass." Ein fürsorglicher Kuss traf ihre Lippen und sie verlor sich darin.

Erst, als sich Oliver langsam in ihr bewegte, öffnete sie ihre Augen und blickte ihn an. Sie passte sich seinem Rhythmus an, drängte ihren Körper dicht an seinen. Sie verschmolzen zu einer Einheit, als würden sie für immer zusammengehören. Dieser Gedanke gefiel Sienna, auch wenn es nur ein Traum war.

„Du fühlst dich so gut an", urteilte Oliver und stützte sich mit einem Arm ab.

Plötzlich veränderte sich etwas und Sienna schnappte aufgeregt nach Atem, bunte Lichter tanzten vor ihren Augen, es kam ihr vor, als würde sie auf Wolken schweben. Sie krallte sich an seinen Oberarmen fest, weil sie Angst hatte, sie würde ins Bodenlose stürzen.

„Ich halte dich, Sienna, lass dich fallen", forderte Oliver und sie tat es.

In diesem Moment schwappte der Höhepunkt über sie hinweg und es war ihr, als würde sich ihr Geist von ihrem Körper trennen. Ein warmes Gefühl machte sich in ihr breit und ein kleiner Laut verließ ihren Mund.

Sie spürte, wie Oliver sich aufbäumte und ihren Namen ausstieß. Er verharrte wenige Sekunden, dann sah er auf sie herunter, lächelte befriedigt. Langsam glitt er von ihrem Körper hinunter, legte sich neben sie und zog sie in seine Arme. Sie atmeten beide schwer und eine Trägheit machte sich in Sienna breit, die sich schwerelos und wunderschön anfühlte. Eine einzelne Träne rann ihr die Wange hinunter.

„Nicht weinen, dafür gibt es keinen Grund", flüsterte Oliver und wischte ihr über die Wange.

„Ich weine gar nicht. Ich bin nur so glücklich. Es fühlte sich so gut an, hier mit dir zu liegen. Ich hatte schon damit abgeschlossen, dass ich noch mal glücklich werden kann, doch das Schicksal hatte ein Einsehen. Und nun hier mit dir zu liegen, das ist zusätzlich ein Geschenk. Ich danke dir dafür." Sie küsste ihn liebevoll und strich über die Narbe an seiner Schläfe. „Danke, Euer Gnaden."

Kapitel 18

Rockingham Hall, Juni 1816

Sienna erwachte, weil sich unter ihr etwas regte. Es fühlte sich an, als würde das Bett davongetragen. Sie murrte, weil sie nicht aufwachen wollte. Sie war so müde. Erlaubten sich ihre Schwestern etwa einen Scherz mit ihr?

„Lasst mich in Ruhe“, murmelte sie.

Das tiefe Lachen ließ sie auf der Stelle die Augen öffnen.

„Ich würde dich sehr gerne noch weiter in meinem Bett schlafen lassen, nur habe ich Angst, dass deine Schwestern dann herausbekommen, dass du nicht in deinem Bett übernachtet hast.“

Sie hob den Kopf und sah in Olivers braune Augen, die sie amüsiert anblickte. Er hatte sie an der Schulter berührt und geweckt, damit sie endlich erwachte.

„Wie spät haben wir es?“, fragte sie erschrocken.

„Gegen elf Uhr. Du hast sehr lange geschlafen.“

„O mein Gott, die Mädchen sitzen bestimmt schon beim Frühstück. Was werden sie nur denken, wenn wir beide nicht erscheinen?“

„Was sollen sie wohl denken?“

„Warum bleibst du nur so gelassen? Es soll doch niemand erfahren, was wir hier getrieben haben.“ Sie sah ihn verzweifelt an.

„Deine Schwestern werden mit Sicherheit kein Wort darüber verlieren.“

„Und was ist mit dem Marquess?“

„Charles? Er ist mein bester Freund und verschwiegen wie ein Grab. Er weiß, dass ich niemals heiraten will. Niemand wird etwas erfahren. Aber du solltest dich jetzt anziehen, denn wenn du noch weiterhin so verführerisch in meinem Bett liegst, wirst du den ganzen Tag nicht mehr herauskommen.“

Erschrocken sprang Sienna auf. „Das geht nicht. Das hier war eine einmalige Sache.“ Sie nahm ihren Mantel auf und zog ihn schnell an, band ihn fest zu.

„Da bist du dir ganz sicher?“, fragte Oliver und legte einen Arm über seinen Kopf. Das Laken hing gefährlich tief auf seinen Hüften und es schien ihm überhaupt nichts auszumachen.

Sie starte auf seinen Bizeps, der deutlich hervortrat.

„Natürlich. Du weißt, warum ich es getan habe. So eine Frau bin ich nicht, die einfach mit Männern ins Bett steigt. Glaubst du das etwa von mir?“

Oliver seufzte. „Sienna, du bist zu mir gekommen, in mein Schlafgemach und ich habe dich nicht dazu aufgefordert, was soll ich ...“

„Nichts!“, fuhr sie ihm über den Mund. „Du sollst gar nichts denken, ich verstehe, was du von mir hältst. Doch ich kann dir versichern, dass du falschliegst. Es tut mir leid, dass ich dich in diese Situation gebracht habe. Bitte entschuldige.“ Bevor er noch etwas sagen konnte, das ihr ins Herz schnitt, schloss sie die Tür auf und trat auf den Flur hinaus. Es war ihr egal, ob sie jemand dabei beobachtete, doch sie hatte Glück. Sie gelangte ungesehen in ihr Zimmer, das am anderen Ende des Flurs lag und warf sich auf ihr Bett. Tränen der Scham und Verzweiflung rannen ihr die Wangen hinunter, doch Oliver würde diese niemals zu Gesicht bekommen.

Als sich eine Hand auf ihre Schulter legte, zuckte sie erschrocken zusammen. Sie blickte auf und sah in Hettys Gesicht.

„Was ist los, mein Kind?", fragte sie im ruhigen Ton.

„Ach, Hetty, es ist alles so schrecklich", schluchzte sie auf und warf sie in die Arme ihrer Vertrauten. Nun flossen doch die Tränen.

„Weine ruhig, die Tränen reinigen deine Seele", murmelte Hetty und strich ihr sanft über den Rücken. „Soll ich dir ein Bad einlassen, bevor du nach London abreist?"

London! Daran hatte sie gar nicht mehr gedacht. Wenn Sie erst einmal in London wäre, dann würde sie mit Sicherheit über Oliver hinwegkommen. Es war der Ausweg, den sie so sehr erhofft hatte.

„Ja, Hetty. Ein Bad wäre wundervoll. Pack bitte einige Kleider ein." Sie würde sich in London neue Kleider kaufen. Immerhin hatte sie noch die hundert Pfund, die sie von Edgar geerbt hatte. Diese würde sie investieren, um einen neuen Ehemann zu finden. Einen, den sie aussuchen würde und nicht ihr Vater.

***

Als Sienna endlich das Esszimmer betrat, hatte Oliver sein Frühstück schon fast beendet. Er und Charles erhoben sich und nahmen erst wieder Platz, nachdem sie sich auf ihren Stuhl gesetzt hatte. Sie sah wunderschön aus. Ihre Haut schimmerte wie edler Marmor. Sie trug ein grünes Kleid, das gut zu ihren Augen passte.

„Da bist du ja endlich. Ich hatte schon befürchtet, du würdest den ganzen Tag verschlafen, liebe Schwester", erklärte Grace und warf ihr einen wissenden Blick zu.

Wusste Grace etwa, dass Sienna nicht in ihrem eigenen Bett geschlafen hatte?

„Ich habe Kopfschmerzen, Grace", sagte Sienna knapp und ließ sich von Daisy eine Tasse Tee eingießen.

„Das tut mir sehr leid. Und das gerade heute, wo du doch nach London aufbrichst." Evie drückte mitfühlend ihre Hand und Sienna schenkte ihr ein Lächeln.

Oliver beachtete sie überhaupt nicht.

„Es wird so langweilig sein, wenn du nicht hier bist", stöhnte Poppy auf und stützte ihren Kopf auf einer Hand ab.

„Benimm dich, Schwester." Sienna strafte sie mit einem Blick und Poppy setzte sich gerade hin.

„Ihr müsst die Augen offenhalten. Ich könnte mir vorstellen, sobald Vater mitbekommt, dass ich in London bin, wird er seine Leute aussenden, um zu spionieren", erklärte sie warnend, nahm von dem warmen Brot, bestrich es nur mit Butter und biss zaghaft hinein.

„Was sollen wir tun, wenn jemand auftaucht, den wir nicht kennen?" Grace stand die Sorge ins Gesicht geschrieben.

„Vielleicht kann ich Abhilfe schaffen. Ich würde die Damen gerne für einige Zeit auf meinen Landsitz nach Saint Albans einladen. Es verfügt zwar nicht über geheime Zimmer, aber ich denke nicht, dass Blackwell es wagen würde, einfach so meinen Besitz durchsuchen zu wollen. Vermutlich weiß er nicht einmal, wo er sich befindet. Dort dürftet Ihr sicher sein.“

„Ist das wahr?“, rief Grace aufgeregt. „Sie würden uns für einige Zeit aufnehmen? Das wäre wundervoll, nicht wahr, Sienna?“

Diese dachte einen Augenblick darüber nach, dann nickte sie. „Ja, Mylord, das ist wirklich eine ausgezeichnete Idee. Zumal ich nicht denke, dass mein Vater sich die Mühe machen wird, bis nach Saint Albans zu reiten.“

„Sie sind natürlich auch eingeladen. Sobald Sie London wieder verlassen, wird Oliver mit Ihnen zu uns stoßen. Meine Mutter wird sich freuen, endlich wieder Leben im Haus zu haben.“ Charles blickte Oliver an, dem nichts anderes übrigblieb, als zu nicken.

„Natürlich, ich denke, dass wir kaum länger als eine Woche brauchen werden.“

Jetzt warf Sienna ihm einen kurzen Blick zu, nickte und widmete sich wieder ihrem Brot, das sie von einer Seite zur anderen schob.

„Ich werde Sweety hierlassen. Jimmy wird sich um den Hund kümmern. Hetty wird mit mir reisen“, beschloss sie dann und erhob sich. „Ich werde jetzt packen.“ Damit verließ sie den Raum.

„Was ist denn nur mit Sienna los?“, fragte Evie und blickte ihrer Schwester kopfschüttelnd hinterher. „So kenne ich sie gar nicht.“

Charles warf Oliver einen fragenden Blick zu, der nur die Schultern hob. Was sollte er sagen?

„Du weißt doch, wie sie ist, wenn sie Kopfschmerzen plagen. Lassen wir sie einfach in Ruhe. Wir sollten auch beginnen, unsere Koffer zu packen, wenn wir ebenfalls abreisen.“

„Ist es dir recht, dass ich deine andere Kutsche benutze?“, fragte Charles Oliver.

„Natürlich. Sie steht zu deiner Verfügung. Wann werdet ihr abreisen?“

Charles sah die Mädchen der Reihe nach an. „Ich denke, wir werden gleich losfahren, sobald die Damen gepackt haben und abreisebereit sind.“

„Dann los, Mädchen. Wir wollten keine Zeit verlieren“, erklärte Grace und klatschte wie eine Gouvernante in die Hände. Die Frauen verließen laut schwatzend den Raum.

„Was ist los, Oliver?“, fragte Charles, der ihn die ganze Zeit beobachtet hatte. „Du bist so merkwürdig.“

Oliver spielte mit der Ecke seiner Stoffserviette, an der ein Faden lose war. „Nichts, ich habe nicht gut geschlafen.“

„Ich habe das Gefühl, dass du überhaupt nicht geschlafen hast.“ Eindringlich sah Charles ihn an und sein Blick sagte ihm, dass er ihn nicht hinters Licht führen sollte. Dafür kannten sie sich zu gut.

„Was willst du von mir hören?“

Charles hob die Schultern und stand von dem Stuhl auf. „Diese Frau geht dir wirklich unter die Haut. Du solltest dein Leben nicht in Gefahr bringen. Sei vorsichtig. Ich weiß, dass Sienna dir etwas bedeutet, aber ihr Vater ist unberechenbar. Wenn dir so viel an ihr liegt, wie ich vermute, dann solltest du darüber nachdenken, ob sie nicht die richtige Frau für dich wäre."

„Du weißt, dass ich nicht heiraten will." Oliver strich sich nervös über das Haar.

„Das sagtest du als Baron, jetzt bist du ein Duke mit einem weitaus größeren Vermögen und einem Sitz im House of Lords. Das sind alles Dinge, die man nicht mehr unter den Teppich kehren kann. Du brauchst einen Erben, einen legitimen Erben. Sienna ist jung, wunderschön und gescheit. Was willst du mehr?"

„Du kennst ihre Herkunft", zischte Oliver ihm zu. „Glaubst du, dass so eine Frau einem Duke gerecht wird?" Er sprach mit Absicht leise, denn er wusste nicht, wer vielleicht an der Tür lauschte. Er wollte es nicht zugeben, dass Sienna ihm mehr bedeutete, als gut für ihn war. Es käme einer Kapitulation gleich. Selbst seinem Freund gegenüber wollte er das nicht preisgeben.

„Follett war es egal, woher seine Braut kam. Sie hätte ihm Kinder geschenkt und er hätte Erben gehabt. Du kannst froh sein, dass es nicht dazu gekommen ist."

Geräusche waren an der Tür zu hören und Daisy erschien. „Darf ich abräumen, Euer Gnaden?"

„Ja, natürlich. Gib bitte Jimmy Bescheid, dass er zwei Kutschen anspannt."

„Sehr wohl, Euer Gnaden." Sie knickste und machte sich sofort auf den Weg.

Oliver hoffte, dass sie nicht an der Tür gelauscht hatte und es Gerede unter dem Personal gab. Nicht, dass seine Worte Sienna noch zu Ohren kamen. Dann wäre er geliefert.

Er wollte sie, aber nicht zum Preis einer Ehe. Er steckte in einer Zwickmühle, für die es im Moment kein Entkommen gab. Er musste in Ruhe darüber nachdenken.

Kapitel 19

London, Juni 1816

Auf dem Weg nach London herrschte in der Kutsche eisiges Schweigen. Hetty saß neben Sienna und mischte die Karten, was sie ganz verrückt machte. Oliver sah der Landschaft dabei zu, wie sie am Fenster an ihnen vorbeizog. Felder wechselten sich mit Wäldern, Flüssen und Bauernhäuser ab. Das Wetter war gut, kein Regen in Sicht.

„Zieh eine Karte, Sienna", bot Hetty ihr an. Zunächst wollte Sienna ablehnen, doch als sie erkannte, dass diese Worte Olivers Neugier geweckt hatte, zog sie eine der Tarotkarten.

„Die Herrscherin", murmelte Hetty überrascht.

„Was bedeutet Sie?", fragte Oliver.

Hetty warf Sienna einen kurzen Blick zu, dann schaute sie zu Oliver. „Die Herrscherin ist eine mächtige Karte. Sie steht für Gefühle, Liebe, aber auch für Fruchtbarkeit und Schwangerschaft, Euer Gnaden."

„Na, herzlichen Glückwunsch", murmelte Sienna.

Aufmerksam beobachtete Hetty die beiden. „Möchten Sie vielleicht auch eine Karte ziehen, Euer Gnaden."

Er schüttelte den Kopf.

„Sie sollten keine Angst vor Ihrem Schicksal haben." Sie hielt ihm die Karten verdeckt entgegen.

Nach kurzem Zögern zog er eine Karte und reichte sie Hetty. „Der König der Kelche. Hm, er wird nicht oft gezogen", kommentierte sie seinen Zug.

„Und was bedeutet er?" Nun schien doch seine Neugier geweckt, denn er wandte sich ihnen zu.

„Diese Karte steht für Ehrlichkeit, Zärtlichkeit und Leidenschaft, auch für geistige Reife und Sentimentalität."

„Und was soll mir das jetzt sagen?", fragte er nach und mied Siennas Blick. Ihm schien wohl nicht zugefallen, was er gezogen hatte.

„Das überlasse ich Euer Gnaden selbst, es zu deuten", sagte Hetty mit weiser Stimme. „Nur Ihr allein könnt den Sinn richtig beurteilen."

Oliver wandte sich wieder dem Fenster zu. Einen Penny für deine Gedanken. Sienna wünschte, sie könnte seine Überlegungen lesen, erkennen, was er nun dachte. Die Herrscherin! Hätte sie nicht etwas anderes ziehen können? Ausgerechnete eine Karte, die auf eine Schwangerschaft hindeutete. Das konnte doch nicht sein. Nicht nach nur einer Nacht. Das war völlig absurd.

„Darf ich fragen, wo wir in London übernachten werden?", fragte Sienna, ohne Oliver direkt anzusprechen. Aber es war klar, dass er diese Entscheidung treffen würde.

„Wir werden in meinem Stadthaus übernachten. Morgen werden wir uns Folletts Haus anschauen, ob es für Ihre Belange infrage kommt." Auch Oliver gönnte ihr keinen Blick und so verbrachten sie den Rest der Reise wieder schweigend. Einzig das Rattern der Räder war zu hören und Sienna betete, dass sie bald der Enge der Kutsche entkommen konnte.

***

Oliver konnte es nicht abwarten, dass sie endlich in London ankamen. Mister Holmes kutschierte sie, der eigentlich als Gärtner angestellt war, sich aber auch als Kutscher gut machte. Oliver würde ihn zusätzlich dafür entlohnen.

Es wurde schon dunkel, als sie endlich am Portman Square ankamen.

„Guten Abend, Euer Gnaden. Schön, sie wieder in London begrüßen zu dürfen", nahm Jefferson, sein Butler, ihn in Empfang. „Darf ich ein Abendessen servieren lassen?"

„Ja, natürlich. Und ich möchte ein Bad nehmen, ich muss mich unbedingt rasieren. Bitte richten Sie ein Zimmer für die Dowager of Rockingham her und geben Sie ihrer Zofe und dem Kutscher bitte ein Zimmer. Sorgen Sie auch dafür, dass die beiden etwas Gutes zu essen bekommen. Wir waren den ganzen Nachmittag unterwegs."

„Natürlich, Euer Gnaden. Ich werde mich um alles kümmern und in der Küche Bescheid geben. Sarah!", rief er nach dem Hausmädchen.

Eine junge Frau erschien und führte Sienna mit Hetty im Schlepptau in die erste Etage, während Mister Holmes das Gepäck nach oben trug.

Oliver konnte gar nicht schnell genug aus seiner Kleidung kommen. Er hätte nicht so unvorbereitet aufs

Land fahren sollen. Während sich Jefferson um das heiße Bad kümmerte, begann Oliver, sich zu rasieren. Als Baron hatte er nur einen kleinen Haushalt beschäftigt und auf die Dienste eines Kammerdieners verzichtete. Jefferson war ihm behilflich, wenn er es benötigte.

Nachdem er gebadet hatte und frisch rasiert war, fühlte er sich besser. Er zog frische Breeches an, seine Stiefel und den Morgenmantel. Er würde ohnehin nach dem Abendessen zu Bett gehen.

Er fand Sienna im Esszimmer vor. Sie wartete bereits auf ihn. Auch sie hatte sich umgezogen und verströmte einen angenehmen Veilchenduft. Unter dem Morgenmantel in einem dunkelgrün, trug sie bereits ein Schlafgewand.

„Ich hoffe, du störst dich nicht an meinen legeren Aufzug, ich bin zu müde, um mich noch für das Abendessen angemessen zu kleiden." Sie sah ihn fragend an.

„Mir geht es ähnlich. Es war ein anstrengender Tag", erwiderte er und sie begannen zu essen. Es gab Entenbrust mit einer Honigkruste, Kartoffelmus und karamellisierte Möhren.

„Das Essen schmeckt wirklich ausgezeichnet", lobte Sienna.

„Ja, Mrs. Spencer ist eine gute Köchin. Sie stand schon in den Diensten meiner Eltern und ich habe sie gerne weiterbeschäftigt."

„Das ist sehr löblich von dir", erklärte Sienna und trank einen Schluss Wein.

„Wann möchtest du morgen frühstücken? Ich denke, dir ist daran gelegen, dass wir zeitig aufbrechen, damit wir schnell wieder die Stadt verlassen können."

„Ist dir gegen elf Uhr recht?", fragte er und schnitt ein Stück Fleisch in zwei Teile.

„Selbstverständlich, ich richte mich ganz nach dir."

Oh, wie er diese Höflichkeit zwischen ihnen hasste. Als wären sie sich vollkommen fremd. Oliver ertrug es nicht. Er wollte sie in die Arme nehmen, sie küssen und liebkosen. Was er nicht wollte, war dieses belanglose Gespräch, das sie aus purer Höflichkeit führten.

Nachdem das geklärt war, entstand wieder eine merkwürdige Stille zwischen ihnen. Nur das Klappern des Bestecks auf den Tellern war zu hören.

Es dauerte nicht lang, bis beide fertig waren und Sienna sich erhob. „Ich werde mich jetzt zurückziehen, wenn du nichts dagegen hast. Ich wünsche dir eine gute Nacht." Sie wartete seine Antwort nicht ab, sondern verließ den Raum, während Oliver ihr überrascht nachsah.

„Das ist jetzt nicht wahr." Er erhob sich und ging ihr nach. Sie war bereits oben an der Treppe angelangt, nahm den Gang nach rechts, zu den Gästezimmern. Oliver rannte die Treppe hinauf. Der Gang lag fast im Dunkeln, in großen Abständen brannten noch Kandelaber, die jedoch nur spärlich Licht spendeten.

„Sienna! Warte!" Er erreichte sie, als sie die Tür zu ihrem Gästezimmer öffnete.

Er nahm ihre Hand, hielt sie fest.

Sienna blickte ihn erstaunt an. „Gibt es noch etwas, Euer Gnaden?", fragte sie und setzte wieder diesen Blick auf, der Distanz zwischen Ihnen schaffte.

Wie Oliver diese Arroganz hasste. „Und ob es etwas gibt", murmelte er, schob sie in den Raum und schloss die Tür hinter sich ab. Jetzt würde er den Spieß umdrehen. Wenn Sienna ihn um den Verstand bringen konnte, konnte er das mit ihr ebenso.

Bevor Sienna etwas sagen konnte, lagen seine Lippen schon auf ihren und nahmen sie in Besitz. Er schlang die Arme um ihren zierlichen Körper, er musste sie spüren.

„Was machst du mit mir?", wisperte sie an seinem Mund.

„Du machst mich verrückt und das gleiche werde ich dir antun", raunte er ihr zu, bedeckte ihr Gesicht und ihren Hals mit kleinen Küssen.

„Es war nicht meine Absicht, Euer Gnaden."

Er lachte leise auf. „Warum nur glaube ich dir nicht, Sienna? Du gehörst nicht zu den Frauen, die nur kokettieren und nicht wissen, was sie tun. Du willst mich in den Wahnsinn treiben und das gelingt dir sogar sehr gut." Oliver blickte sie intensiv an.

Sienna schenkte ihm ein Lächeln. Diesmal war es echt. Ihre Augen strahlten wie Edelsteine. „Und ich habe gedacht, ich würde dich kaltlassen."

„Du lässt mich alles andere als kalt", flüsterte er an ihrem Mund und küsste sie erneut. Dann zog er ihr die spärliche Kleidung aus, wurde sie los, hob sie auf seine Arme und trug sie zum Bett. Im Zimmer war es dunkel, doch die Vorhänge waren nicht zugezogen und der Mond spendete ihnen genug Licht.

„Du bist mein", erklärte er voller Überzeugung, nachdem auch er seine Kleidung ausgezogen hatte und zu ihr ins Bett gestiegen war.

„Aber nur für diese eine Nacht. Oliver, ich kann es mir nicht leisten, weiter Gefühle zu investieren. Ich bin gezwungen, erneut zu heiraten, damit ich über die finanziellen Mittel verfüge, um mich um meine Schwestern zu kümmern. Kannst du das verstehen?" Sie blickte ihn verzweifelt an.

„Natürlich kann ich das nachvollziehen." Er zog sie in seine Arme. „Es muss niemand von uns erfahren. Ich werde aus deinem Zimmer verschwunden sein, bevor das Personal erwacht", versprach er ihr und streichelte ihren nackten Rücken.

Sienna rekelte sich und schnurrte wie eine zufriedene Katze, schob sich über seinen Körper. „Es wird unser kleines Geheimnis bleiben, versprich es mir. Du willst nicht heiraten und ich brauche eine Verbindung, um vor meinem Vater sicher zu sein. Wenn unser Verhältnis bekannt wird, würde es alles zerstören. Kannst du mich ein wenig verstehen, Oliver?"

Er blickte in ihr schönes Gesicht, zeichnete es mit einer Fingerspitze nach. „Ja, ich verstehe es und verspreche dir, es wird niemand etwas erfahren. Dein Ruf wird untadelig bleiben."

Sie lachte auf. „Mein Ruf war schon bei meiner Geburt beschädigt, allein weil ich die Tochter von John Blackwell bin. Doch da ich jetzt eine Duchess bin, habe ich eine Chance, auf ein besseres Leben, die Chance auf eine weitere Heirat. Das darf ich mir nicht kaputtmachen."

Sanft strich Oliver ihr das flammende rote Haar aus dem Gesicht. „Wer dich näher kennenlernt, wird erkennen, wie vollkommen zu bist."

Kapitel 20

Oliver hielt sein Versprechen. Als Sienna am Morgen erwachte, war sie allein. Nichts deutete darauf hin, dass sie die Nacht mit einem Mann verbracht hatte. Allein Hettys Blick zeugte davon, dass sie wusste, was sich abgespielt hatte.

„Du riskierst eine Menge, mein Kind", erklärte sie, als sie Sienna das Haar bürstete.

„Oliver ist ein Gentleman, er wird nichts verraten."

„Das meine ich auch nicht. Ich spreche davon, was geschehen wird, wenn du von ihm ein Kind erwartest." Hetty blickte sie über den Spiegel hinweg an. Das Zimmer war klein, aber freundlich eingerichtet. In hellen Gelbtönen, die sich mit dunkelgrünen Applikationen abwechselten. Besonders gefiel Sienna der opulente Frisiertisch, der für diesen Raum eigentlich zu groß wirkte.

„Ich habe Vorkehrungen getroffen. Ernestine hat mit uns Mädchen darüber schon vor einiger Zeit gesprochen. Ich weiß, wann es zu gefährlich ist."

Hetty lachte auf. „Mädchen, du weißt doch sehr genau, dass man schneller schwanger werden kann, als es einem lieb ist. Du musst vorsichtig sein. Wenn du ein Kind erwartest, wird es keinen Edelmann geben, der dich noch zur Frau nehmen wird. Und der Duke will nicht heiraten."

Sienna kniff ihre Lippen zusammen. „Du meinst, weil ich die Herrscherin gezogen habe? Diese verfluchten Karten. Ich sollte aufhören, daran zu glauben. Am Ende bin ich schon in anderen Umständen, was wirklich eine Katastrophe wäre. Zurück zu Vater kann ich nicht. Er würde das Kind in ein Waisenhaus geben, oder mich aus dem Haus werfen. Weiß Gott, wie er reagieren würde."

Zustimmend nickte Hetty. „Darum warne ich dich doch. Es gibt Dinge, die kam man nicht wieder gut machen."

***

„Mister Fullerton, der Advokat, hat uns bereits informiert, Euer Gnaden. Wir heißen Sie willkommen in der Green Street. Sie natürlich auch, Eure Gnaden." Der ältere Butler verbeugte sich vor Oliver und warf Sienna einen kurzen Blick zu. „Mein Name ist Isaak und ich bin der Butler des Hauses. Wenn ich kurz das Personal vorstellen darf? Spencer ist der Koch, Helen das Hausmädchen, Balthasar ist unser Gärtner und Kutscher und Milly die Küchenhilfe. Wir hoffen, Sie werden mit unseren Diensten zufrieden sein. Oder bringen Euer Gnaden sein eigenes Personal mit?" Die Frage klang ein wenig ängstlich und Oliver konnte es verstehen, weil es schließlich darum ging, seine Arbeitsstelle zu behalten.

„Es ist schön, Sie alle kennenzulernen. Und keine Angst, niemand muss um seine Anstellung fürchten. Es besteht kein Grund, warum Sie nicht weiterhin hier arbeiten sollten."

Er spürte ein kollektives Aufatmen, auch wenn niemand ein Wort sagte.

„Sollen wir für die Herrschaften Zimmer herrichten?", fragte Issak.

„Nein, das wir nicht notwendig sein. Die Duchess und ich wohnen im Augenblick in meinem Haus am Portman Square."

„Eure Gnaden, darf ich Ihnen in Namen aller Angestellten unser Beileid aussprechen?"

Sienna nickte ihm zu. „Vielen Dank. Mein Mann hat ein gesegnetes Alter erreicht."

Oliver sah sie an und ihm schien ihre Trauer echt. Er konzentrierte sich wieder auf den Butler. „Wir sind hier, um uns das Haus genauer anzusehen. Ich hege die Absicht, es der Duchess als Wohnsitz zu überlassen."

„Das gesamte Haus?", fragte Issak und es schien seinem Alter geschuldet, dass er sich das herausnahm.

„Die Duchess will mit ihrer Familie einziehen", erklärte er in knappen Worten. „Würden Sie uns die Zimmer zeigen?"

„Sehr wohl, Euer Gnaden." Issak gab dem Personal ein Zeichen und sie gingen zurück an ihre Arbeit.

„Wenn ich Sie zunächst in die obere Etage bitten darf."

Es dauerte über eine Stunde, bis sie alle wichtigen Räume in der Stadtvilla besichtigt hatten. Danach verabschiedeten sie sich und fuhren durch den Hyde Park. Es tat Oliver gut, ein wenig Luft zu atmen, auch wenn man kaum von Frische sprechen konnte. London im Sommer war nicht zu ertragen.

„Ist es nicht unerträglich heiß?", fragte Sienna und spannte den Schirm auf, um sich vor der Sonne zu schützen.

Oliver nickte und zerrte an seinem Halstuch. „Wie hat dir das Haus gefallen? Ich wundere mich, dass du es nicht kanntest." Er schlug ein Bein über das andere und blickte Sienna abwartend an.

„Ich war nur ganz kurz in diesem Haus, weil wir nach der Trauung direkt aufs Land gefahren sind. Ich kenne dich besser als meinen eigenen Mann", sagte sie leise. Sie saßen sich im Landauer gegenüber, jeder in einer anderen Ecke. Nichts sollte darauf hindeuten, dass sich etwas zwischen ihnen abspielte. „Ich will ehrlich sein, ich mag dieses Haus nicht. Es ist, als würde dort der Geist von Edgar hausen."

Oliver lachte. „Findest du das nicht ein wenig zu absurd? Aber ich kann dich verstehen, dieser Kasten ist so groß, es fehlt ihm die Seele. Ich würde mein Haus am Portman Square nicht dagegen eintauschen. Wenn du dort nicht einziehen möchtest, dann werde ich es wohl verkaufen."

„Ich kann mir nicht vorstellen, dass meine Schwestern sich dort wohlfühlen würden. Von Hetty ganz zu schweigen."

„Dir liegt viel an der Frau, nicht wahr?"

Sienna nickte und sah auf den See hinaus, an dem sie vorbeifuhren. „Sie ist eigentlich keine Zofe. Hetty ist viel mehr. Sie ist so etwas wie eine Ersatzmutter für mich. Sie hat geholfen, mich auf die Welt zu bringen. Meine Mutter starb bei meiner Geburt und seitdem war mein Vater mit vielen Frauen zusammen, aber nur Hetty war immer eine Konstante in meinem Leben."

Oliver verstand, was Sienna ihm sagen wollte. Es gab Menschen im Leben, die standen einem sehr nah, auch wenn man nicht verwandt war. So war es ihm mit seinen Freunden im Krieg ergangen. Jeder hatte dem anderen den Rücken freigehalten und hätte sein Leben für den anderen gegeben.

Sie seufzte schwer. „Ich weiß wirklich nicht, was ich jetzt machen soll. Vielleicht sollte ich mit meinem Vater sprechen. Er muss doch einsehen, dass er nicht so über unser Leben bestimmen kann." Sie sah verzweifelt aus.

„Ich werde mich umhören, ob es weitere Immobilien gibt, die zum Verkauf oder zur Miete anstehen. Wir werden etwas finden und so lange werdet ihr meinen Landsitz nutzen können", bot Oliver an.

„Das ist sehr freundlich von dir und ich weiß es zu schätzen, weil ich im Augenblick keine andere Wahl habe. Doch mein Vater vermutet meine Schwestern genau dort. Du hast ihn kennengelernt, mit ihm ist nicht zu spaßen und er lässt sich nicht gerne an der Nase herumführen."

Ja, das hatte er und das Zusammentreffen war keinesfalls nach Olivers Geschmack gewesen. Wie konnte solch ein Mann nur vier so wunderschöne und sympathische Kinder großziehen?

Er beugte sich vor und drückte Siennas Hand. „Wir werden eine Lösung finden. Das verspreche ich dir."

***

Es war gar nicht so einfach, sich ungesehen aus dem Haus zu schleichen. Sienna verließ das Gebäude durch den Personaleingang und hielt eine Mietkutsche an, die sie zum Hafen brachte.Sie hatte Oliver nichts gesagt, weil sie wusste, dass er sie niemals hätte allein gehenlassen. Doch ein erneutes Zusammentreffen von ihrem Vater und Oliver hätte nur zu weiteren Spannungen geführt, die vielleicht nicht gut ausgegangen wären, daher hatte sie beschlossen, Blackwell allein zu treffen. Sie wollte ihm einen Vorschlag unterbreiten, und das wollte sie allein.

„Mylady, sind Sie sicher, dass Sie hier ganz allein aussteigen wollen?", fragte der Kutscher und sah sich misstrauisch um. Er konnte ja nicht wissen, dass Sienna hier aufgewachsen war.

„Natürlich, guter Mann. Hier tut mir niemand etwas." Sie reichte ihm ein Geldstück und lief hinüber zum Black Swan. Sie spürte die Blicke des Kutschers in ihrem Rücken, bis sich die Tür hinter ihr schloss. Vermutlich würde er völlig verständnislos den Kopf schütteln, was eine Lady wie sie, in diesem Etablissement machte. Woher sollte er auch wissen, dass dieser Laden zu ihrer Kindheit gehörte.

Jetzt am späten Nachmittag war wenig los. Einige Hafenarbeiter, die bereits Feierabend hatten, standen an der Theke, ein Matrose verschwand Arm in Arm mit einer der Animierdamen ins Hinterzimmer, wo es zu der Treppe ging, die in die obere Etage hinaufführte und zu den Zimmern, die die Huren bewohnten.

Sie entdeckte Ernestine hinter der Bar, die ihr ein breites Lächeln zuwarf. „Welcher Glanz in unserer bescheidenen Hütte. Sieh mal an, dass die Duchess den

Weg nach Hause findet." Sie breitete ihre Arme aus und Sienna warf sich hinein.

„Wie habe ich dich vermisst, Ernestine", schluchzte Sienna auf, Freudentränen rannen ihr über die Wangen.

„Hey, mein Mädchen, alles ist gut", flüsterte Ernestine. „Komm, ich schenke dir einen Sherry ein."

„Sucht euch einen Tisch, die Theke ist jetzt gesperrt", befahl Ernestine den Hafenarbeitern, die es nicht wagten zu widersprechen. Sie kannten die Chefin gut und wussten, dass mit ihr nicht zu spaßen war.

„Nimm auf einem Hocker Platz, dann reden wir."

„Wo ist mein Vater?", wollte Sienna wissen und schaute sich suchend um. Auch August war nicht zu entdecken.

„Keine Ahnung, er ist vor einigen Stunden fort. Du weißt doch, mir erzählt er nicht, wohin er geht. Wie geht es deinen Schwestern?"

Sienna fiel auf, dass sie nicht fragte, wo sie waren. Dahinter steckte die Absicht, dass sie sich später nicht verplappern konnte, wenn Blackwell sie ausfragte.

„Gut, sehr gut sogar." Mehr verriet sie nicht.

„Und dir? Wie geht es dir? Dein Vater hat erzählt, dass es einen Erben des Dukes gibt."

Sie nickte und nippte an dem Glas, das Ernestine ihr auf den Tresen gestellt hatte. „Ja, es ist nicht zu glauben. Du kennst ihn. Baron Oliver Harvard ist nun der neue Duke of Rockingham." Sienna grinste breit.

„Dieser gutaussehende, große Mann mit der dunklen Stimme?" Ernestine zog die Augenbrauen in die Höhe.

„Genau dieser Mann. Er hat alles geerbt und ich habe hundert Pfund erhalten. Ich werde mir davon morgen ein paar neue Kleider bestellen. Sie sind der Grundstock, um einen neuen Mann zu finden."

„Dein Vater ist außer sich. Er ist der Meinung, dass du hinter dem Verschwinden der Mädchen steckst." Ernestine sprach sehr leise, damit niemand sie belauschen konnte, auch wenn sich kaum jemand in der Bar aufhielt.

„Er ist nicht dumm und zählt eins und eins zusammen."

Die Hintertür fiel laut ins Schloss und polternde Schritte waren zu hören, verursacht von schweren Stiefeln. Als ihr Vater plötzlich im Türrahmen auftauchte, die zum Hinterzimmer führte, schnürte sich ihr der Hals zu, zumindest für einen Augenblick, dann hatte sie ihre Nerven wieder unter Kontrolle.

„Vater", sagte sie überrascht und versuchte zu lächeln. Hinter ihrem Vater kam August in den Raum und setzte sich an seinen üblichen Tisch. Er war wie ein treuer Hund, der artig Platz machte.

„Da sind ja meine Täubchen." Blackwell küsste Ernestine auf den Mund und nickte Sienna zu.

„Hast du die Mädchen inzwischen gefunden?", fragte Sienna ahnungslos an ihren Vater gewandt.

Er lachte auf. „Frag doch nicht so dumm! Du weißt von uns allen am besten, wo die Mädchen sich verstecken. Halt deinen alten Vater nicht für dumm."

„Das tue ich nicht, Vater", versuchte Sienna, sich zu verteidigen.

„Du konntest von all meinen Kindern am schlechtesten lügen. Täubchen, mach mir ein Bier", wies er Ernestine an.

Sie zapfte gleich zwei, stellte eines vor Blackwell ab und brachte auch August eines, was er mit einem Brummen quittierte.

Blackwell nahm einen tiefen Schluck und wischte sich mit dem Handrücken über den Mund. „Ich muss mit dir sprechen, Mädchen. Komm mit in mein Büro."

Sienna warf Ernestine einen kurzen Blick zu. Sie wäre lieber hier im Schankraum geblieben, um sich so der Unterstützung von Ernestine sicher zu sein, doch sie wagte nicht, ihrem Vater zu widersprechen. Was er ihr zu sagen hatte, war sicherlich nicht für fremde Ohren bestimmt. Und da sich die Bar langsam füllte, war es besser, für Privatsphäre zu sorgen.

Blackwell schloss die Tür seines kleinen Büros fest hinter sich und setzte sie hinter seinen Schreibtisch. Sienna ließ sich davor auf einen Stuhl nieder.

„Ich bin gekommen, um mit dir zu sprechen, Vater. Was verlangst du für die Freiheit der Mädchen?", begann Sienna, denn sie wollte ihr Anliegen sofort loswerden.

Eine Weile sagte ihr Vater gar nichts, legte die Füße auf dem Tisch ab. „Geht es den Mädchen gut?" Er hob seine Hand. „Ich weiß, du musst nicht darauf antworten. Aber ich will dir sagen, was ihr da abgezogen habt, werde ich nicht noch einmal zulassen." Er schlug mit der flachen Hand auf den Tisch.

Früher hätten Sienna die Knie vor Angst gezittert. Doch nun schüchterte sie das Verhalten ihres Vaters sie nicht mehr ein. In ihr schlummerte eine neue Selbstsicherheit, die sie als Duchess gewonnen hatte.

„Was willst du, Vater? Du hast als Earl of Bentwood an Ansehen gewonnen, diese Bar wirft eine Menge Geld ab. Ich frage mich also, was du noch willst." Sie sah ihm direkt in die Augen.

Blackwell stopfte eine Pfeife, zündete sie an und blies Rauchwolken in die Luft. „Ich habe ein gutes Angebot erhalten. Ich kann mich bei einer Rennbahn beteiligen und brauche dafür Geld. Dieses Geld sollten deine Schwestern für mich besorgen. Doch du hast mir einen Strich durch die Rechnung gemacht, mein Kind. Und somit bekomme ich jetzt das Geld von dir, liebe Sienna."

Ein kehliges Lachen drang aus ihrem Mund. Es war ganz und gar nicht lustig gemeint. „Du sprichst von den einhundert Pfund, die ich geerbt habe? Mehr habe ich leider nicht", erklärte sie, obwohl klar war, dass ihr Vater das wusste.

„Dann musst du mit dem Notar sprechen", rief Blackwell aufgebracht.

„Du weißt, dass es einen Erben gibt. Ich kann froh sein, dass er mich nicht sofort auf die Straße gesetzt hat."

Blackwell schüttelte den Kopf. „Es wäre alles so einfach gewesen, wenn du die Mädchen nicht fortgeschleppt hättest. Ich habe zwei Herren von Stand, die interessiert und auf der Suche nach Frauen sind."

„Wie alt sind diese Herren?", wollte Sienna wissen.

„Nun, nicht mehr ganz so jung, aber ..."

„Das ist nicht zu glauben, Vater. Reicht es nicht, dass du mein Leben ruiniert hast? Willst du auch noch meine Schwestern mit in den Abgrund reißen?"

„Ach, papperlapapp. Was ist daran falsch, wenn ich will, dass deine Schwestern nicht unter ihrem Stand heiraten? Immerhin sind sie die Töchter eines Earls.“ Er richtete sich mit geschwollener Brust auf.

„Wir beide wissen genau, dass du es mir und meinen Kartenkünsten zu verdanken hast, dass du dieses letzte Spiel gegen den Earl gewonnen hast. Ich würde sagen, wir sind quitt. Ich verlange, dass du die Finger von meinen Schwestern lässt.“

„Du, meine liebe Tochter, hast überhaupt keine Forderungen zu stellen.“ Blackwell deutete mit dem rechten Zeigefinger auf Sienna. „Außer, du sorgst dafür, dass du mir das Geld besorgst, was deine Schwestern einbringen würden.“

„Und wie soll ich das deiner Meinung nach machen?“ Sie wusste, dass ihr Vater bereits etwas in der Hinterhand hatte. Zumindest konnte sie sich seine Idee einmal anhören.

„Der neue Duke of Rockingham ist nun ein reicher Mann. Ich weiß, dass er vorher ein Baron war, vermögend, aber nun ist er richtig reich.“

„Er will nicht heiraten“, erklärte Sienna sofort, um ihrem Vater den Wind aus den Segeln zu nehmen. Sie wollte nicht, dass Oliver in diesem Spiel überhaupt eine Rolle spielte.

„Welcher Mann will schon heiraten? Es sind doch die Frauen, die Männer dazu bringen“, meinte er düster.

„Und warum heiratest du dann Ernestine nicht endlich? Eine bessere Frau wirst du nicht finden. Du wirst auch nicht jünger und welche Frau würde schon deine Allüren ertragen?“

Blackwell schaute sie an, als hätte sie den Verstand verloren. Er war wirklich für einen Augenblick sprachlos. Sie erwartete schon ein weiteres Donnerwetter, doch dann lachte er laut auf. „Mein Gott, Mädchen. Aus dir ist in den letzten Wochen wirklich eine richtige Frau geworden. Alle Achtung. Das hätte ich dir nicht zugetraut. Ernestine will mich nicht heiraten. Es ist ja nicht so, als hätte ich sie nicht schon gefragt."

Das war Sienna neu. Aber sie traute ihrem Vater nicht zu, dass er sie in dieser Sache belog. Wiederum konnte sie Ernestine verstehen. Ihr Vater war unberechenbar und manchmal flößte er den Menschen Angst ein. Obwohl Ernestine niemals Angst zeigte. Sie war eine Frau, die vor nichts Furcht hatte.

„Du bist eine schöne Frau, Sienna, immerhin bist du meine Tochter."

„Die Schönheit kann ich wohl nur von meiner Mutter haben", warf sie schnell ein.

„Aber die Intelligenz hast du von mir. Du weißt, wie man einen Mann dazu bringt, dass er sich in dich verliebt. Du wirst diesen Harvard heiraten, dann bist du eine reiche Frau und wirst mir das Geld geben, was deine Schwestern eingebracht hätten. So leicht ist das."

Sienna traute ihren Ohren nicht. Er tat so, als wäre es das Einfachste der Welt, einen Menschen dazu zu bringen, sich zu verlieben. Und selbst wenn Oliver in ihr die Frau sehen würde, die er liebte, hieß das noch lange nicht, dass er sie auch heiraten würde.

„So einfach? Das ist ganz und gar nicht einfach. Du hörst mir nicht zu. Er will nicht heiraten."

„Der Baron wollte vielleicht nicht heiraten. Er ist jetzt ein Duke, hat einen Sitz im House of Lords. Er wird einen Erben brauchen. Dieser Mann mag zwar nicht in den Stand der Ehe treten wollen, aber er wird es dennoch tun." Blackwell erhob sich, beugte sich über den

Schreibtisch und sah Sienna eindringlich an. „Er hat gar keine andere Wahl." Dann plumpste er zurück auf seinen Stuhl.

„Von welchem Betrag sprechen wir?", fragte Sienna leise, die sich die Worte ihres Vaters durch den Kopf gehen ließ.

„Nun, sagen wir drei", überlegte Blackwell laut.

„Dreitausend Pfund?", rief Sienna.

„Pro Mädchen, selbstverständlich. Das ist der Betrag, den Follett mir für dich gezahlt hat. Den würde ich auch für jedes meiner Mädchen bekommen."

„Der Duke wird mir niemals so viel Geld geben, das kannst du vergessen."

„Dann musst du geschickt sein. Wenn er dich nicht heiraten will, dann bringe ihn wenigstens dazu, dir teuren Schmuck zu kaufen und den wirst du mir dann übergeben. Ich werde ihn gewinnbringend verpfänden. Dir wird schon etwas einfallen." Er grinste breit. „Immerhin bist du mein Fleisch und Blut."

„Und ich habe dein Wort, dass du die Mädchen in Ruhe lässt? Auch wenn ich etwas Zeit brauche?"

Er nickte. „Ich gebe dir ein halbes Jahr. So lange sind deine Schwestern sicher."

„Ich will dein Ehrenwort, dass du sie nicht aus der Stadt schaffst." Sie hielt ihm die Hand entgegen.

Ohne zu zögern, ergriff Blackwell sie. „Wir sind im Geschäft, Sienna."

Kapitel 21

London, Juni 1816

Mittlerweile hatte es zu regnen begonnen. August brachte Sienna mit der Kutsche des Earl of Bentwood zum Portman Square zurück. Sienna war klar, dass sie nicht ungesehen ins Haus gelangen konnte, denn mittlerweile müsste Oliver klar sein, dass sie ausgegangen war, ohne ihm Bescheid zu geben. Ihm war vermutlich auch klar, wohin sie gefahren war. So nahm sie den Haupteingang. Noch bevor sie den Türklopfer betätigen konnte, wurde die Tür geöffnet. Von Oliver persönlich.

„Wie ich sehe, warst du bei deinem Vater", sagte er statt einer Begrüßung und nahm ihr den Umhang ab.

„Ja, da vermutest du richtig."

„Ich warte seit einer Stunde mit dem Essen auf dich."

„Bitte entschuldige, dass ich zu spät bin." Sie richtete ihre Locken, die ein wenig feucht geworden waren.

Sie nahmen im Esszimmer Platz, wo der Tisch bereits gedeckt war. Es gab Schweinebraten, der auch noch mundete, obwohl er mittlerweile kalt war. Die Bratkartoffeln waren warmgehalten worden.

Während sie aß, sah Oliver sie die ganze Zeit an.

„Ich wollte unbedingt mit Ernestine sprechen“, erklärte Sienna und hielt dem Butler ihr Glas entgegen,
damit er ihr von dem Wein eingoss.

„Wer ist Ernestine?“, fragte er nach. „Hast du noch
eine Schwester?“

Sienna lachte auf, schüttelte den Kopf und aß unge-
rührt weiter. „Nein, natürlich nicht. Ernestine ist die
Frau an der Seite meines Vaters. Du hast sie im Black
Swan gesehen.“

Er nickte. „Ich erinnere mich. Die Frau, die uns ge-
warnt hat.“

„Sie ist eine Seele von Mensch und ich habe keine Ahnung, warum sie bei meinem Vater bleibt.“

„Glaubst du, er hat sie in der Hand?“

„Nein, so eine Frau ist Ernestine nicht. Sie ist loyal,
selbstbewusst, mit einem eisernen Willen. Diese Frau
würde bei niemandem bleiben gegen ihren Willen.“

„So wie du“, überlegte Oliver.

„Nun, nicht ganz so. Ich bin wesentlich abhängiger“,
gab sie kauend zu.

„Du kommst mir sehr unabhängig vor, Sienna.“ Oliver trank, anstatt zu essen.

„Das siehst du falsch. Ich bin darauf angewiesen, wieder zu heiraten, so wie jede Frau in dieser Zeit. Wir sind
von Männern abhängig, wenn wir in dieser Gesellschaft etwas bedeuten wollen. Ich bin im Augenblick
nur eine Witwe, der einhundert Pfund zugesprochen
wurden für einen Tag Ehe. Wenn es nicht so traurig
wäre, würde ich darüber lachen. Wie du siehst, bin ich
ganz und gar nicht unabhängig.“

Oliver fuhr mit den Fingern das Muster seines Kris-
tallglases nach. „Du hast recht. Frauen haben es nicht

leicht und sind auf den Schutz eines Mannes angewiesen. Ich kann verstehen, dass du wieder heiraten willst."

„Muss! Mein lieber Oliver. Ich muss heiraten, ob ich will oder nicht."

„Willst du denn gar nicht, wenn du die Wahl hättest?" Er blickte sie neugierig an.

„Doch, den Mann, den ich liebe, nicht den, der bereit ist, mich zur Frau zu nehmen. Aber ich habe weder Zeit noch das notwendige Vermögen, um mir solche Freiheiten zu erlauben."

„Wie würde der Mann aussehen, wenn du die freie Wahl hättest?"

Sienna legte das Besteck zur Seite. Sie hatte an diesem Abend auch keinen großen Appetit und trank noch einen Schluck. „Nun, er müsste groß sein, von starker Statur, er hätte schwarzes Haar und braune Augen und wäre auf keinen Fall so blass, wie es die Engländer bekanntlich sind. Er wäre furchtlos, mutig, voller Pflichtgefühl und seine Stimme ein tiefer Bariton, der auf meiner Haut kribbelt." Sie blickte Oliver vielsagend an.

Eigentlich hatte sie damit gerechnet, dass er über sie lachen würde, es für einen Scherz haltend, doch das tat er nicht. Er blickte sie nur eindringlich an. Plötzlich erhob er sich und nahm sie auf seine Arme.

Erschrocken schrie Sienna auf und klammerte sich an ihm fest. „Was tust du denn?"

Mit schnellen Schritten lief er die Treppe in den ersten Stock hinauf und brachte Sienna in sein Schlafzimmer. Mit dem Stiefel warf er die Tür hinter sich ins Schloss.

Ganz langsam ließ er sie an seinem Körper hinabgleiten, bis ihre Füße den Boden berührten. „Was für ein Zufall, dass es in diesem Haus genau so einen Mann gibt, der dir gefallen könnte", raunte er ihr zu und lächelte.

„Oliver, ich kann nicht wieder hier schlafen", sagte sie mit fester Stimme. „Mach es mir doch nicht so schwer."

„Was hat dein Vater dir gesagt, dass du deine Meinung plötzlich änderst?" Mit einem Streichholz zündete er die Kerzen an, damit der Raum mit Licht versorgt wurde.

Sienna starrte wie gebannt auf seine breite Brust. Sie konnte nicht widerstehen, ihn zu berühren. Mit den Fingern fuhr sie über sein Hemd und wünschte, er wäre ein Mann, der für die Ehe gemacht wäre.

„Sag mir, warum du bei deinem Vater warst."

Sienna biss sich auf die Unterlippe. Was sollte sie sagen? Die Wahrheit kam nicht infrage. „Ich wollte meine Schwestern freikaufen, doch es ist unmöglich. Mein Vater hat sich in den Kopf gesetzt, sich an einer Rennbahn zu beteiligen, und will eine ganze Menge Geld, damit er die Mädchen in Ruhe lässt."

„Wie viel Geld will er denn?"

Sienna schüttelte den Kopf. „Die Summe ist unglaublich und es ist mein Problem, Oliver. Du kannst nicht alles für mich regeln."

„Und wenn ich das aber für dich tun will?" Er umrahmte ihr Gesicht mit seinen Händen. „Du bist so unsagbar schön."

„Weil das alles Dinge sind, die ein Liebhaber nicht für seine Mätresse tun sollte. Ein Ehemann ja, aber ich weiß, dass du nicht heiraten willst. Also ist es ausgeschlossen."

Oliver seufzte tief. „Und was ist, wenn ich dein Mann wäre? Würdest du dann mit mir darüber sprechen?"

Sienna lachte leise auf. „Ja, natürlich. Mit meinem Ehemann würde ich alles besprechen. Aber wir beide wissen, dass aus uns niemals ein Ehepaar werden wird. Schüre keine Hoffnungen in mir, wo es keine geben kann, das wäre nicht fair, Oliver."

Statt einer Antwort sagte er: „Bleib heute Nacht bei mir."

Sienna schloss die Augen, es fiel ihr ungemein schwer, den nächsten Satz zu sagen. „Warum Oliver? Wir haben bereits darüber gesprochen. Es ist gefährlich. Auf zweierlei Weise. Es könnte jemand mitbekommen. Das Personal hat seine Ohren überall und ich könnte ein Kind bekommen, was ebenso eine Katastrophe wäre. Es ist also das Klügste, wenn ich dieses Zimmer wieder verlasse."

„Nur weiß ich, dass du nicht gehen wirst", erklärte er selbstbewusst.

„Glaubst du, dass ich so schwach bin?"

„Nein, nicht glauben, ich weiß es. Weil du es liebst, wie ich dich berühre. Du willst mehr davon. Und du willst mich davon überzeugen, dass du genau die richtige Frau für mich bist."

Dieser Satz war ein Schock für Sienna. Hatte er sie durchschaut? Er hatte bemerkt, dass sie darauf aus war, dass er sie zur Frau nahm. Ahnte er vielleicht auch, aus welchem Grund sie es tat?

„Du irrst dich, Oliver", sagte sie schnell, weil sie sich nicht in die Karten schauen lassen wollte. „Ich laufe nicht Träumen hinterher, die sich nicht erfüllen werden. Du hast mir mehr als einmal gesagt, dass du kein Mann für die Ehe bist. Es wäre töricht, dich davon überzeugen zu wollen, dass du es doch bist. Es würde uns beide nur unglücklich machen." Sie reckte sich zu ihm hoch und küsste seine Lippen. Es war nur ein kleiner Kuss, dann wandte sie sich ab. „Ich hoffe, du findest Schlaf, mein Lieber." Dann verließ sie das Zimmer und ließ Oliver allein zurück. Es war eine der schwersten Dinge, die sie je hatte tun müssen, aber sie konnte ihr Gesicht nicht verlieren, wollte sie am Ende erfolgreich sein. Es zerriss ihr das Herz, so ein Spiel zu spielen, doch was sollte sie tun? Sie saß in einer Falle, die sie selbst ausgelegt hatte.

***

Oliver starrte zur Tür und konnte nicht fassen, dass Sienna ihn einfach hatte stehenlassen. So viel Charakter hatte er ihr gar nicht zugetraut. Das konnte doch nicht wahr sein. Er öffnete die Tür und lief den Gang entlang zu dem Gästezimmer, in dem Sienna untergebracht war. Er hörte Stimmen aus dem Zimmer und stieß die Tür auf.

Sienna war gerade dabei, sich zu entkleiden, und Hetty half ihr dabei.

„Danke, Hetty, wir brauchen Sie heute nicht mehr", sagte er im freundlichen Ton und nickte ihr kurz zu.

„Sienna?", fragte sie unsicher.

Sienna nickte ihr zu. „Schon gut, du kannst gehen. Gute Nacht, Hetty. Bitte wecke mich morgen rechtzeitig, ich will früh aufstehen, um nach einem Haus zu suchen.“

„Sehr wohl, Eure Gnaden“, erklärte Hetty und verließ den Raum.

Oliver trat auf sie zu. „Bitte entschuldige, dass ich hier so einfach reinplatze, aber ich muss mit dir reden.“

„Oliver, bitte, ich habe dir meine Meinung mitgeteilt und du solltest sie respektieren.“ Sie zog sich weiter aus, legte das Korsett ab. Sie bewegte sich ganz ungeniert, immerhin hatte er schon jede Stelle ihrer nackten Haut studiert.

„Ich respektiere dich, Sienna und das weißt du auch. Du willst mich, so wie ich dich will, warum sollen wir uns den weiter verstellen?“

„Das habe ich dir erklärt. Es ist zu gefährlich. Mein guter Ruf ist alles, was ich habe.“

„Du wirst also nur das Bett teilen, wenn ich dir verspreche, dass ich dich zu meiner Duchess mache?“, fragte er nach und glaubte nicht, dass diese Frage wirklich über seine Lippen kam.

Sie lachte freudlos. „Ich bin bereits eine Duchess, mein Lieber.“

„Dann willst du also, dass ich dich zu meiner Frau nehme.“ Er trat auf sie zu, hielt sie auf, als sie das Nachthemd überstreifen wollte. Er nickte. „Gut, dann soll es so sein. Ich bitte dich um deine Hand, Sienna. Willigst du ein, meine Frau zu werden?“

Was tat er hier gerade? Hatte er vollends den Verstand verloren? Er musste träumen, alles andere kam gar nicht infrage. So verrückt war er nicht, dass er wirklich eine Frau fragte, ob sie ihn heiraten wollte.

„Wie kommst du dazu, mir diese Frage zu stellen", wisperte Sienna. „Schon gar nicht, wenn ich keine Kleider am Leib trage. Wie verrückt ist das bitte?"

Oliver lachte auf. „Sehr verrückt. Ich weiß das, aber ich will dich, doch die Konsequenzen sind mir nicht egal. Du hast recht, unsere Nächte könnten Folgen haben und wenn, dann will ich dazu stehen. Du sollst mir gehören, ganz allein mir und wenn ich dich dazu heiraten muss, dann werde ich es tun." Er stemmte die Hände in die Hüften, lief unruhig im Zimmer auf und ab.

„Und du glaubst, ich bin so verzweifelt, dass ich einwillige? Obwohl deine Beweggründe nicht gerade ehrenhaft sind."

Er lachte erneut auf, trat zu ihr, sein Blut rauschte durch seinen Körper. Was machte er hier nur? „Meine Beweggründe sind sogar sehr ehrenhaft. Oder wie würdest du es nennen, wenn ich dich zu einer ehrbaren Frau machen will, zu meiner Frau?" Er wollte, dass sie endlich nachgab, doch Sienna war keine Frau, die leicht zu haben war, so viel hatte er mittlerweile gelernt. „Ich will dich heiraten, weil du mein Leben auf den Kopf stellst und mich in den Wahnsinn treibst und ich ... ich will nicht mehr ohne dich leben. Reicht dir das?" Er blickte sie herausfordernd an.

Langsam nickte Sienna. „Ja, das reicht mir, Euer Gnaden." Dann lächelte sie verführerisch.

Kapitel 22

Sienna erwachte und war sich sicher, dass sie geträumt hatte. Es war so ein wundervoller Traum gewesen. Oliver hatte sie gebeten, ihn zu heiraten, und sie hatte ja gesagt. Dann hatte er sie geküsst und ins Bett getragen, wo er sie die halbe Nacht geliebt hatte. Immer wieder hatte er ihr einen Höhepunkt nach dem anderen verschafft, als wollte er sie dafür bestrafen, dass sie ihn so weit getrieben hatte, ihr diese eine entscheidende Frage zu stellen. Jeder Einzelne hatte sich so wundervoll angefühlt, dass sie nicht genug hatte bekommen können.

Mit einem Lächeln drehte sie sich zur Seite und blickte in Olivers Gesicht, er sie beobachtete. Erschrocken fuhr sie hoch.

„Oliver! Was machst du hier?"

„Dich beobachten, meine wundervolle Braut", sagte er und streichelte ihr Kinn.

Braut? War das am Ende alles gar kein Traum gewesen? Sie war so verwirrt, dass sie nicht mehr klar denken konnte. Schon gar nicht, wenn Oliver in ihrer Nähe war, wenn er nackt neben ihr lag.

„Braut? Was genau meinst du?", flüsterte sie ängstlich, was Oliver zum Lachen brachte.

„Hast du alles vergessen, was heute Nacht war, Darling?", fragte er verblüfft, drehte sie zu sich, in seine Arme. Er streichelte ihre nackten Brüste, liebkoste sie hingebungsvoll.

„Ich dachte, du hättest das alles nur gesagt, um mich in dein Bett zu bekommen."

„Wie kommst du nur darauf? Warum zweifelst du an meinen Worten?" Er sah sie streng an.

„Ich ... ich weiß es auch nicht. Es fühlt sich nur so unwirklich an. Du weißt, wo ich herkomme." Sie konnte es nicht fassen, dass Oliver es ernst meinte und sie heiraten wollte. Es regte sich ein leicht schlechtes Gewissen in ihr, weil ihr Vater sie dazu zwang, einen reichen Mann zu heiraten, um an das Geld für die Rennbahn zu bekommen. Oliver ahnte von all dem nichts und sie wünschte, sie könnte ihm die Wahrheit sagen. Doch Sienna hatte Angst, dass er sein Versprechen zurückziehen würde, weil er an ihrer Zuneigung zu ihm zweifelte. Dabei gab es keine Zweifel. Sie begehrte ihn und, wenn sie ganz tief in sich hineinhorchte, hatte sie sich schon längst in ihn verliebt. Egal, ob er ein Duke oder ein Baron oder einfach nur Oliver war.

„Es ist mir egal, wichtig ist, dass du mit mir den Weg zusammen weitergehst", murmelte er und küsste sich eine Spur von ihren Brüsten zu ihrem Bauch hinunter.

„Eure Gnaden! Sie wollten früh geweckt werden", kam es von der Tür.

Sienna stöhnte auf. „Das ist Hetty! Sie sollte dich hier nicht finden."

Er lachte an ihrer Haut. „Du glaubst doch nicht, dass sie nicht weiß, mit wem du deine Nächte verbringst. Wie du richtig sagtest: Das Personal hat seine Augen und Ohren überall. Wichtig ist nur, dass man sich auf ihre Verschwiegenheit verlassen kann. Und ich denke, deine Zofe ist sehr vertrauenswürdig."

Dem konnte Sienna nur zustimmen. „Natürlich, für Hetty würde ich meine Hand ins Feuer legen", sagte sie voller Entschlossenheit.

„So wie ich für dich, mein Liebling", knurrte Oliver, warf Sienna auf den Rücken und glitt mit einer geschmeidigen Bewegung über ihren Körper.

Nach dem Frühstück ließ Oliver die Kutsche anspannen und fuhr mit Sienna zu einem Haus, das etwas weiter entfernt vom Hyde Park gelegen war. Er erzählte, dass es schon länger leer stand und zum Kauf angeboten wurde. Es lag hinter dem St. James Park, nahe der Themse, auf der Victoria Street.

„Die Gegend ist nicht sehr vornehm." Sienna rümpfte die Nase. Auch das Gebäude versprach von außen nichts Gutes.

„Ich denke, wir werden es erst gar nicht besichtigen", entschied Oliver, noch bevor er die Kutsche verließ. „Hier werde ich deine Schwestern auf keinen Fall unterbringen. Aber ich habe eine andere Idee. Mr. Holmes, bringen Sie uns zur Green Street. Zu meinem Stadthaus."

„Was wollen wir nochmal in Edgars Stadthaus?", wollte sie wissen.

„Ich möchte mir die Räume noch einmal ansehen. Wenn ich heirate, dann brauchen wir eine Menge Platz. Mein Haus gefällt mir gut, aber es ist klein."

Sie hielten und er half Sienna aus der Kutsche. Die Haustür war nicht geschlossen, sondern nur angelehnt und laute Stimmen drangen zu ihnen heraus.

Oliver blickte Sienna an, dann stieß er die Tür auf und Issak torkelte ihnen entgegen.

„Euer Gnaden, was für eine Überraschung.“ Er stand nicht mehr ganz aufrecht und lallte.

„Was geht hier vor?“, fragte Oliver, der gegen das laute Grölen aus dem Salon ansprechen musste.

„Hier scheint es wohl ein Fest zu geben“, stellte Sienna fest.

Issak wollte sie aufhalten, doch Oliver ließ sich nicht beirren und öffnete die Tür, blieb erstaunt stehen.

„Das glaube ich nicht. Was ist denn hier los?“, rief er.

Sienna betrat ebenfalls den Raum und sah eine Schar von Angestellten, die sich ein Festmahl zubereitet hatten und um den Esstisch saßen, teilweise die Beine auf dem Tisch und sich an den Vorräten und dem Wein des Dukes gütlich taten. Einige waren bereits betrunken und erkannten Oliver nicht sofort. Erst als er laut um Ruhe bat, wurde es abrupt still.

„Ich kann nicht fassen, was ich hier zu sehen bekomme. Ich hätte mehr Loyalität von meinen Angestellten erwartet. Sie werden bis morgen Mittag alle Ihre Sachen gepackt und das Haus verlassen haben.“

Niemand wagte, ihm zu widersprechen. Die Ruhe, die sich einstellte, war gespenstisch.

„Oliver“, wagte Sienna zu sagen und fasste nach seinem Arm.

„Wer will auch schon für eine Hure arbeiten?“, rief Issak und die anderen nickten zustimmend.

„Lieber Herr, Sie können froh sein, dass ich mich nicht an älteren Männern vergreife“, knurrte Oliver. „Sie alle verlassen sofort das Haus. Ich werde es nicht zulassen, dass man meine zukünftige Frau beleidigt. Raus hier, alle miteinander!"

„Ha! Was wollen Sie eigentlich, sie eingebildeter Kerl!", rief Spencer, der Koch. Er war groß und kräftig, allerdings war das Oliver auch und er zeigte keinerlei Angst.

„Sie machen jetzt, dass Sie alle hier herauskommen und zwar schnell!", rief Mr. Holmes, der plötzlich in der Tür stand und seine Kutscherpeitsche knallen ließ. Das zeigte Wirkung. In Windeseile liefen die Angestellten aus dem Raum. Helen fiel auf die Knie, weil sie so viel getrunken hatte, dass Balthasar ihr aufhelfen musste.

„Danke, Mr. Holmes, sehr freundlich von Ihnen, uns zur Seite zu stehen", sagte Sienna erleichtert.

„Immer wieder gern, Eure Gnaden", brummte er. „Ich werde in der Halle Stellung beziehen und darauf achten, dass auch nichts von dem Inventar verschwindet."

„Danke, Mr. Holmes." Oliver schlug ihm anerkennend auf die Schulter.

„Mein Name ist Alvin, Euer Gnaden, Alvin reicht vollkommen."

„Gut Alvin, ich werde mit meiner zukünftigen Frau noch einige Dinge im Arbeitszimmer besprechen."

Alvin blickte überrascht von einem zum anderen. „Dann darf ich wohl gratulieren, Euer Gnaden."

„Ja, das dürfen Sie, vielen Dank." Oliver nahm Siennas Arm, führte sie die Halle bis zum letzten Zimmer und lehnte die Tür nur an, damit er mitbekam, wenn Alvin Hilfe benötigte.

„Bitte nimm Platz, meine Liebe." Er goss ein Glas Sherry ein und reichte es Sienna, die es dankend annahm. „Ein Wunder, dass überhaupt noch etwas zu trinken im Haus ist. Das Personal scheint sich ja reichlich bedient zu haben.“

„Ich kann es nicht fassen, dass sie ihre Stellung so einfach aufs Spiel setzen.“ Sienna schüttelte den Kopf.

„Ich denke, dass Follett sie nicht besonders gut behandelt hat.“

„Ja, das kann ich mir gut vorstellen“, murmelte Sienna und trank einen Schluck. „Er war kein guter Mann. Es gibt Gerüchte, dass er eine sadistische Neigung hatte, und ich kann nur vor Glück sagen, dass meine Ehe gleich wieder vorbei war. Deshalb ist dieses Haus, obwohl ich hier nie gelebt habe, für mich mit einer negativen Ausstrahlung belegt. Ich weiß nicht, ob du das verstehen kannst, Oliver?“

„Das kann ich, Sienna. Aber dieses Haus ist nur etwas, das eine Menge Zimmer und Wände hat. Es ist weder Edgar Follett noch mit Sadismus belegt. Ich habe die Idee, dass alles aus diesem Haus entfernt wird und wir es zu unserem Heim machen werden. Angefangen von den Tapeten, den Farben, dem Interieur, wir werden ein komplett neues Haus daraus machen. Alvin wird eine Menge zu tun bekommen, der Garten soll komplett umgestaltet werden. Du wirst dieses Haus nicht wiedererkennen, wenn es erst einmal fertig ist. Wir werden von Beginn an eine Menge Kinderzimmer einplanen.“ Er sah sie erwartungsvoll an.

„Ist das dein Ernst?“, fragte Sienna und konnte nicht glauben, was Oliver ihr da vorschlug.

„Ja, ein Duke muss doch über ein standesgemäßes Stadthaus verfügen. Immerhin werden wir demnächst selbst Gastgeber von Gesellschaften sein. Ich sehe schon, dass wir den ersten Herbstball der neuen Saison geben werden." Er kniete sich vor ihren Sessel, ergriff ihre Hand und drückte einen Kuss darauf. „Du machst mich sehr glücklich."

„Ich kann nicht glauben, dass du das alles für uns tun willst, Oliver. So etwas hat noch nie jemand für mich getan und ich bin so glücklich, auch wenn andere mich für eine Hure halten", flüsterte Sienna und strich ihm über sein Haar. Ihr Herz lief über vor Liebe für diesen Mann. Sie wollte ihn nicht heiraten, weil ihr Vater es von ihr verlangte. Nein, sie wollte es, weil sie sich in ihn verliebt hatte. Niemals hätte sie gedacht, dass ihr Herz es jemals zulassen würde, sich für einen Mann zu öffnen, doch Oliver hatte es geschafft.

Er hob den Kopf. „Das bist du nicht und das weißt du auch. Du wirst nicht darauf hören, was das betrunkene Personal von sich gegeben hat. Dem werden wir keine Bedeutung beimessen. Du bist die Frau, die ich heiraten werde."

„Ich liebe dich", sagte sie mit fester Stimme und Olivers Augen wurden groß.

„Sag das noch mal."

„Ich liebe dich, Oliver. Nicht weil du ein Duke oder Baron bist, sondern weil du der Mann bist, der mein Herz berührt."

Oliver erhob sich und zog sie aus dem Sessel, fest in seine Arme. „Niemals hätte ich gedacht, dass ich mich so tief in eine Frau verlieben würde. Der Gedanke zu heiraten, war für mich immer mit Angst belegt, doch die ist verflogen. Wie ein Schmetterling, den man verschreckt, hat sie das Weite gesucht, weil ich die Frau gefunden habe, die mir mehr bedeutet als mein Leben." Er beugte sich hinunter und küsste sie leidenschaftlich,

dass Sienna sich so sehr geliebt fühlte wie noch nie in
ihrem Leben.

Kapitel 23

London, Juni 1816

„Wir haben eine Einladung von Charles erhalten. Er lädt zu einer sommerlichen Jagdgesellschaft für eine Woche ein. Er legt sich wirklich ins Zeug, um deine Schwestern zu unterhalten. So, wie ich ihn kenne, wird er auch einige Junggesellen eingeladen haben", erklärte Oliver, nachdem sie zu Abend gegessen und er die Post durchgesehen hatte.

„Wirklich? Dann sehe ich endlich meine Schwestern wieder." Sienna war begeistert.

„Aber wir können erst in der nächsten Woche abreisen. Bis dahin haben wir noch einiges zu organisieren, was die Renovierung des Hauses an der Green Street betrifft."

„Das macht nichts. Ich will ohnehin morgen zur Schneiderin und ein paar neue Kleider bestellen. Ich werde mein Erbe als Duchess ausgeben." Sie lachte verlegen.

„Darf ich dich morgen begleiten?" Oliver war sich sicher, dass sie mit ihrem Geld sicherlich einige Kleider kaufen konnte, doch er wollte nicht, dass Follett für diese Kleider bezahlte, sondern er wollte es tun. Sie sollte nur Geschenke von ihm erhalten, von sonst niemanden.

„Natürlich, wenn du gerne möchtest. Ich hoffe, die Schneiderin hat nicht so viel zu tun, damit ich die neuen Kleider mit nach Saint Albans nehmen kann. Ich will auch welche für meine Schwestern mitbringen."

„Es ist kaum noch Saison und niemand von Stand in der Stadt. Ich denke, das müsste gelingen."

Gemeinsam gingen sie in den ersten Stock hinauf und es war keine Frage, dass Sienna Oliver in sein Schlafgemach folgte. Er warf ihr ein zufriedenes Lächeln zu, als sie die Tür hinter sich schloss.

Oliver zog eine Schublade auf und suchte etwas. „Ich habe hier etwas für dich."

„Für mich?", fragte Sienna und trat näher.

„Ja, er hat meiner Mutter gehört und ich möchte, dass du ihn trägst. Jetzt, wo du meine Frau werden willst." Er hielt ihr einen Ring entgegen, den er wie einen Schatz hütete. „Er ist für mich etwas ganz Besonderes, weil es ihr Ring war und meine Mutter mir so viel bedeutet hat. Es gibt mit Sicherheit Ringe, die wertvoller sind, aber ich hoffe, er gefällt dir."

Sienna blickte auf ihre Hand, wo er den Ring über ihren Finger schob. „Oliver, der Ring ist wunderschön. Der Rubin sieht wie pures Feuer aus und die kleinen Brillanten, die ihn umrahmen, sind ein richtiger Blickfang. Ich kann gar nicht sagen, wie stolz ich bin, dass ich dieses Schmuckstück tragen darf. Es ist mir eine Ehre." Sienna stellte sich auf die Zehenspitzen und gab ihm einen zärtlichen Kuss auf die Lippen. „Du machst mich zu einer sehr glücklichen Frau."

***

Der Modesalon von Madame Bellamy lag auf der Bondstreet und Sienna bestand darauf, dass sie zu Fuß gingen. Es war ein sonniger Tag und sie wollte unbedingt ein wenig frische Luft atmen, doch Oliver war dagegen.

„Nein, wir werden mit dem Landauer fahren. Anschließend können wir eine Runde durch den Park drehen, wenn du magst."

Sienna wollte widersprechen, öffnete den Mund, doch dann wurde ihr klar, dass eine Duchess solche Strecken nicht zu Fuß zurücklegte. Sie musste sich erst daran gewöhnen, dass sie nun nicht mehr Sienna Blackwell war, sondern die Duchess of Rockingham. Ein Umstand, der ihr immer noch fremd war.

Die Kutsche hielt vor dem Laden. Oliver half ihr beim Aussteigen und hielt ihr auch die Ladentür auf.

Das Geschäft war leer, wie erwartet, und eine elegante Dame mittleren Alters kam auf sie zu. „Wie darf ich Ihnen behilflich sein?" Sie sah an Sienna hinunter und rümpfte die Nase, so kam es Sienna zumindest vor. Ihr Kleid war bei weitem nicht so elegant wie die Modelle, die im Schauraum ausgestellt waren. Sie fühlte sich nicht wohl und sah sich unsicher um.

„Guten Tag, mein Name ist Oliver Harvard, Duke of Rockingham und wir suchen einige Kleider."

Bei der Erwähnung seines Titels glomm ein Lächeln über das Gesicht der Dame. „Euer Gnaden, es ist mir eine Ehre, Sie in meinem bescheidenen Haus begrüßen zu dürfen. Stets zu Ihren Diensten."

Oliver lachte. „Nicht zu meinen, aber für die Duchess of Rockingham gerne. Sie sucht für sich und ihre Schwestern neue Kleider.“

„Oh, natürlich. Ihre Gattin möchte ein neues Kleid“, schlussfolgerte sie. „Mein Name ich Madame Bellamy und Sie sind bei mir in den besten Händen.“

„Sie irren sich, Madame Bellamy, wir suchen nicht ein neues Kleid, sondern mindestens sechs oder sieben und die dazugehörigen Accessoires.“

Madame Bellamy bekam den Mund nicht mehr zu. Sie klatschte laut in die Hände. „Petsy und Mimi! Kommt schnell her, wir haben Kundschaft. Wenn Euer Gnaden so lange Platz nehmen wollen, bis wir die Modelle ausgesucht haben? Vielleicht darf ich Ihnen Gebäck und Tee anbieten?“

Oliver nickte. „Sehr gern. Ich möchte, dass Sie zu den Kleidern, die meine Verlobte aussucht, die passenden Schuhe, Unterröcke und Handschuhe zusammenstellen.“

Madame Bellamy nickte verschwörerisch. „Natürlich, wie Euer Gnaden es möchte. Dann ist die Dame gar keine Duchess?“

Er nickte. „Doch natürlich.“

„Oliver, findest du nicht auch, dass dieses Gelb Evie mit ihren brünetten Haaren gutstehen wird? Und schau mal, dieses Blau ist wie für Poppy mit ihrem blonden Haar gemacht.“

„Mein Gott, wie viele Schwestern hat Ihre Verlobte denn?“, fragte Madame Bellamy überrascht.

„Drei, meine Dame, und alle noch unverheiratet.“

„Du lieber Himmel. Und Sie sind sicher, dass Sie die Rechnung für alle Kleider übernehmen wollen?“

Oliver lächelte nachsichtig und holte einen Samtbeutel hervor. „Ganz sicher", bestätigte er und drückte ihr ein Goldstück in die Hand. „Ich denke, das wird für den Anfang reichen."

Madame Bellamy lief los, um weitere Modelle zu holen.

„Oliver, so viele Kleider kann ich mir nicht leisten", flüsterte Sienna ihm zu, damit man sie nicht hörte.

„Ich aber, Darling. Mach dir keine Sorgen um die Bezahlung. Ich möchte dir und deinen Schwestern eine Freude machen und ich dulde keinen Widerspruch." Er sagte es sehr bestimmt und nahm eine Tasse von Petsy entgegen.

Sienna war nicht wohl bei dem Gedanken, dass Oliver so viel Geld für sie und ihre Schwestern ausgab. Selbst wenn er genug davon besaß. Gerade weil ihr Vater es von ihr verlangte, regte sich ihr Gewissen.

***

Sobald die Kleider geliefert wurden, machte sich Sienna bereit, damit sie aufs Land fahren konnten. Oliver musste ein Vermögen für die ganzen neuen Kleider ausgegeben haben. Sie selbst hatte fünf erhalten. Zwei für den Alltag und drei für die Abendgesellschaft. Für ihre Schwestern hatte sie jeweils drei Kleider ausgesucht, davon ebenfalls zwei für den Abend und die passenden Accessoires. Oliver hatte alles liefern lassen und sie war ihm sehr dankbar für seine Großzügigkeit. Sie hatte ihm die hundert Pfund angeboten, obwohl sie wusste, dass es bei weitem nicht ausreichte, aber selbst diese hatte Oliver abgelehnt.

Sie fuhren erst am späten Nachmittag los und die Fahrt nach Saint Albans dauerte so lange, dass sie die Nacht in einem Gasthaus verbrachten. Oliver mietete zwei Zimmer, dennoch nutzen sie nur eines. Sienna fand es wundervoll, wie besorgt er um ihren guten Ruf war. Am Abend aßen sie ein deftiges Wildschweinragout und tranken dazu einen dunklen Rotwein. Sienna fiel müde ins Bett und war bereits eingeschlafen, bevor sich Oliver zu ihr legte.

Am nächsten Morgen ging es weiter und die Landschaft wurde frischer. Das Grün leuchtender, die Luft klarer. Saint Albans lag nördlich von London und die Landschaft wirkte rauer, aber auch abwechslungsreicher. Bisher war Sienna in den Sommermonaten nie aufs Land gefahren, hatte immer nur in London gelebt und blickte neugierig auf die sich abwechselnde Natur. Sie konnte es kaum glauben, dass sie den Rest des Sommers auf dem Land verbringen würde. Was für eine schöne Vorstellung. Im Sommer lag ein besonderer Geruch über London, der von der Themse aufstieg. Den würde sie bestimmt nicht vermissen. Sie lächelte glücklich, lehnte sich zurück und blickte Oliver an.

„Einen Penny für deine Gedanken." Er sah sie fragend an.

„Du hast schon genug Geld für mich ausgegeben. Du bekommst meine Gedanken umsonst", sagte sie mit einem Lächeln auf den Lippen. „Ich kann es mir kaum vorstellen, den ganzen Sommer auf dem Land zu verbringen. Ich habe bisher nur in der Stadt gelebt, selbst in den Sommermonaten. Es wird wunderbar sein."

„Ja, das ist es. Ich hatte bisher zwar keinen eigenen Landsitz, aber meine Freunde haben mich stets eingeladen, bevor wir in den Krieg zogen.“

„Wie lange warst du im Dienst der Armee?“

„Sechs Jahre.“

„Das ist eine lange Zeit.“

Er nickte, ohne ihre Worte zu kommentieren. Es war ihm anzusehen, dass er nicht gern daran zurückdachte.

Sienna erhob sich, setzte sich neben ihn und küsste ihn innig. „Ich werde dich all diese Jahre vergessen lassen.“ Sie war froh, dass Hetty in der zweiten Kutsche fuhr, die das Gepäck transportierte, und nicht bei ihnen.

„Das tust du schon, Sienna. Du lässt mich all diese schrecklichen Momente vergessen.“

Sienna berührte die Narbe an seiner Schläfe, ganz vorsichtig. „Du bist ein so schöner Mann und ich kann es gar nicht erwarten, deine Frau zu werden.“

„Bald, mein Liebling. Ich denke, meine Freunde werden denken, ich habe den Verstand verloren.“ Er lachte laut auf. „Aber ich habe mich noch nie so gut dabei gefühlt.“

Kapitel 24

Sandridge Hall, Juni 1816

Das Anwesen des Marquess war größer, als Sienna es erwartet hatte. Es lag nördlich eines kleinen Dorfes und war von einem wunderschönen Park mit altem Baumbestand umgeben. Es musste mehr als vierzig Zimmer geben, wenn Sienna das richtig überschlug. Kaum war die Kutsche des Dukes vorgefahren, kamen ihre Schwestern aus dem Haus gelaufen.

„Sienna! Endlich bist du da!"

„Zum Glück sind wir wieder vereint!", hallten die Rufe der jungen Mädchen über den Vorplatz.

„Halt! Ihr erdrückt mich ja", rief Sienna.

„Was trägst du denn für einen Ring?" Natürlich war es Grace, der sofort der große Rubin ins Auge gefallen war.

„Man könnte meinen, du bist verlobt", rief Evie und lachte laut.

„Das liegt wohl daran, dass ich verlobt bin", erklärte Sienna im ruhigen Ton und blickte zu Oliver, der neben ihr stand und in Ruhe abwartete.

Plötzlich herrschte atemlose Stille, die erst von Charles unterbrochen wurde, der zu ihnen trat. „Oliver! Was für eine Freude, dich zu sehen. Du musst mich vor diesen jungen Frauen retten, es ist einfacher, einen Bienenstock zu hüten.“

Oliver lachte auf. „Das kann ich mir kaum vorstellen. Wo du doch allergisch auf alles reagierst, was summt und brummt.“

„Ja, du bist auch noch nie gestochen worden“, brummte Charles.

„Charles, haben Sie das mitbekommen, dass meine Schwester mit dem Duke verlobt ist?“, fragte Grace aufgeregt.

„Verlobt? Sie war doch mit dem Duke verheiratet“, erklärte Charles und zog die Stirn kraus.

Grace winkte ab. „Sie verstehen mal wieder gar nichts. Ich spreche doch nicht von dem verstorbenen Duke, sondern von Oliver, Ihrem Freund. Er ist jetzt mit Sienna verlobt.“

„Nein!“, rief Charles ungläubig. „Das kann nicht sein. Ist das wahr?“ Als Oliver nickte, stieß Charles einen Fluch aus. „Dass ich das noch mal erlebe. Du willst also wirklich in den Stand der Ehe treten?“

Oliver lächelte vielsagend. „Wie du schon sagtest. Als Duke bin ich meinem Titel verpflichtet. Es wird Zeit für mich.“

„Ja, herzlichen Glückwunsch. Das wird für einigen Trubel sorgen.“ Er klopfte Oliver lachend auf die Schulter. „Komm, darauf müssen wir einen Schluck trinken. Du musst durstig sein nach der langen Fahrt.“

„Myladys, Sie werden uns entschuldigen und Ihrer Schwester vielleicht ihr Zimmer und das Haus zeigen.“

„Oh, Sienna, du musst dir dieses wunderschöne Haus ansehen. Und Lady Eve ist eine ganz wunderbare Frau“, schwärmte Grace.

„Wer ist denn Lady Eve?“, wollte Sienna wissen.

„Sie ist die Mutter des Marquess und lässt sich überhaupt nichts von ihm sagen.“ Grace lachte und blickte den beiden Männern hinterher, die bereits im Inneren des Hauses verschwunden waren.

„Sag, hast du mit Vater gesprochen?“, fragte Poppy leise.

„Ja, ich habe ihn im Black Swan besucht. Ich soll euch von Ernestine grüßen.“

„Und was hat er gesagt?“ Evie sah sie ängstlich an.

„Es ist alles in Ordnung. Nach dem Sommer könnt ihr nach London zurückkehren, ohne Angst, dass ihr nach Canterbury verkauft werdet. Ich habe das mit Vater geklärt“, beruhigte sie ihre Schwestern, die sie misstrauisch ansahen. „Ich kann euch das jetzt und hier nicht erklären. Wir werden später in Ruhe darüber sprechen, wenn uns niemand belauschen kann. Jetzt will ich erst einmal mein Zimmer sehen. Hetty, bittest du Alvin, unser Gepäck heraufzutragen.“ Sie sah ihre Schwestern an. „Ich habe eine wunderbare Überraschung für jede von euch aus London mitgebracht. Ihr werdet begeistert sein.“

Die Mädchen redeten wild durcheinander und zogen sie Richtung Haus. In der Halle war es angenehm kühl und eine breite Treppe führte in den ersten Stock hinauf. Am unteren Absatz stand eine riesige Bodenvase, in der ein frischer Blumenstrauß die Gäste begrüßte. Es roch angenehm nach Lavendel und Rosen. Am Treppenaufgang hingen große Gemälde, die Ahnen der Familie Cooper zeigten. Sie sahen sich alle sehr ähnlich.

Sienna blickte sich neugierig um. Ging gar nicht auf die vielen Fragen ein, die ihre Schwestern ihr stellten.

Sie hob ihre Röcke an und stieg die Treppe hinauf. Hier oben waren die Fensterläden geschlossen, damit die Hitze draußen blieb, nur kleine Luftschlitze ließen vereinzelte Sonnenstrahlen durch und sorgen für ein wenig Licht.

„Unsere Zimmer liegen auf der rechten Seite", erklärte Poppy und ging voraus. „Wir haben jeder ein eigenes Zimmer. Du bekommst das Schönste. Es ist ganz in Gold gehalten. Schau es dir an." Sie öffnete eine Tür und ließ Sienna den Vortritt. All ihre Schwester folgten ihr ins Zimmer.

Verwundert blickte sich Sienna um. Ihre Augen mussten sich erst einmal an das diffuse Licht gewöhnen. Es gab ein breites Himmelbett, das mit einem mit Goldfäden durchwirkten Stoff bezogen war. Der gleiche Stoff fand sich an den Fenstern wieder und auch auf den Sitzgelegenheiten. Die Möbel waren aus edlen Hölzern gefertigt.

„Hier geht es zu einem Ankleidezimmer." Evie deutete auf eine Tür. „Daneben zu dem Waschraum. Es ist alles so modern. Das hätte man auf dem Land gar nicht erwartet."

Sienna ließ sich seufzend auf dem Bett nieder.

„Bist du müde?", fragte Grace nach. „Ich glaube, wir sollten Sienna ein paar Minuten in Ruhe zu lassen. Du bist sicherlich müde von den Strapazen der Reise."

Sie schüttelte den Kopf. „Nein, das ist es nicht."

Grace schloss die Tür setzte sich zu ihr auf das Bett und griff nach ihren Händen. „Was ist los, meine Liebe? Wir haben dich sehr vermisst. Bist du glücklich? Wie kommt es, dass du verlobt bist?"

Sienna hob die Schultern. „Ich habe mich verliebt“, sagte sie und ihr Herz wurde schwer, sie fühlte sich, als würde ihr Leben bald zu Ende sein.

„Warum hörst du dich dann an, als wäre es das Schlimmste, das dir geschehen konnte?“

Ihren Schwestern konnte sie nichts vormachen. „Es ist wirklich schrecklich. Vater hat sich bereit erklärt, euch in Ruhe zu lassen, wenn ich den Duke heirate. Dann habe ich die Möglichkeit, an genug Geld zu kommen, um euch freizukaufen.“

„Was? Er will Geld für uns?“, fragte Poppy ungläubig.

„Du kennst ihn doch, natürlich will er Geld. Was denn sonst?“ Grace schüttelte den Kopf über diese Frage.

„Er will sich an einer Rennbahn beteiligen und braucht dafür Geld. Ich soll es ihm besorgen, durch meine Heirat mit Oliver.“

„Deshalb bist du so traurig, weil du gar nicht in Oliver verliebt bist und jetzt zum zweiten Mal heiraten musst, obwohl du nicht willst.“ Grace nahm sie in die Arme. „Es tut mir so leid.“

„Nein, so ist es doch gar nicht“, winkte Sienna ab. „Welche Frau würde nicht Oliver heiraten wollen. Er ist ein wundervoller Mann und ich habe mich in ihn verliebt.“ Tränen traten ihr in die Augen, liefen ihr die Wange hinunter.

„Aber … warum weinst du dann?“, fragte Evie.

„Weil ich Oliver nicht bestehlen will. Vater will, dass ich den Schmuck verkaufe, den er mir schenkt, oder Geld aus dem Tresor nehme. Was wäre das denn für eine Ehe, wenn ich meinen eigenen Ehemann betrüge?“ Sie schüttelte den Kopf. „Ich kann das einfach nicht tun. Aber wenn ich Vater kein Geld gebe, wird er euch nicht in Ruhe lassen."

„Und wenn du Oliver die Wahrheit sagst?", schlug Poppy vor.

„Er wird mir niemals glauben, dass ich ihn wirklich liebe. Er wird denken, ich spiele ihm das alles nur vor, damit ich seine Frau werde." Verzweifelt fingerte sie an dem Ring an ihrer Hand herum. „Schaut nur, es ist der Ring seiner Mutter. Den kann ich doch nicht einfach so verkaufen? Er hat für Oliver auch einen emotionalen Wert. Er würde mich umbringen, wenn ich den Ring ins Pfandhaus gäbe."

„Wie kann Vater nur so gierig sein? Manchmal kommt es mir so vor, als hätte dieser Mann kein Herz." Grace schüttelte verständnislos den Kopf. „Wir müssen auf jeden Fall dafür sorgen, dass Oliver nichts davon erfährt."

Kapitel 25

Sandridge Hall, Juni 1816

Oliver bekam das Grinsen nicht aus dem Gesicht. Es war klar, dass Charles ihm keinen Glauben schenken wollte. „Ich sage die Wahrheit, dass ich mich verliebt habe. Warum willst du mir nicht glauben?"

„Weil du immer behauptet hast, dass du niemals heiraten willst."

Die Männer hatten sich in die Bibliothek zurückgezogen, wo sie in Ruhe eine Zigarre rauchen und ein Glas Portwein genießen konnten.

„Ich habe schon eine Menge in meinem Leben behauptet. Nun habe ich meine Meinung geändert. Sienna ist eine außergewöhnliche Frau. Ich glaube, ich habe mich auf den ersten Blick in sie verliebt."

„Kaum zu fassen, aber wenn ich dich so ansehe, scheinst du die Wahrheit zu sprechen. Du siehst ... glücklich aus."

Oliver nickte. „Das bin ich auch. Sienna ist wie eine Naturgewalt. Sie ist nicht nur wunderschön und klug, nein, sie ist so viel mehr."

Charles trank einen Schluck Wein und lachte auf. „Du bist wahrlich verliebt. So habe ich dich noch nie sprechen hören. Aus dir ist ein regelrechter Poet geworden. Dann darf ich dir also zur Verlobung gratulieren. Und dein zukünftiger Schwiegervater? Wenn ich mich recht erinnere, war eure letzte Begegnung nicht von Harmonie gekrönt."

Oliver winkte ab. „Dieser Mann ist nur an einem interessiert und das ist Geld. Ihm sind seine Töchter völlig egal. Ich glaube nicht einmal, dass er zur Hochzeit kommen wird."

„Wann soll die Hochzeit denn stattfinden?"

Oliver trank einen Schluck Port und dachte nach. „Ich lasse im Moment das Haus an der Green Street umbauen. Sienna und ich werden dort in Zukunft leben. Ihre Schwestern können dann am Portman Square einziehen, wenn sie wollen."

„Warum bleibst du nicht am Portman Square? Ich dachte, dir würde dein Haus so gut gefallen."

Oliver hob die Schultern. „Es ist zu klein. Ich habe vor, eine Menge Kinder zu bekommen, und dafür brauchen wir Platz."

„Eine Menge Kinder?" Charles schien seinen Ohren nicht zu trauen. „Seit wann willst du Kinder?"

„Seit ich ein Herzog bin und einen Titel mit einem Sitz im House of Lords innehabe. Dieses Erbe hat mich überrascht, ich muss umdenken, größer denken. Mein Vermögen ist mit einem Schlag um ein Vielfaches gestiegen. Ich muss mich erst an diesen Gedanken gewöhnen."

Charles blies eine Rauchwolke in die Luft, streifte die Asche der Zigarre ab. „Das kann ich gut nachvollziehen. Mir ist es ähnlich gegangen, als mein Vater starb. Meine Mutter war mir dabei eine große Hilfe. Wenn sie nicht gewesen wäre, dann wäre ich vermutlich schon längst verheiratet und das mit der falschen Frau. Seit dem Zeitpunkt, als klar war, wie reich ich plötzlich war, wimmelte es nur so von Frauen, die sich mir quasi an den Hals warfen. Jede spielte mir die große Liebe vor, aber alle wollten nur die eine Marchioness werden. Mutter hat sie allesamt entlarvt. Es war nicht eine dabei, die mich um meinetwillen wollte." Er sagte das in einem Ton, der erkennen ließ, dass es ihm nicht leichtfiel und er verletzt war.

„Warum erzählst du mir das? Glaubst du, Sienna hat es nur auf mein Geld abgesehen?"

Charles hob die Schultern. „Ich weiß es nicht, aber es könnte möglich sein. Wir wissen, wie sehr Blackwell auf Geld aus ist. Er verkauft sogar seine Töchter an den Meistbietenden. Ich werde Mutter bitte, einmal mit Sienna zu sprechen. Wenn da etwas faul ist, dann wir sie es herausbekommen, da bin ich mir sicher."

„Tu, was du nicht lassen kannst", erklärte Oliver, „aber ich bin mir Siennas Liebe absolut sicher."

***

Am nächsten Tag trafen die Gäste ein, die der Marquess für eine Woche zur Jagd eingeladen hatte. Das Haus füllte sich zusehends und die Angestellten liefen unaufhörlich hin und her, um Gepäck auf die Zimmer zu schaffen, den Gästen ihre Schlafgemächer zuzuweisen, sie mit Erfrischungen zu versorgen.

Die Mädchen hatten sich auf der großen Terrasse versammelt und tranken Tee, schauten dem regen Treiben zu und sprachen über die geladenen Gäste. Die meisten davon waren Junggesellen von adliger Herkunft.

„Oh, nein, Jade Norton wurde ebenfalls mit ihrer Mutter eingeladen“, murmelte Sienna, als die beiden die Terrasse betraten.

Ihre Schwestern folgten ihrem Blick. „Was ist denn mit Jade?“, flüsterte Evie.

„Sie hat ein Auge auf Oliver geworfen. Es wird ihr bestimmt nicht gefallen, wenn sie erfährt, dass er jetzt verlobt ist. Sie hat sich mit Sicherheit Hoffnungen gemacht, eine Duchess zu werden.“

„Sie ist nicht besonders hübsch“, urteilte Grace.

„Aber sie hat ein freundliches Wesen und ihr Vater ist der Earl of Leeds, von Geburt an.“ Sienna hatte sich über die junge Frau informiert.

„Also anders als unser Vater an seinen Titel gekommen ist“, schlussfolgerte Poppy mit einem Grinsen auf den Lippen.

„Genauso ist es und jeder aus der feinen Gesellschaft weiß darüber Bescheid und rümpft die Nase über uns.“ Sienna betrachtete Jade Norton eingehend.

„Dann werden wir diesen feinen Pinkeln zeigen, dass wir genauso gut sind wie sie selbst.“ Grace verfügte über ein unerschütterliches Selbstbewusstsein, um das Sienna sie manchmal beneidete.

Die Countess of Saint Albans war zu ihnen getreten und stellte die beiden Neuankömmlinge vor. „Meine Damen, wie schön, Sie hier anzutreffen. Darf ich Ihnen die Countess of Leeds und ihre Tochter Jade vorstellen. Sie werden uns in dieser Woche mit ihrer Anwesenheit erfreuen.“

„Sehr erfreut, Ihnen hier zu begegnen, liebe Countess“, erklärte Sienna und sprach für ihre Schwestern.

„Jade, was für eine Freude, dass Sie auch an der Jagd teilnehmen.“

„Oh, ich jage nicht. Aber ich freue mich trotzdem, dass der Earl of Saint Albans mich eingeladen hat.“ Sie lächelte die Schwestern der Reihe nach freundlich an.

„Möchten Sie mit uns eine Tasse Tee genießen?“, lud Grace die Damen ein.

„Vielen Dank, aber ich werde das Personal überwachen müssen, ob es unsere Koffer auch auf die richtigen Zimmer verteilt. Nicht, dass ich noch die Kleider meiner Tochter tragen muss.“ Die Countess lachte.

„Dann werde ich Sie begleiten. Die jungen Damen wollen sicherlich unter sich sein.“ Charles’ Mutter lächelte gutmütig und betrat mit der Countess of Leeds das Haus, während Jade sich zu ihnen setzte.

„Ist das nicht ein herrliches Anwesen. So groß und weitläufig, mit so viel Grün. Es gibt eine Menge Wälder, wie ich auf der Reise feststellen konnte.“

Evie reichte ihr eine Tasse Tee.

„Oh, wie freundlich von Ihnen. Sie sind Evie, nicht wahr? Bitte entschuldigen Sie, wenn ich Ihre Namen nicht auf Anhieb behalte, mein Gedächtnis ist nicht das Beste. Vater meint immer, ich sollte es trainieren. Dabei ist das Gehirn doch kein Muskel.“ Sie lachte. „Bitte entschuldigen Sie, ich plappere dummes Zeug.“

„Wollen wir uns nicht duzen, liebe Jade? Wir sind doch alle im gleichen Alter“, schlug Grace vor.

„Das wäre wundervoll. Als wären wir Freundinnen. Sie müssen wissen … nein, ihr müsst wissen, dass ich nicht viele Freundinnen habe, eigentlich gar keine. Mutter will das nicht, weil ich ja auch drei Schwestern habe." Sie trank einen Schluck Tee, an dem sie sich verschluckte.

„Ich bin Sienna." Sienna nickte ihr wohlwollend zu.

„Und ich Grace und das ist unsere Schwester Poppy. Warum sind deine Schwestern nicht mitgekommen?"

„Sie sind mit Vater in Bath. Er verbringt dort immer den Sommer, um seine Kuren zu nehmen. Er leidet an Gicht und wollte nicht allein reisen, also sind meine Schwestern mit ihm abgereist. Die Einladung des Marquess kam erst, als mein Vater bereits in Bath eingetroffen war. Es ist schön, auch einmal mit Mutter allein zu verreisen." Sie schien es wirklich zu genießen.

Vermutlich hoffte ihre Mutter, dass Jade hier einen Ehemann finden würde, nachdem es in der Ballsaison nicht geklappt hatte. Sienna musste zugeben, auch wenn Jade nicht ganz so hübsch wie ihre Schwestern war, sie hatte ein freundliches Wesen und es gab keinen Grund, sie zu meiden.

Als unverhofft Oliver die Terrasse betrat, richteten sich alle Blicke auf ihn. Er war so eine imposante Erscheinung, dass man ihn unwillkürlich anstarren musste.

„Da ist ja der Duke of Rockingham. Sieht er nicht umwerfend aus?", flüsterte Jade.

„Ja, das tut er. Weißt du, dass Sienna mit ihm verlobt ist?", sagte Grace.

„Was?" Jade, die gerade einen Schluck Tee zu sich nehmen wollte, verschüttete ihn auf ihr Kleid. „Oh, wie ungeschickt von mir. Ich sollte wirklich keinen Tee im Freien trinken." Sie nahm ein Taschentuch und versuchte, den Fleck zu entfernen.

„Meine Damen, einen schönen Nachmittag. Wie ich sehe, ist Lady Jade auch eingeladen. Ich freue mich, Sie hier anzutreffen."

„Euer Gnaden. Die Freude ist ganz auf meiner Seite." Jade nickte ihm zu und ihre Wangen erröteten.

„Sienna, würdest du mich auf einen Spaziergang begleiten, meine Liebe." Oliver streckte ihr die Hand entgegen, die Sienna sofort ergriff.

„Selbstverständlich, Oliver. Ich würde mir gerne den schönen Garten ansehen. Ihr entschuldigt uns."

Gemeinsam steuerten sie die Treppe an, die in den Garten führte.

„Sie ist in dich verliebt", sagte Sienna leise, als sie außer Hörweite waren.

„Sind das nicht alle ledigen Frauen, jetzt, wo ich ein Duke bin?", fragte er und sah sie lächelnd an.

Sie nahmen den Weg zum Rosengarten, der jetzt mitten im Sommer in voller Pracht stand. Es gab Rosenarten in Hülle und Fülle. Sienna war sich sicher, dass Lady Cooper dafür verantwortlich war.

„Gefällt sie dir?", wollte Sienna wissen und blieb vor einer dunkelroten Edelrose stehen, deren Blüte sich ihr entgegenstreckte.

„Die Rose oder Lady Jade?", fragte Oliver nach.

„Du weißt genau, wovon ich spreche."

„Höre ich da eine gewisse Eifersucht in deiner Stimme? Sienna, du weißt, dass es nur eine Frau gibt, der mein Herz gehört. Lady Jade ist eine freundliche junge Frau, aber sie hat weder deine Schönheit noch deine Intelligenz. Ich liebe dich, Sienna, sonst niemanden."

Sie hätte ihn gern dafür geküsst, doch sie wusste nicht, ob man sie eventuell beobachtete, und unterließ es daher. Sie wollte nicht die Gerüchte schüren, dass sie leicht zu haben war.

Gemeinsam schlenderten sie weiter. Hinter den Rosenbeeten lag ein Labyrinth aus Buxbäumen, das sie rechts liegenließen und den Weg weiter wanderten, bis sie einen Teich erreichten. Das Gewässer reichte bis zum Waldrand und war so groß, dass man sogar mit dem Boot darauf rudern konnte. Ein Schwanenpaar zog dort ihre Runden und ließ sich von den Zuschauern nicht stören.

„Wie schön es hier ist." Sienna blickte sich neugierig um. „Schau dir diesen wunderschönen Springbrunnen an. Sieht es nicht wunderbar aus. Er gibt dem Garten so etwas Erhabenes."

„Wenn wir wollen, können wir Rockingham Hall auch zu so einem Kleinod ausbauen. Ich sehe schon unsere Kinder im Garten herumlaufen."

Sienna lachte. „Ja und dein erstgeborener Sohn fällt dann ins Wasser und wir müssen ihn herausfischen."

„Nun, mit einem Teich können wir ja warten, bis die Kinder groß genug sind." Sie machten an einer Bank halt, die am See aufgestellt war. Oliver nahm ihre Hand und küsste sie. „Wann wollen wir heiraten, Sienna? Was hältst du davon, wenn wir Charles bitten, hier auf seinem Landgut zu heiraten? Ich glaube, es wäre ihm eine Freude."

„Du meinst, wir können einfach so heiraten?"

„Ja, das können wir. Ich habe mit Fullerton gesprochen. Wir können deine Ehe annullieren lassen, da sie

weniger als einen Tag bestand. Also können wir heiraten. Zum Abschluss der Jagdgesellschaft am kommen-
den Wochenende. Bis dahin habe ich alle Dokumente
besorgt und mit dem Pastor der Gemeinde gesprochen.
Was sagst du?“

Sie blickte ihn an und nickte. „Ja, ich sage ja.“

Kapitel 26

Sandridge Hall, Juni 1816

Vor dem Abendessen fand im Salon ein Umtrunk statt, bei dem sich alle Teilnehmer der Gesellschaft kennenlernen sollten. Oliver war erfreut, dass seine Freunde Joseph und Oscar ebenfalls eingetroffen waren. Zusammen mit Michael Beaumont, dem Earl of Leicester, und Viscount Robert Holland. Oscar war in Begleitung seiner Schwester Lizzy angereist, die in diesem Jahr debütieren würde. Oliver hatte sie seit sechs Jahren nicht gesehen und aus dem Kind von damals war eine hübsche junge Frau geworden. Oscar würde alle Hände voll zu tun haben, sie vor den Männern zu beschützen. Insgesamt zählte Oliver dreizehn Personen, also musste noch jemand fehlen, denn Charles würde gewiss nicht eine ungerade Zahl an der Tafel dulden.

Am Eingang des Salons erschien Lady Cooper zusammen mit dem Pastor, der ebenfalls eingeladen war, und dem Earl of Lincoln. Albert Du Plat war ein wenig älter als Oliver und seine Freunde. Er war ein stiller Mann, der ständig in schwarz gekleidet auftrat, was gut zu seinem schwarzen Haar und den grauen Augen passte. Oliver mochte den ruhigen und belesenen Mann.

„Ich glaube, wir sind jetzt vollzählig und ich bitte alle zu Tisch. Ich habe mir erlaubt, Tischkarten aufzustellen, damit wir uns alle untereinander kennenlernen“, erklärte Charles und Oliver war klar, dass diese Idee wohl eher von Charles' Mutter herrührte.

Wie erwartet bekam Oliver Jade als Tischnachbarin, während Sienna ihren Platz neben dem Earl of Lincoln fand. So viel er wusste, kannten sich die beiden nicht, denn der Earl besuchte keine Bälle und dass er Gast in dem Etablissement ihres Vaters war, konnte er sich auch kaum vorstellen.

Charles hatte Grace zu seiner Tischnachbarin auserkoren und er fragte sich, ob sein Freund wohl Interesse an der schönen Schwester seiner Verlobten hatte. Grace hatte ebenfalls rotes Haar, aber wesentlich dunkleres als das von Sienna. Eher ein Kastanienton. Sie war zwei Jahre jünger als ihre Schwester, wirkte sehr erwachsen und hatte große graue Augen, die Charles immerzu aufmerksam musterten. Die beiden waren ein schönes Paar und so, wie Charles sie anblickte, war das Interesse gegenseitig.

„Nehmen Sie an der Jagd teil, Euer Gnaden?“, fragte Jade, während die Vorspeise gereicht wurde. Es gab eine kräftige Brühe mit Gemüseeinlage und gekochten Eiern.

„Ja, ich bin ein passionierter Jäger. Zumindest in den Sommermonaten“, erklärte er.

„Ich leider nicht. Ich reite nicht gern. Wenn ich ehrlich bin, habe ich sogar Angst vor Pferden. Das hört sich bestimmt exzentrisch an.“

Oliver lachte leise. „Nein, Jade, ganz und gar nicht. Und Sie können mich ruhig weiter Oliver nennen. Duke ist nur ein weiterer Titel."

„Das ist sehr freundlich von Ihnen, Oliver." Jade legte kurz ihre Hand auf seinen Arm, zog sie aber schnell wieder zurück, als sie Siennas Blick von der anderen Seite des Tisches bemerkte.

„Ich glaube, Viscount Holland kann der Jagd auch nichts abgewinnen. Vielleicht können Sie gemeinsam einen Ausflug ins Dorf machen", schlug Oliver vor.

„Ja, das wäre eine Möglichkeit. Vielen Dank für den Hinweis. Wer genau von den Herren ist der Viscount?", wollte sie wissen.

„Er sitzt neben Lady Cooper. Der Herr mit den blonden langen Haaren und den hellblauen Augen."

„Ach ja, ich glaube, ich habe ihn bereits auf einem Ball gesehen. Wir wurden uns aber nicht vorgestellt."

„Wenn Sie möchten, kann ich Sie später miteinander bekanntmachen", schlug Oliver vor. Er mochte Jade und erkannte, dass sie viel zu schüchtern war, um einen Mann kennenzulernen. Vielleicht konnte er ja ein wenig behilflich sein.

Ab und an ging sein Blick hinüber zu Sienna, die sich angeregt mit Michael Beaumont, dem Earl of Leicester, unterhielt. Er war ein gutaussehender Mann Ende zwanzig mit hellbraunem Haar und flaschengrünen Augen. Wann immer Oliver Siennas Blick auffing, lächelte er und sie erwiderte es. Noch hatte es sich nicht herumgesprochen, dass sie beide verlobt waren, aber er würde Charles bitten, das so schnell wie möglich nachzuholen.

Das Essen an diesem Abend war üppig. Es gab einen Spanferkelbraten, frische Forelle, Kartoffeln in unterschiedlichen Variationen, Bohnen, Speck und eine deftige Rotweinsoße. Nach dem Hauptgang wurden Käse und Obst gereicht. Kaffee und Mokka für die Damen, einen Obstschnaps für die Herren. Anschließend wollte man noch einen Drink im Salon einnehmen.

Am Nachmittag hatte Oliver mit Charles über die geplante Hochzeit gesprochen und er hatte mit Freude zugestimmt, dass sie auf seinem Landsitz stattfinden konnte.

„Charles, würdest du die Gäste über die geplante Hochzeit informieren?", bat Oliver seinen Freund, als sie zusammen in den Salon wechselten.

„Natürlich. Joseph und Oscar werden aus allen Wolken fallen, glaube mir, mir ist es ähnlich ergangen." Er grinste breit.

„Du hast den Fall ja überlebt. Dann werden es unsere Freunde auch", überlegte Oliver laut und sah sich nach Sienna um.

Sie unterhielt sich mit Lizzy und es war an der Zeit, die Schwester seines Freundes zu begrüßen.

„Lizzy! Was für eine Überraschung. Wir haben uns ja schon ewig nicht mehr gesehen. Aus dir ist ja eine richtige Dame geworden." Er sah sie bewundernd an.

„Ganze sechs Jahre hast du dich nicht mehr sehenlassen. Mama und Papa haben sich auch schon beschwert", erzählte Lizzy bereitwillig.

„Dann werde ich demnächst mal vorbeischauen. Du hast meine Verlobte, Lady Sienna, bereits kennengelernt?"

„Ja, wir haben uns gerade vorgestellt. Du bist verlobt? Na, das ist ja eine Neuigkeit. Weiß Oscar davon?" Lizzy sah zu ihrem Bruder hinüber, der in einem Gespräch mit dem Pastor und Lady Cooper verwickelt war.

„Nein, noch nicht. Aber ich denke, unser Gastgeber wird gleich die Gäste darüber informieren."

„Na, da bin ich ja mal auf die Reaktion von Oscar gespannt", erklärte Lizzy und lachte laut auf. Ihr Lachen war sympathisch und ansteckend. Man musste sie einfach gernhaben.

Sienna schenkte ihr ein strahlendes Lächeln und lachte ebenfalls, sodass sie das Augenmerk aller auf sich zogen.

„Meine lieben Gäste. Wenn ich einen Moment um Ihre Aufmerksamkeit bitten darf!" Charles schlug mit einer Gabel gegen sein Glas und der helle Ton brachte alle dazu, ihre Gespräche einzustellen und ihm zu lauschen. „Ich darf verkünden, dass ich Ihnen nicht nur das Vergnügen einer Treibjagd bieten kann, sondern wir werden auch Zeuge, wenn mein bester Freund am nächsten Samstag in den Stand der Ehe tritt."

Ein Raunen ging durch den Raum und plötzlich begann Oliver zu schwitzen. Es aus dem Mund seines Freundes zu hören, machte es so greifbar.

„Mein Freund Oliver Harvard, der vor kurzer Zeit das Erbe des Duke of Rockingham angetreten hat, hat sich mit der Duchess of Rockingham, Lady Sienna, verlobt und ich habe das Vergnügen, den beiden am Wochenende als Trauzeuge zu dienen. Mein lieber Oliver, es ist mir ein Vergnügen, dich endlich unter die Haube zu bekommen."

Lachen und Applaus brandeten auf.

„Liebe Gäste, lassen wir das Brautpaar hochleben und trinken wir auf eine wundervolle Zukunft für die beiden."

Oliver nahm Sienna in die Arme und drückte ihr einen züchtigen Kuss auf die Wange. Dann erhoben sie die Gläser und tranken mit den anderen auf ihr Wohl, während man sie drei Mal hochleben ließ.

Sienna strahlt ihn an und sie fühlte sich so gut an in seinen Armen. Ja, die Entscheidung war genau richtig. Es war der Lauf der Zeit, dass man heiratete und Kinder bekam. So funktionierte das Leben schon seit Jahrtausenden. Auch er musste sich dem geschlagen geben und würde es nicht bereuen, denn seine Wahl war auf die richtige Frau gefallen. Sienna ließ sein Herz höherschlagen und er liebte alles an ihr. Egal, was geschehen würde, er würde sie niemals gehenlassen.

Kapitel 27

Sandridge Hall, Juni 1816

Das Gebell der Meute zwei Tage später wollte gar nicht enden. Die Wildhüter hatten alle Hände voll zu tun, die Hunde in Schach zu halten. Pferde tänzelten aufgeregt auf der Stelle. Als das Horn geblasen wurde, rannten die Hunde los und die Jagdgesellschaft setzte sich langsam in Bewegung. Die Blackwell-Schwestern waren alle passionierte Reiterinnen. An der Spitze erblickte Sienna ihre Schwester Grace mit Charles, während sie sich selbst lieber am Ende einreihte. Oliver war weiter vorn, wartete aber auf sie, nachdem sie den Wald erreichten.

„Was ist los? Warum trödelst du so?", wollte er wissen.

„Mir liegt nicht so viel daran, Tiere zu töten, zumindest nur zum Spaß", gab sie zu. Sie hatte vorher nichts sagen wollen.

„Wollen wir lieber wieder umkehren?", bot er an.

„Nein, ich reite ja gerne aus, nur nicht, um auf Tiere zu schießen." Es war ihr zuwider, doch eben ein beliebter Zeitvertreib. Nur nicht für Sienna.

Oliver hielt ihre Zügel fest. „Warte. Warum hast du nicht vorher etwas gesagt?" Er musste sein Pferd im Zaum halten.

„Weil ich dir nicht die Freude nehmen wollte. Du wärst ohne mich sicherlich nicht mitgeritten."

„Du tust es also nur für mich?" Er schüttelte den Kopf. „Weißt du eigentlich, wie sehr ich dich liebe?"

Sienna nahm ihm ihre Zügel ab und gab ihrem Tier die Sporen. „Nein, aber du wirst es mir bestimmt heute Nacht zeigen", rief sie ihm lachend zu und versuchte, die anderen einzuholen.

Unterwegs wurde zu einem Picknick gebeten. Auf einer Anhöhe, die den Blick auf das Tal freigab, hatte man ein Büffet aufgebaut und das Gras mit Decken ausgelegt.

Kaum hatten sie ihre Teller gefüllt und begonnen, sich zu stärken, zogen dunkle Wolken auf. Es war erschreckend, wie schnell sich hier das Wetter ändern konnte.

„Liebe Gäste, wir sollten uns auf dem Heimweg machen und die Jagd abbrechen. Es sieht nach einem Gewitter aus", verkündete Charles und die Diener begannen, das Buffet einzupacken. Jeder wusste, mit einem Gewitter war nicht zu spaßen.

Sienna sah nach ihren Schwestern, die bereits auf den Pferden saßen.

„Sienna, beeile dich, wir sollten los." Oliver stand bereit, um ihr in den Damensattel zu helfen.

Ein Großteil der Gäste war bereits aufgebrochen, als das erste Donnergrollen zu hören war. Es begann zu stürmen.

Sienna lief zurück zum Buffet, wo sie schnell noch mit anpackte, die letzten Kisten in die Kutschen zu verstauen und die Decken zusammenzulegen.

„Sienna! Was machst du denn?“ Oliver kam auf sie zu-
gelaufen.

„Das Gewitter geht gleich los und die Leute sollten
sich in Sicherheit bringen“, rief sie ihm gegen den Wind
zu.

„Das ist sehr löblich von dir, aber du solltest dich auch
in Sicherheit bringen.“ Ohne auf ihre Antwort zu warten, hob er sie einfach hoch, brachte sie hinüber zu den
Bäumen, wo die beiden letzten Pferde warteten, und
setzte sie auf ihren Wallach. Danach stieg er selbst auf
und nahm ihre Zügel.

„Ich kann allein reiten“, rief sie wütend.

„Du kennst dich mit dem Wetter auf dem Land nicht
aus. Wir hätten schon von Minuten aufbrechen müssen.“ Oliver war richtig sauer, aber Sienna wollte sich
davon nicht beeindrucken lassen.

Sie ritt los und er folgte ihr. Urplötzlich begann es zu
regnen. Nicht in feinen Bindfäden, sondern mit großen
Tropfen, die förmlich auf dem Boden explodierten.
Dann begann es auch noch zu hageln. Sie trug nur ein
dünnes Kleid unter ihrer Reitjacke. Das Haar hatte sie
geflochten und trug einen kleinen grünen Hut, der zur
Jacke passte. Im Nu war ihre Kleidung durchnässt. Sie
nahm den Kopf runter, sodass der peitschende Regen
nicht ihr Gesicht traf.

„Hier entlang!“, rief Oliver, hielt ihr Pferd an und
führte es vom Hauptweg fort, einen schmalen Weg entlang.

„Wo wollen wir hin?“, rief Sienna.

Oliver ritt wieder schneller an, ohne ihr eine Antwort
zu geben. Sie hätte ihn auch nicht verstanden, denn ein
Blitz erhellte den Himmel und ihr Pferd erschrak und

sie musste sich fest an die Mähne klammern, damit sie nicht herunterfiel.

„Ist alles in Ordnung?“, fragte Oliver.

„Ja, aber wo willst du mit mir hin?“

„Es ist nicht weit bis zu einer Hütte der Waldhüter. Ich habe sie vorhin entdeckt“, rief er gegen das Donnergrollen an.

Bald kam die Hütte in Sicht. Die Pferde wurden langsamer, ihnen schien das Wetter weniger auszumachen, sie schienen daran gewöhnt zu sein. Es gab einen Unterstand für die Pferde und Oliver half ihr herunter, stellte sie aber erst gar nicht auf dem Boden ab, sondern trug sie direkt in die Hütte. Schnell schloss er die Tür, damit der Regen und die Kälte draußen blieben.

Auf dem kargen Holztisch stand eine Kerze, die Oliver anzündete.

„Zieh deine Jacke aus, sonst erkältest du dich.“ Er selbst legte den Canter ab und krempelte die Ärmel seines Hemdes auf. Dann entfachte er die Holzscheite, die in dem Kamin gestapelt waren.

„Bist du böse auf mich, weil ich so getrödelt habe?“, fragte Sienna sanft.

Oliver richtete sich auf und nahm sie in die Arme. „Nein, natürlich nicht. Ich finde es sogar hinreißend, dass du dich um das Personal gekümmert hast. Du wolltest ihnen helfen, damit sie nicht in Gefahr geraten. Das ist sehr löblich.“

„Ich vergesse eben nicht, woher ich komme“, sagte sie leise.

„Du zitterst ja, komm her, ich beschütze dich.“ Oliver zog sie in seine Arme, hüllte sie mit seiner Wärme ein.

„Oliver, ich muss dir etwas sagen“, erklärte Sienna und sah zu ihm auf.

„Was ist denn los, Darling? Du bist so merkwürdig. Ist es wegen der Jagd? Ich verspreche dir, dass ich nie wieder auf ein Tier schießen werde, wenn du es nicht möchtest.“ Er lächelte und strich vorsichtig über das Kinn.

„Nein, das ist es nicht.“ Vorsichtig machte sich Sienna aus seiner Umarmung frei, brachte ein wenig Abstand zwischen sie.

Oliver strich sich das feuchte Haar aus dem Gesicht. „Was ist los, Sienna?“, fragte er im ernsten Ton.

„Oliver, ich kann dich nicht heiraten“, stieß sie plötzlich hervor, hob verzweifelt die Hände vor das Gesicht und begann, leise zu weinen. Sie wusste selbst nicht, was über sie kam, doch in diesem Augenblick wurde ihr klar, dass sie es nicht übers Herz bringen konnte, Oliver zu heiraten. Natürlich liebte sie ihn, doch wenn er erfahren würde, aus welchem Grund sie ihn heiratete, dann würde alles auffliegen und er würde sie verachten. Davor hatte sie eine Heidenangst, die noch größer war als die Angst vor ihrem Vater. Das Schlimme war, sie konnte mit Oliver nicht einmal darüber reden. Sie musste das ganz allein mit sich ausmachen und das Herz wurde ihr dabei schwer.

***

Oliver wusste nicht, wie ihm geschah. Was war auf einmal geschehen, dass Sienna ihre Meinung änderte? Er hatte keine Ahnung, woher plötzlich der Wind wehte, der ihm um die Ohren sauste. So kannte er Sienna gar nicht. Sie gehörte nicht zu den Frauen, die verzweifelt waren und sich dem Schicksal ergaben.

„Sienna, bitte erkläre mir, was los ist." Sein Ton war gelassen, wenn auch angespannt.

Endlich nahm sie die Hände von ihrem Gesicht und sah ihn an. Tränen schimmerten in ihren Augen und sie schüttelte den Kopf. „Ich kann es dir nicht erklären, Oliver. Aber du darfst mich nicht heiraten."

„Was ich darf und nicht, das überlasse bitte mir. Ich sehe keinen Grund, warum ich dich nicht heiraten sollte."

Sie hob die schmalen Schultern. „Ich bin nicht gut für dich. Du weißt, wie mein Vater an seinen Titel gekommen ist. Man kann sich verstellen, man kann sein wahres Ich verbergen, aber woher man kommt, fällt einem irgendwann vor die Füße. Du solltest dich nach einer Frau umsehen, die deinem Stand entspricht." Ihre Stimme und ihr Blick waren voller Stolz.

„Das ist doch Unsinn. Ich liebe dich und ich bin mir sicher, dass du mich auch liebst. In dieser Zeit kommt es nicht oft vor, dass Ehen auf dieser Grundlage gegründet werden. Ich wüsste nicht, warum wir nicht heiraten sollten, außer ich irre mich und du liebst mich doch nicht, trotz deiner Beteuerungen."

„Doch ich liebe dich und genau aus diesem Grund werde ich dich nicht heiraten können. Es ist schwer zu verstehen und das tut mir leid", sagte Sienna mit fester Stimme Sienna.

Alles konnte Oliver ertragen, doch Mitleid war etwas, das Wut in ihm erzeugte. „Ich verstehe das nicht. Du liebst mich, willst mich aber nicht heiraten?", rief er aufgebracht. „Das ist ein Widerspruch in sich. Das musst du mir erklären und ich werde es nur zulassen, wenn ich es auch verstehe. Das hier ist kein Spiel zwischen uns, das musst du doch verstehen."

„Ich werde nicht mit dir streiten, Oliver. Du kannst mich nicht zwingen", begehrte sie auf.

Oliver reichte es und trat einen Schritt auf sie zu. Er wollte keinen Streit heraufbeschwören. „Ich werde mich nicht zum Narren halten lassen", stieß er hervor und griff nach ihrer Hand, zog sie an sich. Dann presste er seinen Mund auf ihren, zwang sie so, endlich still zu sein. Er wollte kein weiteres Wort hören. Er wollte nicht hören, dass sie ihn nicht heiraten wollte, jetzt, wo er sich endlich durchgerungen hatte, vor den Traualtar zu treten. Warum tat sie das? Waren ihre Gefühle doch nicht echt? Nein, das konnte er sich einfach nicht vorstellen. Er wusste, dass Sienna ihn liebte. Er spürte es immer wieder, wenn sie das Bett teilten. In jedem Kuss, den sie tauschten, erkannte er ihre Liebe.

Doch er hatte nicht mit Siennas Gegenwehr gerechnet. Sie befreite sich aus seinem Griff und lief zur Tür. „Du wirst mir eines Tages dankbar dafür sein." Dann war sie auch schon fort.

Oliver stand wie erstarrt auf der Stelle und konnte sich nicht rühren. Er hörte, dass ein Pferd mit schnellem Galopp davonritt, dabei regnete es mittlerweile Bindfäden, aber das Gewitter war weitergezogen. Zumindest das draußen am Himmel. Das in seinem Herzen tobte weiter und schleuderte Blitze, die seinen Körper erschaudern ließen.

Kapitel 28

Sandridge Hall, Juni 1816

Sienna kam vollkommen durchnässt auf dem Landgut an, drückte dem Stallknecht die Zügel in die Hand und lief auf ihr Zimmer. Sie musste sich schnellstens umziehen, damit sie sich nicht erkältete, und streifte ihre Kleider ab.

Hetty betrat den Raum, nahm das feuchte Gewand an sich und besorgte ihr ein frisches Kleid. „Was ist geschehen, Sienna?"

Diese Frau las in Siennas Gesicht wie in einem Buch. Sie konnte ihr nichts verheimlichen. „Ich kann den Duke nicht heiraten. Ich will ihn nicht in eine Falle locken", erklärte sie knapp.

„Von was für einer Falle sprichst du? Ich dachte bisher, du hättest dich verliebt." Hetty hing das Kleid zum Trocknen auf.

„Ja, das habe ich auch und genau aus diesem Grund werde ich ihn nicht in eine Ehe drängen, die sich für ihn zum Nachteil herausstellen wird."

Hetty schüttelte den Kopf, weil sie wohl immer noch nicht verstand.

„Ich habe mit meinem Vater ein Abkommen getroffen", gab Sienna zu.

„Allein die Erwähnung deines Vaters deutet nichts Gutes an", murmelte Hetty.

Mit knappen Worten erzählte Sienna von der Vereinbarung, Geld zu besorgen, um damit ihre Schwestern freizukaufen.

„Ach, Kindchen, wie konntest du dich auf diesen Deal einlassen?"

„Ich weiß auch nicht, ich habe einfach keinen Ausweg gewusst."

„Und was, wenn du den Duke einweihst?", fragte Hetty.

Entschlossen schüttelte Sienna den Kopf. „Nein, das kann ich nicht tun. Er würde mir nicht glauben und mich verachten. Aber das will ich nicht. Ich will ihn beschützen." In ihren Augen sammelten sich erneut Tränen.

„Eigentlich ist es die Sache des Dukes, dich zu beschützen", murmelte Hetty und zog ihre Karten aus der Schürze hervor. „Komm her, wir wollen sehen, was die Karte sagen." Sie ließ sich auf einem Stuhl nieder, der an dem Tisch vor dem Fenster stand.

Sienna hatte ihr frisches Kleid übergestreift und setzte sich zu ihr.

„Zieh eine Karte."

Es dauerte einen Augenblick, bis sich Sienna für eine Karte entschied, denn es kam ihr so vor, als würde dieses Blatt über ihr Glück entscheiden. Sie nahm eine aus der Mitte und drehte sie um.

„Das Rad des Schicksals", murmelte Hetty. „Zieh bitte noch zwei weitere Karten."

Sienna tat es und blickte ihre Zofe gebannt an, als die drei Karten offen auf dem Tisch lagen.

„Also, das Rad des Schicksals steht für Veränderung, es wird auch das Glücksrad genannt, der Turm deutet eine Befreiung an und die Hohepriesterin, nun, du weißt, was diese Karte vorhersagt.“

„Ein Kind.“ Sienna nickte. „Glaubst du wirklich, dass ich bereits in anderen Umständen bin?“

Hetty hob die Schultern. „Das kann ich dir nicht beantworten. Aber die Karten sagen es voraus. Du weißt, sie behalten recht. Du musst den Duke heiraten, wenn du nicht willst, dass du ganz allein ein Kind großziehen musst.“

Sienna nickte. Ohne Ehemann und Geld wäre es kaum möglich. Sie würde trotz ihres Titels vermutlich in einem Armenhaus enden und dann könnte sie sich auf keinen Fall um ihre Schwestern kümmern.

Ein Klopfen an der Tür unterbrach sie. Hetty sammelte die Karten schnell ein und ließ sie unter ihrer Schürze verschwinden, erhob sich und öffnete die Tür.

„Ist Sienna schon angekommen?“ Es war Grace, die vom Türrahmen aus neugierig in das Zimmer spähte.

„Natürlich bin hier. Komm herein, Grace. Hetty, vielen Dank und bitte lass uns jetzt allein.“

Grace betrat den Raum, setzte sich auf das Bett und sah ihre Schwester erwartungsvoll an. „Komm her zu mir, Schwester. Dir geht es nicht gut, das sehe ich dir an.“

Sienna nickte und legte sich zu ihr auf das Bett. „Ich habe gerade Oliver vermutlich das Herz gebrochen.“

„Aber warum?“, wollte Grace wissen und drehte sich ihr zu.

„Ich habe ihm gesagt, dass ich ihn nicht heiraten werde, dabei will ich nichts lieber als das.“

Grace strich ihr eine rote Haarsträhne aus dem Gesicht. „Ich kann dich sehr gut verstehen, Sienna." Sie seufzte tief.

„Warum? Bist du auch verliebt?", platzte es aus Sienna heraus. Sie war so darauf fixiert gewesen, Oliver für sich zu gewinnen, dass sie überhaupt nicht auf ihre Schwestern geachtet hatte.

Grace schwieg zunächst und Sienna wollte ihr etwas Zeit geben, um ihre Gedanken zu ordnen.

„Ja, ich habe mich verliebt", flüsterte sie und blickte zur Decke. „Aber ich bin nicht die Richtige."

„Wie meinst du das? Ist er in eine andere verliebt?"

Grace hob die Schultern. „Ich weiß es nicht, aber seine Mutter hat mir klargemacht, dass er nur eine Frau von edler Herkunft heiraten wird."

Seine Mutter. Dann konnte es sich nur um ihren Gastgeber, dem Marquess of Saint Albans, handeln. „Und du glaubst, dass Charles den Worten seiner Mutter folgen wird?"

„Ich gehe davon aus. Sienna, wir dürfen uns nichts vormachen. Unser Vater ist durch einen miesen Trick an seinen Titel gekommen und das ist der feinen Gesellschaft bekannt. Wir sind in einem Bordell aufgewachsen. Auch wenn man es uns nicht ins Gesicht sagt, so lässt man es uns doch merken, dass wir nur geduldet sind. Ein Spielzeug für die feinen Herren. Man will mit uns tanzen, uns küssen, aber heiraten wird man uns nicht. Es wäre naiv, etwas anderes zu erwarten. Für uns bleiben die alten Kerle übrig, die zwar einen Titel führen, aber nur nach einer Frau Ausschau halten, um in letzter Minute noch einen Erben zu zeugen."

Sienna blickte ihre Schwester an, der eine einzelne Träne die Wange hinunter rann.

„Ach, Grace, so schwarz darfst du es nicht sehen. Natürlich gibt es auch Männer, die uns heiraten wollen. Schau dir Oliver an. Er ist ein junger, gutaussehender Mann."

„Aber du willst ihn nicht heiraten. Eine Heirat mit ihm hätte uns gut zu Gesicht gestanden, doch wenn daraus auch nichts wird, sehe ich wirklich schwarz. Was soll nur aus uns werden? Ich habe keine Lust, einen Mann jenseits der Siebzig zu heiraten oder als Mauerblümchen zu enden, weil meine Herkunft nicht gut genug ist." Sie schluchzte auf und weinte bitterlich.

„Oh, Grace, bitte weine nicht. Es wird sich alles fügen, da bin ich mir sicher. Es wird einen Weg geben." Sienna zog ihre Schwester in die Arme, um sie zu trösten, doch es wollte ihr nicht so recht gelingen.

„Mein Herz tut so weh, wenn ich Charles mit einer anderen Frau sehe, weil ich Angst bekomme, er könnte sich verlieben und ihr einen Antrag machen. Was soll ich denn nur tun?"

Sienna strich über das kastanienrote Haar ihrer Schwester und wiegte sie hin und her. „Es wird alles gut werden, mein Liebes. Du wirst deinen Marquess bekommen, dafür werde ich sorgen."

Gefangen zwischen ihrem Gewissen und der Liebe zu ihrer Schwester musste Sienna sich entscheiden, was ihr wichtiger war. Doch die Entscheidung fiel nicht schwer. Blut war eben doch dicker als Wasser.

Kapitel 29

Sandridge Hall, Juni 1816

Zur Entschädigung, dass die Jagd ins Wasser gefallen war, gab es am Abend ein Buffet mit Musikbegleitung und Tanz. Der kleine Ballsaal war extra dafür hergerichtet worden.

„Wie sieht denn dann der große Ballsaal aus?", flüsterte Grace Sienna zu, als sie den Raum betraten. Sie wäre lieber auf ihrem Zimmer geblieben und hätte sich versteckt, weil sie sich so schämte, doch ihre Schwestern hatten sie gedrängt mitzukommen.

Große goldene Kerzenlüster hingen von der Decke und durch die riesigen Spiegel an den Wänden schien der Saal hell erleuchtet. Die Türen, die in den Garten führten, waren weit geöffnet, sodass eine frische Brise in den Raum wehte. Das Gewitter hatte die Luft abgekühlt und es roch nach Sommer.

„Schaut euch das wunderbare Buffet an", rief die Countess of Leeds freudig und klatschte in die Hände.

„Darf ich Ihnen und Ihrer Tochter einen Teller zusammenstellen?", bot Charles an, der mit seiner Mutter den Saal betrat.

Sofort versteifte sich Grace, als sie Charles erblickte.

„Ganz ruhig." Sienna nahm die Hand ihrer Schwester, drückte sie fest.

„Vielen Dank, Mylord. Ich habe noch keinen Hunger, aber vielleicht wollen Sie meine Tochter zum Buffet begleiten.“ Die Countess of Leeds schob Jade in Richtung des jungen Lords, der lächelnd ihren Arm nahm. Die Countess traute ihrer Tochter dann doch nicht und folgte den beiden im gebührenden Abstand.

„Da ist wohl jemand auf der Suche nach einer guten Partie“, sagte Sienna laut.

Lady Eve lachte auf. „Ja, es ist bekannt, dass die Countess ihre Töchter unter die Haube bringen will.“

„Und ist Ihr Sohn interessiert?“, fragte Sienna ganz ungeniert. Grace drückte ihre Hand, weil es ihr vermutlich peinlich war.

„Wissen Sie, Eure Gnaden, mein Sohn will unbedingt eine standesgemäße Frau heiraten, aber ich denke nicht, dass er jemanden zur Frau nehmen wird, in die er nicht verliebt ist. Er wünscht sich eine Liebesheirat, so wie bei Ihnen und Oliver. Sie lieben ihn doch oder?“

Sofort nickte Sienna. „Natürlich liebe ich ihn. Warum sonst sollte ich heiraten wollen?“

Lady Eve nickte zustimmend. „Genau das habe ich meinem Sohn auch gesagt.“

„Das ist sehr schön zu hören.“

Sienna wandte sich um und sah Oliver hinter sich stehen. Er hatte ihre letzten Worte gehört, so wie er sie ansah. „Darf ich um diesen Tanz bitten, Darling?“, fragte er und hielt ihr seinen Arm entgegen.

Im ersten Augenblick wollte Sienna flüchten, doch das konnte sie jetzt nicht mehr und es hätte auch keinen Sinn. „Selbstverständlich.“

Ein Sextett spielte auf und Oliver führte sie auf die Tanzfläche. Der weiße Marmor war blank geputzt und spiegelte sich im Kerzenschein. Zwei weitere Paar drehten sich zu den Walzerklängen und Oliver nahm sie in den Arm, führte sie gekonnt über das Parkett.

„Kann ich davon ausgehen, dass du deine Meinung geändert hast, was unsere Hochzeit betrifft?", fragte er und sah auf sie hinunter.

Ergeben nickte Sienna. „Ja, das habe ich. Mir ist klargeworden, dass ich mich selbst belüge." Sie schaute zu ihm auf, sah in seine braunen Augen, die sie so sehr faszinierten.

„Sienna, ich will dich zu nichts zwingen, das weißt du?"

„Ja, Oliver. Ich weiß es und es ändert nichts daran, dass ich deine Frau werde."

Er verstärkte seinen Griff. „Du machst mich zu einem sehr glücklichen Mann, Sienna. Sehr glücklich."

Sie lächelte ihn an und versuchte, nicht aus dem Takt zu geraten.

***

Am nächsten Tag fuhren die Ladys ins Dorf und sahen sich in den Läden um. Lady Eve kaufte Bänder und aß mit ihnen Petit Four in der kleinen Confiserie. Es war ein vergnüglicher Ausflug, den Sienna wesentlich mehr genoss als eine Jagd. Auf der Rückfahrt ergab es sich, dass Sienna mit Lady Eve allein in einer Kutsche saß. Vermutlich hatte sie es so eingerichtet.

Das Wetter war wieder schön, nichts deutete mehr auf den Wolkenbruch am Vortag hin und die Damen hatten die Sonnenschirme aufgespannt.

„Sie werden also den Duke of Rockingham heiraten. Zum zweiten Mal“, sagte Lady Eve und lächelte. „Das ist wirklich eine Fügung der Vorsehung.“

„Ja, Lady Eve, das ist wirklich eine Laune des Schicksals.“

Die ältere Frau mustere sie eingehend.

„Sie halten mich für die falsche Frau?“, fragte Sienna, weil sie die Stille nicht weiter ertrug.

„Nun, so würde ich es nicht ausdrücken. Es ist Oliver anzusehen, wie sehr er in Sie verliebt ist. Sie müssen wissen, mein Sohn und er sind seit vielen Jahren befreundet. Sie waren gemeinsam im Krieg und kennen sich sehr gut.“

„Ich liebe Oliver“, sagte Sienna voller Überzeugung.

„Das glaube ich Ihnen sogar, Euer Gnaden.“

„Bitte, sagen Sie doch Sienna. Sie wissen, dass mir nicht so viel an dem Titel gelegen ist. Mein Vater hatte diese Heirat arrangiert. Ich habe Follett nicht der Liebe wegen geheiratet.“

Langsam nickte Lady Eve. „Es ist nicht so unüblich, dass Ehen arrangiert werden. Wenn Sie mich fragen, hatten Sie Glück, dass Ihre Ehe nicht lange währte. Ihr verstorbener Mann hatte keinen guten Ruf, was den Umgang mit seinen Frauen betraf. Es ist kein Wunder, dass er keinen Erben aufweisen konnte.“

„Ich kannte ihn nicht gut genug, um dazu etwas zu sagen. Ich bin froh, dass mir das Schicksal eine zweite Chance bietet.“

„So sehe ich das auch, Lady Sienna. Aber ist es dann nicht umso wichtiger, dass man seinem Herzen folgt?“

„Sie glauben, ich tue es nicht?“

„Ich weiß es nicht genau, mein Kind. Ich halte Sie für eine intelligente und schöne Frau. Aber etwas in Ihrem Blick sagt mir, dass ihr Herz nicht ganz frei ist. Und ich frage mich, was es wohl sein mag, dass Sie diese Maske tragen lässt. Ich glaube nicht, dass die Liebe zu Oliver gespielt ist. Es muss etwas anderes sein und dann frage ich mich natürlich, wie weit dieses Etwas reichen mag. Betrifft es auch Ihre Schwestern? Ich frage deshalb, weil mein Sohn Gefühle für eine ihrer Schwestern hegt. Ich habe nur diesen einen Sohn und Sie können sich denken, dass ich mir als Mutter Sorgen mache.“

Sienna schluckte schwer. „Lady Eve, Sie können mir glauben, alle meine Schwestern sind reinen Herzens. Sie wissen, wie wir aufgewachsen sind, und es gibt Gerüchte. Mein Vater mag ein rauer Mann sein, aber ich tue alles, damit meine Schwester diesen Ruf hinter sich lassen können. Man kann sich nicht aussuchen, in welche Familie man hineingeboren wird. Doch man kann entscheiden, was man daraus macht. Nehmen Sie es meinen Schwestern nicht krumm, dass sie etwas in ihrem Leben erreichen wollen und wenn es nur die Ehefrau eines adligen Mannes ist. Welches Mädchen träumt nicht davon? Sind sie deshalb schlechter als eine Lizzy Bedford oder Jade Norton?“

Lady Eve legte ihre Hand auf Siennas Arm. „Sie sind eine sehr kluge Frau, Lady Sienna, und haben natürlich recht. Immerhin sind ihre Schwestern die Schwestern einer Duchess. Das zählt eine ganze Menge.“ Sie lächelte gutmütig und Sienna hatte das Gefühl, als würde die Machioness sie ein wenig mögen.

Kapitel 30

Sandridge Hall, Juni 1816

Die Damen waren von ihrem Tagesausflug so müde, dass sie sich nach dem Abendessen schnell auf ihre Zimmer zurückzogen.

Charles lud die Männer auf ein Glas Portwein ins Raucherzimmer ein. Da sie am nächsten Mittag erneut auf die Jagd gehen wollten, verabschiedeten sich die Gäste ebenfalls früh, sodass nur noch Oliver übrigblieb.

„Hast du Lust auf eine Partie Billard?", fragte Charles und nahm zwei Queue aus dem Ständer.

„Ich dachte schon, du fragst mich nie. Ich habe Lust, dich mal wieder richtig zu schlagen."

Charles lachte auf. „Das werden wir noch sehen. Ich habe in den letzten Wochen viel geübt. Wusstest du, dass Grace Billard spielen kann?"

Oliver schüttelte den Kopf. „Nein, aber es wundert mich nicht."

„Warum? Weil sie in einem Bordell aufgewachsen ist?" Charles' Frage klang gereizt.

„So habe ich das nicht gemeint. Sie ist eine sportliche und engagierte junge Frau. Ich kann diesen Hinweis auf das Bordell einfach nicht mehr hören. Die Schwestern haben dort weder gearbeitet noch angeschafft. Sie sind wesentlich züchtiger erzogen worden, als Viele glauben.“

„Du meinst so wie Sienna?“ Charles setzte zum ersten Stoß an.

„Nun, nicht ganz so wie Sienna. Sienna ist eben ... Sienna. Wild, ungestüm, freiheitsliebend, aber auch verantwortungsbewusst. Aber du weißt, dass ich Sienna liebe. Doch was ist das zwischen dir und Grace? Du hast ihr eine Menge Aufmerksamkeit geschenkt und plötzlich lässt du sie links liegen. Warum?“ Nun war Oliver an der Reihe, einen Stoß anzugeben. Die Kugeln flogen nur so über den Tisch.

„Das stimmt doch gar nicht. Ich habe nur eine Menge Gäste, um die ich mich kümmern muss.“ Er legte zum nächsten Stoß an, doch Oliver hielt den Queue fest.

„Das ist Quatsch und das weißt du, Charles. Was ist los?“ Oliver blickte seinen Freund ernst an. Er wusste, Oliver würde nicht aufgeben, bis er die Wahrheit sagte.

Leise seufzte er. „Meine Mutter. Sie ist der Meinung, dass eine Frau, die in einem ... nun, du weißt schon, aufgewachsen ist, nicht die richtige Ehefrau für mich sein kann“, erklärte er mit leisen Worten.

„Wie bitte? Du kennst diese Mädchen. Findest du, dass man ihnen das ansieht? Steht es ihnen auf der Stirn geschrieben? Das ist doch Blödsinn.“

„Ja, ich weiß, dass es Blödsinn ist, aber sie ist meine Mutter und ich bin es ihr schuldig, auf ihr Wort zu hören. Ich will verhindern, dass ich mich zwischen meiner Frau und meiner Mutter entscheiden muss.“ Er führte den Stoß aus und verfehlte die Kugel. „Verdammt.“

Oliver stellte seinen Queue zur Seite, lehnte sich gegen die Tischplatte und verschränkte die Arme vor der Brust. „Du solltest auf dein Herz hören und nicht auf dein Gewissen, wenn du glücklich werden willst.“

„Aber, was wird die Gesellschaft denken, wenn ich Grace um ihre Hand bitte?“ Er schüttelte den Kopf. „Nein, ich kann das nicht tun. Ich bin nicht so mutig, wie du es bist.“

Oliver traute seinen Ohren nicht. „Dann wirst du auch Sienna nicht als meine Frau akzeptieren?“, fragte er misstrauisch. Hier stand mehr auf dem Spiel, als Oliver zu Anfang vermutet hatte.

„Doch, natürlich. Sie ist schließlich deine Frau.“ Charles sah ihn entschuldigend an. „Es ist der Vater der Mädchen, der die Gesellschaft spaltet.“

„Ja, es liegt daran, dass der ton ihn als eine Kuriosität ansieht. Wie wäre es, wenn du ihn zu unserer Hochzeit übermorgen einlädst. Schicke einen Boten, er wird sich bestimmt darüber freuen. Irgendwann wird ihn die Gesellschaft akzeptieren, vielleicht nicht mögen, aber zumindest dulden.“

***

Sienna war wahnsinnig aufgeregt, als sie am Freitagmorgen die Augen öffnete. Heute war der Tag, an dem sie Oliver heiraten würde. Die Hochzeit war für den späten Nachmittag geplant. Im Garten war ein Blumentorbogen aufgebaut. Es war ein sonniger Tag und sie hoffte, dass das Wetter bis zum Abend halten würde.

Ein leichter Wind wehte und trieb Kumulus-Wolken am Himmel vor sich her.

Sie ließ das Frühstück ausfallen, weil ihr schon übel genug war. Ihre Schwestern hatten versprochen, ihr ab dem Nachmittag beim Ankleiden zu helfen.

Es klopfte an der Tür und Hetty betrat mit einem Tablett das Zimmer. „Du musst etwas essen, Sienna. Sonst wirst du noch ohnmächtig während der Zeremonie." Sie hatte etwas Toast mit Butter bestrichen, ein gekochtes Ei und Tee zusammengestellt.

„Du bist ein Schatz, Hetty." Sie küsste ihre Zofe auf die Wange.

„Schon gut, mein Kind. Du wirst also heute den Duke heiraten?"

Sienna nickte. „Ja, ich muss es tun. Es gibt keinen anderen Weg. Lass uns bitte nicht mehr darüber sprechen. Meine Entscheidung steht fest."

„Gut, dann werde ich dir nach dem Frühstück helfen, dich anzuziehen. Du kannst ja nicht bis zur Hochzeit im Nachtgewand herumlaufen. Wir brauchen dich unten, weil du deine Blumen für den Brautstrauß aussuchen sollst. Lady Eve hat mich darum gebeten, es dir auszurichten."

Sienna beeilte sich mit dem Frühstück, sie konnte ohnehin nur wenig essen. Dann folgte die Morgentoilette und sie zog sich mit Hettys Hilfe schnell an.

„Lady Sienna! Guten Morgen! Kommen Sie mit in den Rosengarten", begrüßte Lady Eve sie. „Ich möchte Ihnen von meinen Rosen einen Brautstrauß zusammenstellen. Was sind ihre Lieblingsfarben?"

„Ich denke rosa und weiß würden gut zum Kleid passen", überlegte Sienna laut.

„Bitte gehen Sie schon mal vor, ich lasse uns eine Rosenschere bringen und komme sofort nach.“

Sienna betrat die Terrasse, wo einige der Gäste noch beim Frühstück saßen.

„Guten Morgen, Lady Sienna! Was für ein wundervoller Tag für Ihre Hochzeit!“, rief Lady Jade und winkte ihr zu.

Sienna winkte zurück und lief weiter in den Rosengarten hinein, als sie eine Gestalt entdeckte, die ihr merkwürdig bekannt vorkam. Als er sich umdrehte, stockte ihr der Atem.

„Vater? Was tust du hier?“ Sie konnte es nicht fassen, dass er sich auf dem Landgut aufhielt. „Wie kommst du hierher?“

„Ich wurde eingeladen. Der Marquess of Saint Albans hat mir persönlich eine Einladung per Boten geschickt, wo doch meine Tochter heiratet. Er wollte bestimmt, dass deine Familie anwesend ist.“ Er kam langsam auf sie zu. „Willst du deinen Vater gar nicht begrüßen?“

„Meine Familie ist bereits anwesend und das sind meine Schwestern. Guten Tag, Vater.“ Sie blieb vor ihm stehen, ohne ihn zu berühren.

Er nahm ihren Arm und zog sie vom Weg, in Richtung des Irrgartens. Hier konnte man sie von der Terrasse aus nicht beobachten.

„Du hast es also geschafft, dass der Duke sich in dich verliebt und dich heiraten will. Das hast du sehr gut gemacht, Mädchen.“ Er sprach leise und zupfte an seinen Aufschlägen.

Er war für diesen Anlass gut gekleidet. Trug eine burgunderfarbene Jacke, darunter eine edle Weste mit goldfarbenen Ornamenten. Er hatte sogar auf seine

Reitstiefel verzichtet und trug stattdessen ein paar schwarze Schuhe mit goldenen Schnallen zu einer ebenfalls dunklen Hose.

„Bist du allein gekommen oder hast die Ernestine mitgebracht?"

„Warum sollte Ernestine mitkommen? Sie ist nicht deine Mutter", sagte er grob.

„Sie ist aber das, was einer Mutter am nächsten kommt. Ich hätte mich gefreut, wenn du mit ihr zusammen erschienen wärst."

„Ernestine ist die Tochter eines Messerwerfers. Du glaubst, sie gehört hierher?"

Sienna schüttelte ungläubig den Kopf. „Ich bin die Tochter eines Bordellbesitzers, glaubst du, dass ich hierhergehöre?" Sie sah ihn voller Verachtung an.

„Du wirst diesen Duke heiraten und mir so schnell wie möglich das Geld besorgen. Die Zeit wird knapp, hast du mich verstanden?"

Sienna wollte auf dem Absatz kehrtmachen, doch ihr Vater griff nach ihrem Handgelenk.

„Denk an unsere Abmachung. Wirst du mir das Geld besorgen? Er wird Bargeld in seinem Tresor haben, Goldstücke. Du brauchst nur die Kombination herausfinden. Das dürfte für dich eine Kleinigkeit sein. Verliebte Trottel werden unvorsichtig. Immerhin bist du dann seine Frau." Blackwell lachte auf und blickte auf ihre Hand. „Den Ring kannst du als Erstes versetzen. Ich werde mich jetzt mal unter die Gäste mischen."

Er ließ sie los und ging an Sienna vorbei, die erst jetzt wieder atmen konnte. Sie ging in Richtung des Rosengartens, als sie hinter sich ein Geräusch vernahm. Sie erwartete Lady Eve und konnte nur hoffen, dass sie nichts von dem Gespräch mitbekommen hatte.

Sie wandte sich um und erstarrte. Anstelle von Lady Eve stand dort eine andere Person. Sie kam nicht den Kiesweg entlang, sondern aus dem Irrgarten.

„Oliver", sagte sie leise.

Er war weiß wie die Wand, die Frage, ob er das Gespräch mit ihrem Vater mitbekommen hatte, erübrigte sich somit.

„Ich sollte dir die Schere bringen", sagte er tonlos.

Sie nickte. „Ja, für den Brautstrauß, doch ich denke, das hat sich wohl jetzt erledigt." Ihre Worte waren kaum zu vernehmen, in ihren Ohren hörte es sich jedoch an, als würde sie schreien.

Oliver stand steif da, sagte keinen Ton. Er blinzelte nicht einmal.

„Es tut mir leid. Jetzt kennst du den Grund, warum ich nicht heiraten wollte. Nicht, weil ich dich nicht liebe, sondern weil ich dir das nicht antun wollte. Denk nicht schlecht von mir, ich hatte keine andere Wahl." Sienna trat auf ihn zu und sie rechnete es ihm hoch an, dass er nicht vor ihr zurückwich.

Sie zog den Ring von ihrer Hand und reichte ihm Oliver. „Er gehört dir, ich habe ihn mit Stolz getragen. Ihn zu behalten, wäre unrecht. Lebe wohl, Oliver." Als Oliver keine Anstalten machte, den Ring entgegenzunehmen, steckte sie ihm das Schmuckstück in die Gehrocktasche und lief mit schnellen Schritten davon. Sie hörte auch nicht auf zu rennen, als sie die Terrasse erreichte und alle Gäste ihr verwundert hinterher blickten.

Kapitel 31

London, Oktober 1816

John Blackwell sah seine Tochter wütend an. „Du wirst uns auf diese Soiree begleiten. Mir ist egal, ob du wetterfühlig bist. Trink einen Schluck Gin, dann geht es dir wieder besser. Du wirst mich und deine Schwestern begleiten. Du brauchst genauso einen Mann wie die anderen auch."

Dagegen kam Sienna nicht an. Es war egal, ob ihr speiübel war oder nicht. Sie durfte ihren Vater nicht aus den Augen lassen. Nicht wenn er sich erneut in den Kopf gesetzt hatte, Ehemänner für ihre Schwestern zu suchen. Jetzt, wo die feine Gesellschaft sich wieder in London eingefunden hatte.

Die Einladungen kamen nur spärlich ins Haus, daher nutzte Blackwell diese Gelegenheit, um sich in den adligen Kreisen zu bewegen. Er ließ keine Chance aus, nach einem potenziellen Ehegatten Ausschau zu halten.

Nachdem Sienna im Sommer wortlos abgereist war, hatte sie sich wochenlang in ihrem Zimmer im Haus ihres Vaters eingeschlossen. Allein Hetty hatte sie erlaubt, ihr Zimmer zu betreten. Selbst ihre Schwestern wollte sie nicht sehen. Zu Anfang hatte sie auf eine Nachricht von Oliver gehofft. Doch als ihr klar war, dass keine kommen würde, begriff sie, wie sehr sie ihn verletzt haben musste. Sie hatte es in seinem Gesicht gelesen. Sie allein trug die Schuld an allem. Sie hätte Oliver von Anfang an die Wahrheit sagen müssen, doch sie war zu feige gewesen. Nein, sie war nicht mutig, sie war keine starke Frau. Sie war ängstlich und schwach. Nur hatte sie das nie wahrhaben wollen. Nicht einmal Ernestine konnte sie beruhigen. Zumindest war sie intelligent genug zu erkennen, wenn man verloren hatte.

Und nun das hier. Sie sollte sich auf einer Soiree sehenlassen und wie ein Pferd zur Schau stellen, das einen neuen Besitzer suchte. Ihr wurde übel.

„Gut, Vater, ich werde pünktlich fertig sein", erklärte sie, rannte aus dem Arbeitszimmer ihres Vaters, hinauf in ihr Schlafgemach und übergab sich in der Waschschüssel.

„Hier, mein Kind, wisch dir den Mund ab und trink etwas Ginger Ale, das wird dir helfen."

„Wobei soll es helfen?", fragte Sienna.

„Es hilft den Schwangeren bei der Morgenübelkeit", erklärte Hetty ungezwungen.

Sofort wollte Sienna abstreiten, dass sie in anderen Umständen war, doch dann wurde ihr klar, dass sie Hetty nichts vormachen konnte.

„Wie lange ist deine Blutung schon ausgeblieben?"

„Drei Mal", antwortete Sienna resigniert.

„Gut, dann haben wir noch ein wenig Zeit, bis es zu sehen ist. In dieser Zeit wirst du einen Mann finden müssen."

Sienna lachte hart auf und schüttelte den Kopf. „O nein, das werde ich ganz bestimmt nicht." Sie ließ sich auf ihrem Bett nieder.

„Kind, du hast keine andere Möglichkeit. Du musst einen Mann finden. Wenn man sieht, dass du in anderen Umständen bist, wird dich niemand mehr heiraten wollen."

Sienna hob die Schultern. „Dann ist das eben so. Mein Leben ist ohnehin verwirkt. Ich will keinen Mann. Aber ich werde ein Kind von Oliver bekommen. Auch, wenn er es nie erfahren wird, ich werde etwas haben, das mich immer an meine Liebe erinnern wird und wie glücklich ich für einen kurzen Moment war."

„Du solltest die Hoffnung nicht aufgeben, Sienna. Noch ist nichts verloren."

Resigniert schüttelte sie den Kopf. „Manchmal kann man sich noch so bemühen und kommt nicht von der Stelle. Wenn man in der Gosse geboren wird, bleibt man dort, auch wenn man sich eine schöne Feder ins Haar steckt." Sie hatte jede Hoffnung aufgegeben.

***

Ihr Abendkleid spannte um die schlanken Hüften, was anderen wohl nicht ins Auge fiel, Sienna aber spürte es und fühlte sich nicht besonders wohl. Sie hatte sich für ein flaschengrünes Kleid entschieden, das gut zu ihren Augen und dem feuerroten Haar passte. Oliver hatte es ihr gekauft und sie liebte es besonders.

Poppy war an einer Grippe erkrankt und musste das Bett hüten. Evie sollte zu Hause bleiben, sodass Sienna mit Grace und ihrem Vater in einer Kutsche fuhr. Die Countess of Leeds hatte zu einem Musikabend eingeladen und Sienna wunderte sich, warum ihr Vater eine Einladung erhalten hatte und dazu noch mit seinen Töchtern. Jade war so offensichtlich in Oliver verliebt gewesen, dass Sienna eine große Konkurrenz darstellte. Die einzige Erklärung war, dass Oliver sich für Jade entschieden und um ihre Hand angehalten hatte. Es wäre vermutlich eine Genugtuung für die Countess, Sienna so zu demütigen. Aber sie würde es ertragen. Denn es gab etwas, was sie von Oliver hatte, das ihr niemand nehmen konnte. Und mit diesem Wissen sah sie dem Abend gelassen entgegen.

„Mein lieber Earl, ich freue mich, dass Sie unserer Einladung gefolgt sind und ihre hübschen Töchter mitgebracht haben. Lady Sienna, Lady Grace", begrüßte die Countess sie freundlich.

„Liebe Countess, vielen Dank für Ihre Einladung." Sienna lächelte freundlich, obwohl ihr schon wieder übel war.

Auch Grace bedankte sich höflich und die Countess führte sie in einen großen Salon, wo später ein Quartett Mozart und Haydn spielen würde.

Lakaien liefen mit Tabletts umher und boten Getränke und Canapés an.

„Schau mal, da ist Jade." Grace winkte der Tochter des Hauses zu, die mit einer ihrer Schwestern zu ihnen kam.

„Guten Abend, Lord Bentwood, Lady Sienna, Lady Grace. Ich freue mich so, Sie nach so vielen Monaten endlich einmal wiederzusehen. Darf ich Ihnen meine jüngere Schwester Lady Beatrice vorstellen?"

Ihre Schwester nickte ihnen schüchtern zu.

„Lady Beatrice, wie schön, Sie endlich kennenzulernen. Wir haben schon so viel von Ihnen gehört", erklärte Grace freundlich.

Die Wangen des jungen Mädchens färbten sich rot und sie senkte verlegen den Blick. Sie schien kaum älter als siebzehn zu sein.

Plötzlich veränderte sich die Stimmung im Raum. So kam es Sienna zumindest vor. Jades Blick ging hinüber zum Eingang des Salons und Sienna folgte ihm.

Sie erstarrte.

Den ganzen Tag hatte sie sich darauf vorbereitet, doch Oliver jetzt so leibhaftig vor sich zu sehen, ließ ihre Knie weich werden. Jetzt nur nicht in Ohnmacht fallen. Grace fasste nach ihrer Hand, drückte sie fest. Sie war nicht allein, ihre Schwester würde ihr beistehen.

Sie hatte es ihren Schwestern hoch angerechnet, dass sie Sienna nicht ausgefragt hatten, als sie aus Saint Albans mit ihrem Vater zurückkehrten, nachdem Sienna allein abgereist war. Vermutlich hatte ihr Vater den Mädchen irgendeine Geschichte aufgetischt, doch es war ihr egal. Es hatte keine Hochzeit gegeben und das hatte sich ganz schnell in London verbreitet.

Oliver sah hervorragend aus. Er musste den Sommer viel im Freien verbracht haben, sein Teint war von einer Farbe, die man nur in der Sonne bekam. Er trug einen dunkelgrünen Gehrock mit einer silbernen Weste und einem hellgrünen Halstuch. Grün – ihre Farbe, wollte er sie verspotten? Die Breeches waren tadellos weiß und seine Stiefel sauber. Mit großen Schritten kam er auf sie zu, begrüßte Jade mit einem Handkuss, nickte ihr und Grace freundlich zu, was Sienna vor den Kopf stieß. Aber es war ja nicht so, als hätte sie nicht so etwas erwartet.

„Oliver, was für eine Freude, dass Sie gekommen sind. Ich hatte schon Angst ..." Jade verstummte, blickte verlegen zu Sienna.

„Natürlich komme ich, wenn Ihre Mutter eine Soiree gibt. Ihre gnädige Frau Mutter hat einen ausgezeichneten Musikgeschmack."

„Vielen Dank, Oliver. Kennen Sie schon meine Schwester Beatrice?"

„Lady Beatrice." Oliver verbeugte sich höflich, blickte dann zu ihrem Vater. „Lord Bentwood, was für ein Glück, Sie heute hier anzutreffen. Ich würde Sie gerne um ein Gespräch bitten."

Sienna versteifte sich. Das konnte nichts Gutes bedeuten.

„Euer Gnaden, wann immer Sie Zeit aufbringen können", erklärte ihr Vater im gelassenen Ton. Doch Sienna kannte ihn gut genug. Innerlich war er voller Neugier, was Oliver wohl von ihm wollte.

„Wenn Sie jetzt Zeit hätten, bevor die Musiker mit ihrem Spiel beginnen?" Oliver schien es eilig zu haben.

„Vielleicht gehen wir kurz raus auf die Terrasse? Ich habe ein paar Zigarren dabei, die gerne geraucht werden wollen." Ihr Vater klopfte auf seine Jackentasche.

***

Sienna nach der langen Zeit wiederzusehen, war wie ein Schock für Oliver. Nur hatte er keine Zeit, sich von diesem Schock zu erholen. Er musste die Damen begrüßen, ohne sein Gesicht zu verlieren. Er hatte gewusst, wenn er Sienna wiedersehen würde, fiel es ihm schwer, sie nicht sofort in seine Arme zu reißen. Er liebte diese Frau nach wie vor und musste sich sehr zusammenreißen, damit man es ihm nicht ansah. So mied er ihren Blick, weil er Angst hatte, dass sie ihn entlarven würde.

Er betrat hinter Blackwell die Terrasse. Fackeln waren aufgestellt und Feuerstellen, da es merklich kühl war. Der Regen, der den Tag über das Wetter beherrscht hatte, war weitergezogen. Oliver nahm die Zigarre, die Blackwell ihm reichte, und ließ sich Feuer geben. Der Tabak war von guter Qualität, das musste man ihm lassen.

„Darf ich direkt auf den Punkt kommen?", fragte Oliver, weil er die Gunst der Stunde nutzen wollte, dass sich niemand anderer auf der Terrasse aufhielt. Das konnte sich in Kürze ändern.

„Selbstverständlich, ich bin ein Freund klarer Worte", erklärte Blackwell und stellte einen Fuß auf die Kante der Brüstung ab.

„Wie viel wollen Sie für Ihre Tochter?"

Blackwell hob die Augenbrauen. Mit dieser Frage hatte er wohl nicht gerechnet. „Welche Tochter?"

„Mylord, wir wissen beide, von welcher Tochter die Rede ist."

„Den Mylord können Sie vergessen, Euer Gnaden. Ich bin John."

„Nur, wenn ich Oliver für Sie bin. Es geht um Sienna, das wissen Sie, aber eigentlich geht es um all ihre Töchter.“

Blackwell nahm einen Zug von seiner Zigarre, drehte sie dann zwischen Daumen und Zeigefinger hin und her. „Jetzt wird es interessant.“

„Ich habe ihr Gespräch im Garten des Marquess of Saint Albans unabsichtlich belauscht. Sienna hatte mir schon vorher erklärt, dass sie mich nicht heiraten könnte, obwohl sie mir ihre Liebe versicherte. Ich hatte es nicht verstanden, was hinter ihren Worten steckte, erst viel später wurde mir klar, dass es der Druck war, den Sie auf ihre Töchter ausüben. Also will ich ihr diesen Druck nehmen.“

„Und dann glauben Sie, dass Sienna Ihren Antrag doch noch annehmen wird?“ Er lachte auf. „Sienna ist wie ein Pferd, das nicht zugeritten werden will. Sie liebt ihre Freiheit.“

„Sie liebt ihre Schwestern und will ihnen das Schicksal ersparen, in eine Ehe gedrängt zu werden, die sie nicht wollen. Wie viel Geld sollte Sienna Ihnen besorgen, John?“

„Ich will mich an einer Rennbahn beteiligen, dafür benötige ich Geld. Ich will nicht so sein, zehntausend für alle Mädchen. Was sagen Sie zu meinem Angebot?“

Oliver behielt sein Pokerface bei. Er wollte ihm nicht zeigen, ob das Angebot ihn schockierte oder amüsierte, auch wenn es dem sehr nahekam, was er erwartet hatte. Er nahm einen Zug von der Zigarre, obwohl er nicht gern rauchte.

„Ich habe ein anderes Angebot für Sie, John. Sie sprechen von der Rennbahn in Berkshire?“ Als Blackwell nickte, fuhr Oliver fort. „Nun, vor Ihnen steht einer der Besitzer. Ich halte fünfundfünfzig Prozent an dem Gelände und der Bahn.“

Blackwell blieb der Mund offenstehen und die Zigarre fiel zu Boden. „Verdammt!“ Er hob sie auf und warf sie in die Feuerstelle. „Seit wann? Wie kommen Sie dazu?“

„Seitdem ich das Erbe von Follett angetreten habe. Ich bin allerdings erst vor einigen Wochen dazu gekommen, alle Unterlagen und Dokumente zu ordnen. Der verstorbene Duke of Rockingham hatte bereits diese Beteiligung an Ascot. Aber das ist unerheblich. Wichtiger ist, was ich Ihnen anbiete. Zehn Prozent der Beteiligung würde ich für mich behalten. Den Rest bekommen Sie, John.“

Blackwell schien seinen Ohren nicht zu trauen, er zog die Augenbrauen fast bis zum Haaransatz hinauf. „Wie bitte? Ihr wollt mir fünfundvierzig Prozent an der Rennbahn geben? Ich bin zwar nicht als Earl geboren worden, aber nicht so dumm, als nicht zu vermuten, dass Ihr mich übers Ohr hauen wollt.“

Oliver schüttelte den Kopf. „Nein, ich will Euch nicht übers Ohr hauen. Aber ich will, dass Ihre Töchter stolz auf Sie sind. Sie bekommen die Anteile nur, wenn Sie den Black Swan aufgeben. Durch den Verkauf des Bordells werden Sie genug Geld bekommen, um dieses in Häuser und Grundstücke zu investieren, die wiederum Ertrag einbringen und der Anteil der Rennbahn spült zusätzlich Geld in die Kasse und das jede Woche. Gleichzeitig werden Sie mit der Zeit ein angesehenes Mitglied der Gesellschaft und man wird Sie schätzen. Denken Sie nicht, dass Sie das Ihren Töchtern schuldig sind?“

Blackwell starrte ihn an, als hätte Oliver den Verstand verloren. Dann begann er plötzlich laut zu lachen. „Gott, Harvard! Sie müssen wohl sehr verliebt in Sienna sein, wenn Sie bereits sind, so viel für das Mädchen zu zahlen. Was ist, wenn sie Ihren Antrag nicht annehmen wird?"

Nun lachte Oliver. „Dann bin ich der größte Trottel Londons. Aber ich bin mir sicher, dass Sienna mich liebt."

Nun lachten beide Männer. Und Blackwell schlug ihm auf die Schulter. „Geben Sie mir Ihre Hand darauf, Oliver. Abgemacht. Ich werde auf Ihr Angebot eingehen. Sie werden sicherlich einen Notar mit den Verträgen beauftragen."

„Sobald Sienna meine Frau ist. Und Sie werden die Mädchen nicht zu einer Heirat zwingen, die sie nicht eingehen wollen."

Blackwell nickte zustimmend, lachte immer noch. „Abgemacht. Sienna wird Ihren Antrag annehmen. Denn eines wissen Sie noch nicht. Das Mädchen erwartet ein Kind von Ihnen."

Olivers Lachen verstummte abrupt, er dachte im ersten Moment, sich verhört zu haben. Doch an Blackwells Mienenspiel erkannte er, dass mit seinen Ohren alles in Ordnung war. „Wie bitte? Sind Sie sicher?"

Blackwell nickte. „Sienna hat nichts gesagt, sie weiß es vermutlich selbst nicht, aber ich habe vier Töchter von vier Frauen bekommen. Wenn ich eines weiß, dann, wie eine schwangere Frau aussieht. Herzlichen Glückwunsch, mein Lieber, ich denke, wir sollten auf unseren Vertrag anstoßen."

„Ja, ich denke, einen Schluck kann ich jetzt wirklich gut gebrauchen", erklärte Oliver, nahm einen tiefen Zug von der Zigarre und warf sie dann in die Feuerstelle, die hell aufleuchtete.

Kapitel 32

London, Oktober 1816

Voller Ungeduld wartete Sienna darauf, dass ihr Vater endlich von der Terrasse zurückkehrte. Die Countess bat die Gäste, ihre Plätze einzunehmen, damit das Konzert beginnen konnte, und noch immer konnte sie weder ihn noch Oliver ausmachen. Mit einem Seufzer ließ sie sich neben Grace auf dem Stuhl nieder. Sie hoffte, das Konzert würde nicht zu lange dauern, denn ihr tat jetzt schon der Rücken weh.

Plötzlich nahm jemand den Stuhl neben ihr in Beschlag. Sie blickte zur Seite, weil sie ihren Vater erwartete, doch es war Oliver, der neben ihr Platz genommen hatte. Er sah sie nicht an, blickte nach vorn, zum Podest, wo die Musiker gerade mit Mozart begannen.

Nach dem ersten Stück applaudierten die Gäste eifrig.

„Was machst du hier?", zischte Sienna ihm zu. „Wo ist mein Vater?"

„Dein Vater genehmigt sich im Raucherzimmer ein Gläschen Vermouth. Er hat mir den Platz an deiner Seite überlassen", erklärte Oliver leise, verstummte dann, weil ein Stück von Haydn angestimmt wurde.

Ihre Plätze befanden sich recht weit hinten, sodass nicht viele Gäste mitbekamen, dass sie zusammensaßen.

Oliver beugte sich zu ihr herüber. „Geht es dir gut? Du wirkst ein wenig blass.“

„Das liegt an der Musik“, wisperte sie, ohne den Blick von dem Podium zu nehmen.

„Kann ich mit dir sprechen?“

„Nein“, gab sie knapp zur Antwort, erhob sich und verließ schnell den Raum. Sie konnte seine Nähe nicht ertragen. Es tat so unendlich weh. Sie würde nach Hause fahren, sollten sich die anderen amüsieren, sie konnte es nicht. Ihr Herz trug Trauer, wie sollte sie da feiern können?

Als jemand nach ihrer Hand griff, schreckte sie zusammen. Oliver war ihr aus dem Saal gefolgt. „Komm mit.“ Er suchte einen freien Raum und sie landeten schließlich in der Bibliothek. Hier brannte ein Kandelaber an der Wand, der größte Teil des Raums lag im Dunkeln.

„Oliver, was willst du von mir?“, fragte Sienna schon fast verzweifelt. Sie ertrug seine Nähe nicht. Das gute Aussehen, der Duft seines Rasierwassers, das alles schürten Erinnerungen und ein Verlangen, die Sienna nur schwer unter Verschluss halten konnte.

„Ich will, dass du diesen Ring wieder trägst.“ Er hielt ihr den Rubinring seiner Mutter entgegen.

„Oliver! Warum?“

„Weil ich will, dass du meine Frau wirst. Daran hat sich nichts geändert. Du kannst noch so oft vor mir davonlaufen, ich werde nicht aufgeben, Sienna.“

Sie schloss für einen kurzen Moment die Augen. „Du hast meinen Vater gehört und weißt nun, warum ich dich heiraten wollte. Ich hatte keine andere Wahl, mein

Vater hat mich erpresst." Sie lachte freudlos auf. „Seine eigene Tochter, nur um an Geld zu kommen."

„Ich will nicht wissen, warum dein Vater dich beauftragt hatte, mich zu heiraten, ich will wissen, warum du mich heiraten wolltest." Er nahm ihre Finger und hielt sie mit seinen Händen fest. Er sah sie eindringlich an und wartete in Ruhe auf eine Antwort.

„Weil ich dich liebe, Oliver. Das ist die Wahrheit. Ich habe es immer getan, egal, was mein Vater von mir verlangt hat. Ich habe dich nie angelogen."

Oliver nickte. „Das weiß ich. Ich kenne dich besser, als du dich selbst kennst, Sienna. Ich weiß, dass du mich nicht angelogen hast. Aber warum hast du mir nicht die Wahrheit gesagt, was dein Vater von dir verlangte?"

„Hättest du mir denn geglaubt? Ich wollte nicht, dass du mich für eine Frau hältst, die es nur auf dein Vermögen abgesehen hat. Doch wie hättest du mir glauben können? Mein Vater hätte mit Sicherheit alles abgestritten. Weißt du, ich bin froh, dass du das Gespräch belauscht hast, auch wenn es heißt, dass du mich so nicht mehr heiraten wolltest. Ich habe keine andere Möglichkeit gesehen, um meine Schwestern zu schützen. Bitte, nimm es mir nicht übel."

Oliver schüttelte den Kopf. „Nein, das tue ich nicht. Dein Vater wird einen neuen Weg einschlagen. Nennen wir ihn mal den Weg der Tugend. Ich habe ihm das Versprechen abnehmen können, dass er dich und deine Schwestern für immer in Ruhe lässt. Du brauchst also keine Angst mehr vor ihm zu haben, Sienna."

Sie konnte kaum glauben, was sie da hörte. „Wie ... wie hast du das ... was hast du getan? Vater ist niemand, der einfach so seine Meinung ändert. Das Einzige, was ihn dazu bewegen könnte, wäre Geld, eine Menge Geld. Du hast ihm doch wohl kein Geld angeboten?"

„Du musst dir darüber keine Gedanken machen, aber um dich zu beruhigen, nein, Geld habe ich ihm nicht angeboten. Wirst du mich jetzt heiraten?", fragte er ungeduldig.

„Was hast du ihm dann versprochen? Oliver, ich muss es wissen. Ich will nicht, dass er dich in etwas hineinzieht, das dich in Verruf bringen kann."

Oliver lachte auf. „Du hast Angst um meinen Ruf?"

„Ich habe Angst um dich."

„Dann wirst du mich also heiraten?" Oliver schien langsam die Geduld zu verlieren.

„Ja", hauchte sie und nickte. „Ja, ich will dich heiraten. Ich habe es immer gewollt."

„Warum?", fragte er jetzt auch noch. „Warum willst du mich heiraten?"

„Weil ich dich liebe, Oliver. Mehr als mein Leben", gab sie zu.

„Und das ist der einzige Grund?", hakte er nach und lächelte milde.

„Was für einen Grund sollte es denn noch geben?" Ganz automatisch legte sie eine Hand auf ihren Bauch. Als sie es bemerkte, ließ sie die Hand schnell wieder sinken, bevor Oliver noch misstrauisch wurde.

„Nun, weil du vielleicht einen Vater für dein Kind suchst."

Sienna stockte der Atem. Wer hatte ihm das erzählt? Woher wusste er Bescheid? Sah man es ihr schon an? Verlegen senkte sie den Blick und entzog ihm ihre

Hand. Sie brachte einige Schritte zwischen ihnen. „Woher weißt du das? Wer hat dir davon erzählt. Nur Hetty weiß es. Hat sie dich aufgesucht?"

Er schüttelte lachend den Kopf. „Nein, mein Liebling. Es waren die Karten, die es mir verraten haben. Kannst du dich erinnern. Die Hohepriesterin. Sie hat es vorausgesagt und die Karten behalten immer recht." Oliver machte einen Schritt auf sie zu und zog sie in seine Arme. „Du machst mich zu einem sehr glücklichen Mann, weißt du das? Aber nur, wenn du mich endlich heiratest und das schon bald. Bevor man deinen Zustand sieht. Ich will, dass die Gerüchte aufhören."

Sienna lachte. „Bei einem Vater wie Blackwell werden die Gerüchte niemals enden."

„Du solltest nicht so schnell urteilen. Ich sagte doch schon, dein Vater wird ganz neue Wege beschreiten, die ihn zu einem ehrbaren Mann machen werden."

„Deine Worte in Gottes Ohr", flüsterte Sienna.

„Vielleicht sollten wir die Karten befragen", schlug Oliver vor, dann beugte er sich hinunter, küsste sie liebevoll und schob ihr dabei endlich den Verlobungsring über den Finger. „Dort wird er bleiben, bis der Tod uns scheidet."

„Wer wird denn vom Tod sprechen, wenn er daran denkt zu heiraten?", kam eine Stimme aus dem hinteren Teil des Raums.

Erschrocken fuhren sie auseinander.

„Vater! Was machst du hier? Hast du uns etwa die ganze Zeit belauscht?", rief Sienna aufgebracht.

Ihr Vater erhob sich aus deinem Ohrensessel und trank einen Schluck aus seinem Glas. „Unabsichtlich." Er rülpste. „Entschuldigung. Ich war als Erster hier und wollte in Ruhe meinen Vermouth genießen. Dieses Gedudel geht einem auf die Nerven."

„Warum hast du dich nicht eher bemerkbar gemacht?" Sienna war wirklich böse.

„Das Programm, was mir hier geboten wurde, war wesentlich interessanter als im Salon. Ich darf dir wohl gratulieren, mein Kind. Du hast es am Ende doch geschafft, aus mir einen ehrbaren Mann zu machen."

„Ich verstehe dich nicht." Ratlos blickte sie von ihm zu Oliver und wieder zurück.

„Ich werde den Black Swan aufgeben. Ein Earl sollte sich nicht mit diesen Leuten abgeben, die dort verkehren. Ich denke, August wird sich freuen, wenn er der Chef wird, er ist schon lange scharf darauf."

„Und was willst du dann tun?"

„Ich?", fragte ihr Vater mit einem Lächeln auf den Lippen. „Ich werde Rennbahnbesitzer und ich denke, es ist an der Zeit, aus Ernestine eine ehrbare Frau zu machen. Ich werde sie heiraten, wenn sie mich will. Aber ich denke, sie wird meinen Antrag annehmen, immerhin bin ich ein Earl und dazu brauche ich nicht die Karten befragen." Er lachte und kippte den Rest des Vermouths hinunter, dann drückte er ihr das leere Glas in die Hand und verließ die Bibliothek.

„Würdest du mir das bitte erklären?" Sienna sah Oliver verwirrt an. Sie wusste nicht, was mit ihrem Vater geschehen war, aber sicher war, dass Oliver dahintersteckte.

Er hob nur die Schultern. „Das erkläre ich dir später, jetzt werde ich dich nach Hause bringen. In unser Zuhause, wo du hingehörst." Er küsste sie erneut, bis Sienna ganz schwindelig wurde. Schwindelig, aber glücklich.

Epilog

London, April 1817

„Warum ist es so heiß hier im Raum?", stöhnte Sienna auf und krümmte sich unter Schmerzen. Sie kamen in Wellen, alle drei Minuten und die Abstände wurden immer kürzer.

„Weil die Fenster geschlossen sind, wir können nicht riskieren, dass es zieht, wenn das Kind auf die Welt kommt." Hetty legte ihr ein feuchtes Tuch auf die Stirn.

„Es wird nicht mehr lange dauern", erklärte der Arzt, der ihren Bauch abhörte.

„Es geht schon wieder los", keuchte Sienna und krümmte sich.

„Sie sollten noch nicht pressen, warten Sie noch, Eure Gnade", forderte der Arzt.

„Wie lange denn noch?" Sienna klammerte sich an Hettys Hand. „Ich werde Oliver verlassen, wenn er mir das noch einmal antut. Soll er doch seine Kinder selbst bekommen", knurrte sie unter Schmerzen.

Hetty lachte leise. „Du wirst die Schmerzen vergessen, sobald das Kind auf der Welt ist. So ist es immer."

„Woher weißt du das? Hast du schon mal eines zur Welt gebracht?"

Erneut ließ Hetty sich von ihren harten Worten nicht abschrecken. „Ja, und zwar habe ich eine ganze Menge zur Welt gebracht. Dich zuallererst, wenn ich dich erinnern darf.“

Ein markerschütternder Schrei kam aus Siennas Mund.

„So, jetzt bei jeder Wehe feste pressen, Eure Gnaden. Sie haben es bald überstanden.“

Bei der nächsten Wehe presste Sienna, was das Zeug hielt. Dann fiel sie erschöpft gegen die Kissen in ihrem Rücken. Aber sie hatte kaum Zeit, sich zu erholen, weil die nächste Wehe anrollte. Unter lautem Schrei presste sie gegen den Schmerz an.

„Ja, sehr gut. Weiter so, ich kann schon die dunklen Haare sehen.“ Der Arzt blickte sie aufmunternd an.

„Männer und ihre guten Vorschläge. Ich habe Durst!“, rief sie und schrie erneut auf, weil der Schmerz ihr Becken zu sprengen drohte.

„Da haben wir ihn!“

Mit einer letzten Wehe kam das Kind zur Welt. Viel schneller als gedacht. Und Sienna atmete hektisch. Die Erleichterung, dass der dumpfe Schmerz des Drucks in ihrem Becken sich langsam in Luft auflöste, ließ ihr die Tränen in die Augen steigen. Sie hatte es überstanden. Nie mehr, schwor sie sich. Nie wieder ein Kind.

„Ganz ruhig, Sienna. Nicht, dass du uns noch in Ohnmacht fällst. Hole langsam Atem. Du hast es geschafft“, versuchte Hetty sie zu beruhigen.

„Was ist es?“, wollte Sienna ungeduldig wissen.

In diesem Augenblick flog die Tür zum Zimmer auf und Oliver kam in den Raum gelaufen. „Wie geht es meiner Frau? Und was ist mit dem Kind?“ Er hatte rote hektische Flecken auf dem Gesicht, kniete sich neben das Bett und nahm Siennas Hand. „Mein Liebling, wie geht es dir?“

„Gut“, erklärte Sienna atemlos. „Aber wenn du mir so etwas nochmal antust, werde ich dich verlassen.“

Oliver lachte. „Du wirst mich niemals verlassen, du liebst mich.“

Hetty trat zu ihnen und reichte Sienna ein Bündel. „Darf ich vorstellen, Euer Sohn, Euer Gnaden. Frisch gewaschen und sehr hungrig.“

„Ein Junge?“, fragte Sienna ungläubig. „Ich hätte schwören können, es wird ein Mädchen. Es ist ein Junge, ist es nicht wunderbar?“ Sie hielt Oliver das Kind entgegen.

„Ich habe einen Sohn, wie außerordentlich.“ Oliver strahlte über das ganze Gesicht. „Ist er gesund?“ Er drehte sich zu dem Arzt um.

„Ja, Euer Gnaden, der Knabe ist munter und gesund. Ein strammer Bursche, den Ihre Gnaden zur Welt gebracht hat. Meine Arbeit ist getan. Hetty ist sehr versiert in der Pflege, Sie wird Ihnen ja zur Seite stehen.“

Oliver erhob sich und reichte dem Arzt die Hand. „Vielen Dank für Ihre Hilfe.“ Er brachte ihn noch zur Tür. „Hetty, bitte sorge dafür, dass man dem Doktor ein ordentliches Essen serviert.“

Die beiden machten sich auf den Weg und Oliver kehrt zu Sienna und dem Jungen zurück.

„Er hat deine Augen und dein Haar“, sagte sie glücklich.

Oliver setzte sich zu ihr. „Geht es dir wirklich gut?“

„Ja, es war keine schwere Geburt, aber ich bin sehr müde. Doch bevor ich schlafe, müssen wir noch einen

Namen für unseren Sohn aussuchen. Wie war der Name deines Vaters?“

„Robert, sein Name war Robert.“

„Was hältst du davon, wenn wir unseren Sohn Robert nennen?“

„Baron Robert John Harvard, zukünftiger Duke of Rockingham. Ja, ich glaube, das ist ein Name, der von sich reden machen wird.“

Sienna blickte ihn glücklich an. „Robert John? Das wird meinen Vater sehr stolz machen.“

„Er hat auch allen Grund, stolz zu sein. Auf seinen Enkel und vor allem auf seine wunderbare Tochter.“ Oliver küsste Sienna behutsam und strich seinem Sohn liebevoll über das Haupt.

„Trotzdem werde ich keine Kinder mehr bekommen“, flüsterte sie an seinen Lippen und brachte Oliver zum Lächeln.

***

Ein Jahr später brachte Sienna eine Tochter zur Welt, die auf den Namen Francis Trudy getauft wurde. Ihr folgten noch vier weitere Geschwister.

Danksagung

Ich danke allen, die mir geholfen haben, dass dieses Buch das Licht der Welt erblickt. Angefangen bei meiner Agentur LitMedia bis hin zum dp Verlag, der so mutig ist, das Risiko Buch mit mir einzugehen.

Dennoch gibt es auch einige Menschen, denen ich ebenfalls zu Dank verpflichtet bin, weil sie mich so wundervoll unterstützen. Da wären im Haus dp Verlag Francesca Hintz. Danke für die liebevolle Betreuung. Ebenso danke ich Jennifer Westermann für das Cover. Lieben Dank, dass Du meinen Geschmack berücksichtigt hast. Einen lieben Dank an Sandra Florean für das Lesbarmachen, Fehlerfinden und Glattbügeln. Nicht zu vergessen, danke an Susanne Zeyse, meiner Agentin im Hause LitMedia. Wie habe ich das Plotten der Geschichte mit dir genossen.

Dann gibt es noch eine Menge Leser, denen ich ebenfalls danken möchte, weil sie sich für ein Buch von Kajsa Arnold entschieden haben. Jedes gelesene Buch, jede Rezension, ob gut oder kritisch, bringt mich als Autorin weiter, sagt mir, dass ich auf dem richtigen Weg bin.

Und natürlich gibt es noch sechs wundervolle Kinder, die ich an den Schluss setzte, weil sie mir die Wichtigsten sind. Ihnen ist dieses Buch gewidmet. Ihr ertragt all meine Romanideen mit unerschöpflicher Geduld. Danke für euer Interesse an meiner Arbeit, danke für eure Liebe. Wie sagt man: Das Beste kommt immer zum Schluss.

Eure Kajsa Arnold